이계황제
헌터정복기

이계 황제, 헌터정복기 6 **완결**

초판 1쇄 인쇄일 2016년 7월 14일 | **초판 1쇄 발행일** 2016년 7월 18일

지은이 아르케 | **펴낸이** 곽중열 | **담당편집 팀장** 이범수
편집부 신연제 이윤아 홍현주 김유진

펴낸곳 (주) 조은세상 | 출판등록 제 2002-23호
주소 경기도 연천군 미산면 청정로 1355
TEL 편집부 02)587-2966 | FAX 02)587-2922
e-mail bukdu@comics21c.co.kr

ISBN 979-11-5832-617-3 | ISBN 979-11-5832-412-4(set) | 값 8,000원

이계황제 현대정복기

NEO MODERN FANTASY STORY & ADVENTURE

아르케 현대 판타지 장편소설

6

완결

북두

CONTENTS

NEO MODERN FANTASY STORY & ADVANTURE

이계황제 현대정복기

이계황제 현대정복기

1장. 부활

1장. 부활

지구로 돌아온 칼스타인은 헤스티아 대륙으로 가기 전에 세웠던 계획을 다소 바꿨다.

엘리니크와 대화를 하기 전만 하더라도 레드존 하나를 정벌한 뒤 상급 마나증가제를 촉매로 이용하여 마나홀을 키우는 동시에 셀리나를 깨울 생각이었었다.

하지만 엘리니크의 가설대로 [영혼의 그릇]이 버티지 못한다면, 일단 셀리나의 영혼을 옮길 '몸'을 찾는 것이 선행되어야 했다.

'대회복 마법을 사용할 수 있는 팔찌에 영혼 정착 스크롤도 받아왔으니 영혼이 나간 몸만 찾으면 되겠군.'

일주일의 시간동안 엘리니크는 셀리나의 영혼이 새로운 몸으로 옮겨가는 것을 도울 수 있는 마법 장비를 만들어 칼스타인에게 건네주었다.

보통 오랜 시간 동안 식물인간으로 있으면 몸 상태가 극히 나빠져 있을 것이기 때문에 그것을 회복시킬 수 있는 마법 팔찌와 영혼의 새로운 정착을 도울 수 있는 마법 스크롤 까지 만들어 준 상태였다.

이것 외에도 그 전부터 준비해 두었던 많은 마법 물품들을 함께 가지고 왔다.

영혼 포인트에 여유가 있어진 지금 더 이상 포인트를 아끼면서 물품을 가져올 필요가 없어졌기 때문이었다.

이제 남은 것은 셀리나가 들어갈 몸만 찾으면 되었다. 그리고 칼스타인에게는 그 일을 대신 해줄 조직이 있었다.

뚜우우 뚜우우

[오. 이헌터 오랜만이군. 무슨 일인가?]

"회장님. 부탁이 있어 전화 드렸습니다."

[부탁? 뭔가? 이헌터의 부탁이라면 언제나 환영이지.]

지금 칼스타인이 전화를 건 곳은 성호상회, 아니 블랙 머천트 연합회였다.

연합회의 회장 최성호는 칼스타인의 갑작스러운 부탁에도 전혀 불쾌한 기색 없이 어떤 부탁인지 물었다.

"식물인간 상태가 된 여성을 섭외해줄 수 있겠습니까?"

하지만 어떤 부탁인지 들은 다음엔 그로서도 잠시 멈칫할 수밖에 없었다. 잠깐의 침묵 뒤에 최성호는 다시 칼스타인에게 되물었다.

[음… 무슨 일인지 물어봐도 되겠나?]

보통의 경우라면 이유를 묻지 않고 바로 부탁을 들어주던 최성호였지만, 식물인간이지만 살아있는 사람을 구해 달라는 부탁에 선 듯 부탁을 들어준다는 대답을 하기는 힘들었던 것 같았다.

"일회성이지만 식물인간에서 깨어나게 할 수 있는 방법을 찾아서요. 대신 제 곁에서 제가 항상 지켜보아야 하니 웬만하면 가족이나 친지 같은 연고가 없는 여성이면 좋겠군요."

[흐음…. 여성이라… 어느 정도 나이 대가 필요한 것이지? 그리고 언제 필요한 건가?]

반문하는 최성호의 목소리는 다소 밝아졌다. 식물인간을 찾는다고 해서 생명을 도외시하는 실험을 할 것이라 생각했는데 이런 부탁이면 그리 무리한 요구는 아니었다.

설령 무리한 요구라도 칼스타인의 부탁이라면 들어주려고 했는데 이 정도의 부탁이라면 들어주지 않을 이유가 없었다.

"나이는 너무 어리거나 너무 늙지만 않으면 좋겠군요. 굳이 따지면 20대 정도가 좋을 것 같습니다. 그리고 시기는 빠르면 빠를수록 좋습니다."

[알겠네. 그럼 내일 다시 연락 주도록 하지.]

"감사합니다."

❖

전화 상으로 이야기 했던 것처럼 최성호는 다음 날 정오가 되자 다시 칼스타인에게 전화를 해왔고, 강북에 위치한 선우 종합병원으로 그를 오도록 하였다.

선우 종합병원으로 들어가자 로비에 있던 최성호가 그를 맞이하였다.

“이 헌터 어서오게나.”

“오랜만이시군요. 별 일은 없으시죠?”

“하하. 이 헌터 덕분에 우리 연합회는 승승장구하고 있다네.”

그의 말처럼 최근 블랙머천트 연합회는 대규모로 사세를 확장하여, 정부에서 관리하는 공식적인 마켓에도 뒤지지 않을 정도의 규모를 보이고 있었다.

아무래도 규모가 규모이다 보니 외부의 견제도 들어오고 있었는데, 최성호는 이번 기회에 블랙마켓을 양지로 올릴 생각까지 하고 있었다.

아니 정확히 말하면 양지의 마켓과, 음지의 블랙마켓을 이원화해서 관리할 계획이었다.

물론 그러기 위해서는 외부의 압력에 대응할 무력이 무엇보다도 중요하다 할 수 있었기에, 지금 칼스타인과의 관계는 그에게 매우 중요하였다.

블랙머천트 연합회에서도 자체적인 무력을 충원하고

있지만 아직 마스터 하나 없는 상태였기 때문에, 마스터가 세 명이나 되는 에르하임 길드는 반드시 우군으로 둬야할 곳이었다.

당연히 칼스타인의 부탁은 그에게 최우선적인 과제였다.

“어쨌든 부탁을 들어주셔서 감사합니다.”

“아닐세. 전에도 말했듯이 부탁할 것이 있으면 언제든지 말하라고 하지 않았나. 허허. 이리로 가세나.”

최성호가 안내한 병실은 10층 병원의 최상층에 위치한 병실이었다. 그 곳에는 대략 10명의 환자, 정확히는 식물인간 상태의 환자가 누워있었다.

“여기는… 우리 연합회를 위해서 일하다가 깨어나지 못한 대원들이 있는 곳이라네. 불행인지 다행인지 목숨은 건졌으나 짧게는 1년에서 길게는 5년여 동안 깨어나지 못하고 있다네.”

이곳만 보아도 칼스타인은 대강의 상황을 이해할 수 있었다.

병원의 관계없어 보이는 최성호가 경호원 두 명만 데리고 다니면서 마음대로 병원 내에서 움직일 수 있었던 이유도, 나름 중요한 곳이라 보이는 이곳까지 오는 데에도 아무도 그들을 가로막지 않는 이유도 다 알 수 있었다.

“이 병원이 연합회 소유의 것인가요?”

"그렇다네. 공식적으로는 아니지만, 비공식적으로는 연합회의 소유지."

블랙 머천트 소속으로 일을 하며 공식적인 치료를 받기 힘든 일도 꽤나 벌어질 것이기에 연합회 측에서는 마음 놓고 다닐 수 있는 병원이 필요하였다.

지금 이렇게 누워있는 10명의 대원들도 공식적인 치료를 받기 힘든 일을 했을 가능성이 높았다.

슬쩍 훑어보니 10명 중 남자가 9명, 여자가 1명이었다. 즉, 칼스타인에게 내어 줄 사람은 정해져 있는 상태였다.

칼스타인이 여자대원에게 눈길을 주는 것을 확인했는지 최성호는 조심스럽게 말을 이었다.

"이 곳의 대원들은 모두 연고가 없는 고아 출신이라네. 그 중 여성을 원했으니 저기 창가에 있는 이현아 대원이 자네가 원하는 사람이겠지. 그런데 이들이 깨어날 수 있다는 것이 정말인가? 기억은 그대로 갖고 있는 것인가? 이현아 대원 말고 다른 사람들도 깨어날 수 있는 건가?"

처음에는 조심스럽게 말했지만, 최성호의 목소리는 점점 높아지며 다소 흥분하기까지 하였다.

어느 정도 이해가 되는 것이 최성호는 이들에게 부채의식이 있었다. 연합회의 일을 하다가 이렇게 되었으니 어떻게든 살리고 싶었던 것이었다.

물론 연합회의 일로 이미 죽은 자들도 많았지만 그들은 어쩔 수 없는 부분이었고, 여기 있는 이들은 적어도 아직 목숨은 붙어있었기 때문이었다.

약간 흥분한 최성호의 눈을 가만히 바라보며 그의 흥분을 가라앉힌 칼스타인은 나지막이 입을 열었다.

"저도 우연히 얻은 기회라 또 이런 일이 생길 것이라고는 확답 드리지는 못하겠습니다. 그리고 기억에 대한 부분도 말씀드리기 힘들겠군요. 아마 기억을 잃고 다른 인격이 발현 될 가능성이 높습니다."

과거 케론과 에이나의 경우를 볼 때, 셀리나가 몸을 차지한다면 몸이 가진 기억의 상당 부분은 읽어낼 수 있을 것이지만 굳이 칼스타인은 사실을 밝히진 않았다.

그리고 다른 인격이 발현 될 것이라는 말로 이현아가 아닌 셀리나로 있을 것이라는 복선도 깔아놓았다.

"흐음… 어쨌든 살아날 수 있다고 하니 되었어. 만일 이런 일이 아니었다면 대원의 몸을 자네에게 주지는 않았을 것이네. 차라리 민간 병원에서 식물인간을 한 명 훔쳐냈으면 냈지 말이야."

블랙머천트를 이끄는 연합회의 회장 답게 최성호는 범죄행위에 대해서 큰 거리낌이 없었다.

물론 뒷탈이 생기지 않게 하기 위해 연고가 있는 식물인간은 피했을 것이나 기본적으로 범죄를 저지르는 것에는 큰 거부감이 없다는 것이었다.

"잘 알겠습니다. 이제 이현아씨를 데려가면 되겠습니까?"

"어디로 데려가려하나? 우리가 옮겨줌세. 지금 의료기기를 제거하면 오래 버티기 힘들 것이야."

"아닙니다. 제게 방법이 있습니다."

말을 마친 칼스타인은 이현아가 누워 있는 병상 앞으로 걸어갔다. 병상의 하단에는 그녀에 대한 간단한 기록이 있었다.

이름은 이현아, 나이는 25세, A급 무투형 능력자였다. 그리고 식물인간이 된 지는 2년이 약간 넘은 상태였다.

특이한 점은 전신에 화상 자국이 있다는 점이었다. 특히 얼굴은 상당한 부분이 화상 흔적으로 덥혀있어 일견 혐오스럽기도 하였다.

그런 그녀의 얼굴을 가만히 보고 있는 칼스타인의 옆으로 최성호가 다가와서 조심스레 말을 건넸다.

"혹시 화상 자국이 문제가 되는 건가? 행여 그렇다면 다른 사람을…."

최성호 역시 여성의 외모가 얼마나 중요한지는 알고 있기에 그것이 걸린다면 굳이 대원 출신이 아닌 외부에서 식물인간을 섭외할 생각도 하였다.

하지만 칼스타인은 개의치 않고 대답했다.

"괜찮습니다."

칼스타인이 보기에는 이현아는 상당한 자질의 마나 재능을 갖고 있었다. 무슨 이유로 이렇게 되었는지는 모르겠지만 단지 외형 때문에 포기하기 아까운 몸이었다.

그리고 칼스타인에게는 그 외형을 고쳐줄 능력도 있었다.

이현아의 머리맡에 선 칼스타인은 왼손에 찬 회복의 팔찌에 천천히 마나를 주입하였고 그의 마나에 따라 팔찌는 흰 빛을 뿜어내기 시작했다.

손 안 가득 치유의 기운이 맴돌자 칼스타인은 그녀의 머리로 기운을 인도하였다.

파스스-

칼스타인이 만든 회복의 기운은 이현아의 전신에 스며들었고, 이내 그녀의 안색은 지금보다 훨씬 밝아졌다.

자세히 보아야 알 수 있을 정도이지만 마른 몸과 푸석한 피부에도 약간 살이 오르고 윤기가 도는 듯 한 느낌이었다.

하지만 화상의 자국은 지워지지 않았다.

"음?"

칼스타인은 신기하다는 표정으로 이현아의 몸을 다시 살펴보았다. 어느새 다가왔는지 최성호는 그런 칼스타인 보며 무겁게 말했다.

"회복 마법을 사용할 수 있는 아티팩트를 얻었나보군. 하지만 소용없을 걸세. 우리 역시 이 대원이 이렇게 된 다음 나름 회복 시키기 위해서 노력을 하였었지만 이 화상은 지워지지 않더군. 하긴 이 상태로는 깨어나도 문제가 될 수 있겠어."

최성호가 말하는 동안 칼스타인은 좀 더 심도 있게

이현아를 살펴보았다. 그리고 이내 이 화상이 없어지지 않는 이유를 알 수 있었다.

'지구의 마나가 아닌 다른 마나로 일종의… 저주가 내려진 거군. 굳이 따지자면 드라고니아 쪽의 마나에 가깝겠는데?'

문제를 파악한 이상 해결책도 있었다. 그리고 별도의 해결책을 낼 필요없이 지금 할 계획대로 이루어 진다면 이것 또한 해결 될 것이었다.

'환골탈태만 한다면 다 해결될 일이지.'

결정을 한 칼스타인은 최성호에게 말을 건넸다.

"어쨌든 화상 같은 것은 상관없으니 이현아씨를 데려가겠습니다."

"그… 그러게나."

칼스타인은 익숙한 손놀림으로 이현아에게 붙어있던 장비들을 제거한 뒤 그녀를 등에 업었다. 오랜 투병생활 속에 있어서 그런지 그녀의 몸은 무척이나 가벼웠다.

그렇게 병원 밖으로 나온 칼스타인은 오른 손에 찬 팔찌에 마나를 주입하였다.

우우웅-!

오른손의 팔찌에서 발생한 낮은 울림과 함께 칼스타인의 신형이 살짝 떠오르더니 순식간에 사라졌다. 정확히 말하면 눈 깜짝할 사이에 하늘 높이 날아가 버렸다.

팔찌에 내재된 마법은 초음속 비행이 가능하도록 해주는

마법이었다.

이는 더 이상 썬더버드의 모습으로 있을 수 없는 셀리나를 대신하기 위해서 엘리니크가 만들어준 마법기였다.

여전히 환자복을 입고 있는 이현아를 등에 업은 채로 칼스타인은 십여 분을 날아갔고 이내 울창한 숲 속에 사뿐히 내려앉았다.

이현아를 바닥에 두고 가벼운 캡슐을 던져 간이 결계를 활성화 시킨 칼스타인은 주변을 둘러보더니 고개를 끄덕였다.

'제대로 찾아왔군. 몬스터들이 득실득실한데?'

칼스타인이 찾아온 곳은 한국에서 가장 유명한 레드존 두 곳 중의 하나인 개마고원 레드존이었다.

과거 제주도 레드존을 정벌한 적이 있었기에 여기까지 처리한다면 한국의 유명 레드존 두 곳이 모두 칼스타인의 손에 정벌되는 것이었다.

이현아의 위치와 기감을 한 번 더 눈으로 익혀 기억해 둔 칼스타인은 주위에 몬스터들을 향해서 걸음을 옮겼다.

기운을 완전히 발산하고 있는 상태가 아니기 때문에 몬스터들은 칼스타인을 경계할 뿐 도망치려고 하지는 않았다. 몬스터들을 잡기에는 딱 좋은 상태였다.

잠시 하늘을 올려다 본 칼스타인의 눈에 구름 한 점 없는 푸른 하늘이 들어왔다.

"몬스터 잡기 딱 좋은 날씨네."

◈

대여섯 시간 동안 칼스타인은 개마고원의 레드존을 쓸어버렸다.

상당수의 몬스터 홀도 터져서 필드로 흘러나왔지만 이미 그랜드마스터에 오른 칼스타인을 위협할 수는 없었다.

여섯 시간 동안 중간중간에 있던 S급 몬스터들도 예닐곱 마리를 잡아낸 칼스타인은 잠시 전투, 아니 학살을 멈춘 뒤 주변의 마나 농도를 체크하였다.

'이 정도 마나에 조금 전 모은 마정석까지 더 한다면 마나는 충분하겠군.'

마나증가제는 촉매로 사용할 것이기에 주변에 깔려있는 마나가 중요하였다. 그것을 위해 칼스타인은 일부러 일정 지역으로 몬스터를 몰아서 몰이사냥을 한 상태였다.

또한 이 지역의 몬스터는 모두 쓸렸기에 현재 칼스타인의 대법을 방해할 몬스터는 주변에 없었다.

마나 농도를 체크한 칼스타인은 인근에 숨겨두었던 이현아의 몸을 대법을 펼칠 장소로 가져왔다.

가부좌를 틀고 앉은 칼스타인은 자신의 양다리 위에 이현아의 몸을 올려두었다.

가까이서 보는 이현아의 외모는 심각한 화상이 다소

눈살을 찌푸리게 하였지만, 기본적으로 늘씬한 몸매를 갖고 있어 화상만 지워진다면 얼굴은 몰라도 적어도 몸매만은 미인이라 할 수 있었다.

가만히 그녀의 얼굴을 보던 칼스타인은 엘리니크가 준비해 준 영혼 안착 마법 스크롤을 찢어 이현아의 몸이 영혼을 받아들일 수 있는 상태로 만들어 두었다.

이번 사냥으로 모았던 마정석들을 주위로 흩뿌린 후 마나를 움직여 일거에 부순 뒤 압축주머니 속에 들어있던 상급 마나증가제를 복용하였다.

그리고 가부좌를 튼 채로 이현아의 머리에는 오른손을, 단전에는 왼손을 둔 상태로 내부의 마나를 느끼기 시작했다.

느낄 것도 없었다. 강력한 힘을 가진 상급 마나증가제에 반응하는 지, 칼스타인의 단전이 불같이 타오르기 시작했다.

'으음. 역시 상급이군. 중급 증가제와는 차원이 다른데?'

지난 번 승급 시도시 이 상급의 마나증가제를 복용했다면 보통의 그랜드마스터 보다 훨씬 큰 마나홀을 가질 수 있었을 정도로 상급 마나증가제는 칼스타인의 내부를 불같이 타오르게 하였다.

마스터의 상태였다면 상당한 고통을 느꼈을 정도였다. 하지만 지금 칼스타인은 그랜드마스터였다.

그의 혈맥이나 기맥 모두 그랜드마스터인 상태이기에 이 정도 압력에 고통을 느낄 정도는 아니었다.

혼원무한신공의 흡자결에 따라서 주변에 흩어져 있던 막대한 마나가 칼스타인에게 끌려 들어오기 시작했다.

그가 물론 그가 사용했던 마나의 대부분은 대기로 흩어졌으나, 몬스터 사체에 남은 마나와 레드존 자체에 있던 마나, 마지막으로 마정석에 담겨있었던 마나까지 합쳐지자 칼스타인의 주변은 강대한 마나가 넘실거렸다.

그리고 그 마나는 혼원무한신공의 운용결에 따라서 빠르게 칼스타인의 내부로 들어와서 마나로드를 따라 순환해 나갔다.

보통의 경우라면 한 번에 이 모든 마나를 흡수하기는 무리였다. 기껏해야 S급 마정석 대여섯 개 정도가 한 번에 흡수할 수 있는 총량이었지만, 지금은 상급 마나증가제라는 촉매가 존재하였다.

마치 단단한 고체였던 마나홀이 마나증가제에 의해서 액체로 변한 것 같은 상황이었다.

고체일 때는 추가 마나는 단지 마나홀의 겉에 덧붙여지는 느낌이라면, 액체인 지금은 그대로 흡수할 수 있는 상황이라 할 수 있었다.

그랜드마스터가 되었지만 마나홀을 뒤집어엎는 것은 쉬운 일은 아니었다. 강렬하게 타오르던 마나가 수차례 칼스타인의 마나로드를 질주하며 계속해서 마나홀을 자극하였고, 어느 정도의 시간이 지났을까.

칼스타인의 마나홀의 외연이 서서히 금이 가더니 어느 순간 파삭하고 깨어지며 그 핵이 더 큰 외연을 갖기 위해서 내부의 엄청난 마나를 흡입하기 시작하였다.

'지금이다!'

보통의 경우라면 불같은 마나를 다독여 성장한 마나홀에 천천히 흡수시키는 작업을 해야할 때였지만, 지금 칼스타인은 해야할 일이 하나 더 있었다.

칼스타인의 강렬한 마나에 따라서 자극을 받던 것은 그의 마나홀 뿐만이 아니었다. 칼스타인의 오른손에 머물고 있는 셀리나의 [영혼의 그릇] 또한 자극이 된 상태였다.

그리고 마나홀의 외연이 부서지며 생긴 후폭풍에 그 영혼의 그릇은 결국 버티지 못하고 깨어져 버렸다.

이대로라면 셀리나의 영혼이 환계로 사라질 것이었다. 그러나 그녀의 영혼은 갈 곳이 있었다.

지금 칼스타인의 오른손은 이현아의 머리에 붙어 있었다. 그리고 이현아의 몸에는 이미 영혼 안착 마법을 펼쳐둔 상태였다.

자연스럽게 셀리나의 영혼은 이현아의 상단으로 옮겨갔다. 하지만 여기서 끝난 것은 아니었다.

지금은 단지 옮겨간 상태일 뿐이었고 자리를 잡기 위해서는 혼원무한신공의 마나로 이루어진 마나홀이 필요하였다.

영혼이 옮겨간 것을 확인한 칼스타인은 이번에는 이현아의 단전에 올린 왼손으로 잔여마나를 몰았다.

자신의 마나홀은 거칠지만 어느 정도 자리를 잡은 상태이기에 지금의 마나 정도를 돌린다고 해서 마나홀 재생에 무리는 없었다.

오히려 지금은 이현아의 몸에 마나를 집중해야 할 때였다.

칼스타인은 내부의 잔여마나와 외부의 잔여마나를 모두 합쳐 이현아의 몸에 강제로 혼원무한신공을 운용하기 시작했다.

마나로드의 상당부분이 막혀있었지만, 강렬한 마나흐름에 마나로드는 개방되었고 상단까지 개방되는 순간 셀리나의 영혼이 혼원무한신공의 마나에 반응을 하였다.

동시에 칼스타인이 지금까지 운용하였던 혼원무한신공의 주도권을 셀리나에게 넘겼다.

우드득- 우지직-

막대한 마나를 넘겨받은 셀리나의 영혼은 자신의 경지를 찾기 위해서 본능적으로 마나를 운용하였고, 이현아의 몸은 환골탈태에 들어가기 시작했다.

썬더버드였던 셀리나가 부활을 넘어 한 명의 인간이 되는 순간이라 해도 과언이 아니었다.

'후… 되었군. 꽤나 아슬아슬했어.'

엘리니크가 말할 듯이 이 방법은 검증되지 않은 불안

정한 방법이었다.

지금도 칼스타인이 임기응변식으로 마나를 운용하여서 간신히 성공시킨 것이지, 한 번 더 이 대법을 시행한다해도 100%의 성공은 보장할 수 없었다.

'뭐 결과적으로 성공하였으면 되었지.'

본능적으로 마나를 운용하며 환골탈태를 하는 이현아, 아니 셀리나의 몸은 기존의 화상자국이 벗겨지며 아기처럼 깨끗하고 흰 피부가 그 아래 보이기 시작했다.

그리고 그녀의 얼굴은 과거 셀리나의 인간형과 미묘하게 닮아있었다. 한마디로 말해 미인이라는 이야기였다.

'역시 환골탈태를 하니 신체가 영혼에 다소 동화 되는군.'

칼스타인 역시 환골탈태를 하며 헤스티아 대륙의 자신의 모습이 다소 반영된 상태였기에, 셀리나의 이런 변화가 어색하지는 않았다.

셀리나의 영혼이 어느 정도 자리 잡은 것을 확인한 칼스타인은 조심스레 그녀를 옆에 눕인 후 자신의 상태를 점검하기 시작했다.

이계황제 현대정복기

2장. 구원

2장. 구원

챙챙챙챙-!

검붉은 가죽 갑옷에 검은 복면을 쓴 괴인 다섯 명이 봉두난발의 노인에게 공격을 가하고 있었다.

그들의 검에는 한 치의 붉은 오러가 타오르고 있었기에 한 눈에 보아도 마스터의 경지에 올랐음을 알 수 있었다.

한 명 한 명만 보았을 때에는 노인이 복면 괴인보다는 실력이 나았지만, 괴인은 다섯이었고 노인은 한 명이었다.

더군다나 공세를 펼치는 검은 복면인 뒤로 붉은 머리칼을 한 청년이 그들을 지켜보고 있었다. 한눈에 보아도 검은 복면인의 상급자로 보였다.

그걸 보여주기라도 하는 듯, 붉은 머리 청년은 검은 복면인들에게 외쳤다.

"빨리빨리 끝내고 돌아가자. 언제까지 시간을 끌 거야?"

청년의 말을 들은 검은 복면인들은 한층 더 빠른 검격을 펼치며 노인을 압박하였고, 이내 옆구리를 베인 노인은 자신의 검을 크게 휘둘러 발악과도 같은 공격을 하더니 한 쪽 무릎을 꿇었다.

"크윽… 어… 어떻게 여기까지…."

그 모습을 확인한 검은 복면인들은 더 이상 노인이 공방을 이어 나가기 힘들다는 것을 알아챘고, 후방에 서있던 한 명의 복면인이 번개처럼 다가가 노인의 마혈을 짚었다.

보통이라면 강대한 마나로 막힌 마혈을 뚫어내었겠지만, 지금은 마나가 고갈된 상황이라 이에 대응하기는 힘들었다.

결국 굳어진 몸을 움직이지 못한 노인은 바닥에 머리를 처박을 수밖에 없었다.

노인이 무력화 된 것을 확인한 붉은 머리 청년은 천천히 걸어와서 바닥에 쓰러진 노인의 곁에 쭈그려 앉은 뒤 말을 건넸다.

"그러게 험한 꼴 보지 말고 얼른 따라 가자니까. 결국 제 영감만 다쳤잖아."

제 영감이라 불린 이 노인은 바로 제천의 회장 제극명이었다. 지금 제극명은 평소의 깔끔했던 모습은 온데

간데없이, 오랫동안의 전투에 시달린 듯한 모습을 하고 있었다.

지칠 대로 지친 표정의 제극명은 허탈한 목소리로 청년에게 물었다.

"…도대체 어떻게 날 따라온 것이냐?"

제극명은 이들이 자신을 따라 올 수 있었던 이유를 알 수 없었다.

과거 한국에서 칼스타인의 손아귀에서 벗어난 뒤 제극명은 해외의 인맥을 이용해서 상당한 세력을 복구한 상태였다.

특히 지구방어대전에 참여하였을 때 마스터만으로 이루어진 길드에까지 가입하여 드디어 칼스타인에 대한 복수가 눈앞으로 다가왔다고 생각하고 있었다.

하지만 지구방어대전이 끝나고 고작 하루가 지났을 때 들이닥친 검은 복면인들 때문에 모든 계획은 물거품으로 변했다.

함께 하기로 했던 길드를 찾아가기도 전에 제극명은 도망부터 쳐야 했다.

[헤르메스의 신발] 덕분에 그 순간을 벗어날 수는 있었지만, 이 복면인들은 하루가 지나기도 전에 제극명이 있는 곳을 추적해왔다.

그래서 지금 제극명이 가장 궁금한 점은 이들이 누구냐인 것보다, 이들이 어떻게 자신을 찾아낼 수 있었는 지였다.

그런 제극명의 표정을 본 붉은 머리 청년은 비웃는 듯한 표정으로 제극명에게 말했다.

"제 영감, 눈치가 상당히 느리네. 아직도 우리가 어떻게 영감을 찾았는지 모르겠어?"

"…. 흔적을 찾을 수 있는 것을 다 지웠는데 어떻게 찾았지? [헤르메스의 신발]로 하는 이동이라면 공간이동의 흔적을 좇을 수도 없을…… 아!"

"눈치를 보니 이제 이해한 것 같군."

전설등급 아티팩트인 [헤르메스의 신발]은 공간이동시 이동하는 좌표에 노이즈를 발생시키는 특성 덕분에 이동한 곳을 자연스럽게 숨길 수 있었다.

하지만 이들은 [헤르메스의 신발]로 이동한 제극명의 소재를 정확히 파악하였다. 다른 흔적들을 다 지운 상황에서 이런 현상이 벌어지는 이유는 하나 밖에 없었다.

"[헤르메스의 신발]에 수작을 부려놓았군."

"하하하. 이제야 알아차리다니 너무 늦지 않나?"

"그렇다는 말은 네놈들은 블러디문에서 나왔다는 말이군."

신발에 수작을 부릴 수 있는 곳은 [헤르메스의 신발]의 전 소유자 뿐이었다. 당연히 범인은 블러디문이었다.

"그래, 너희들이 다크클랜이라 부르는 우리가 [헤르메스의 신발] 같은 귀물을 그냥 넘겨 줄 리가 없잖아. 크크크."

붉은 머리 청년의 말대로 블러디문에서는 [헤르메스의 신발]을 제천에게 넘기기 전에 모종의 조치를 취해놓은 상태였다.

사실 제극명 역시 이런 일에 대해서 어느 정도는 생각을 해놓았었고 그래서 마법 탐지 스크롤을 사용해서 검사까지 해보았었지만, 그가 시도한 방법으로는 아무런 이상이 없었다.

"…대체 무슨 수를 쓴 것이지? 나름 체크를 다 했는데 말이야."

제극명은 이제는 모든 것을 포기했다는 듯 허탈한 표정으로 붉은 머리 청년에게 되물었다.

"흐흐, 그런 방법이 있다는 것 정도만 알아주면 좋겠군. 어쨌든 도망쳐 다니느라 고생 많았어, 제 영감. 어쨌든 이건 다시 회수하겠어."

붉은 머리 청년은 제압당해 있는 제극명의 발에서 [헤르메스의 신발]을 벗겨낸 뒤 용무가 끝났다는 듯 자리에서 일어섰다.

그 뒤, 손가락을 튕기며 검은 복면인들의 주의를 집중시켰다.

딱-!

"여기 제 영감을 옮겨."

그 말에 검은 복면인 중 가장 덩치가 큰 복면인이 조심스럽게 붉은 머리 청년에게 말을 건넸다.

"레시드님. 트레이닝 센터로 옮기면 되겠습니까?"

"그래, 거기로 옮기면 페이가 알아서 할 거야."

"네, 알겠습니다."

붉은 머리 청년, 레시드에게 공손히 인사를 한 복면인은 뒤에 있는 다른 복면인들에게 지시를 내려 제극명을 이동시켰고 그 역시 그들과 함께 사라졌다.

검은 복면인들이 뛰어가는 모습을 보고 있던 레시드는 잠깐 생각에 잠겨있더니 [헤르메스의 신발]을 공간압축 주머니로 수습하고는 이내 걸음을 옮겼다.

◈

지구방어대전이 끝나고 지구로 돌아온 지도 벌써 한 달이라는 시간이 흘렀다. 그렇게 큰일을 마치고 났으면 다소 느긋한 분위기가 될 법도 한데 지금 칼스타인의 집에는 뜨거운 수련의 열풍이 불고 있는 중이었다.

그 중심에는 이제 인간이 된 셀리나가 있었다. 셀리나는 새로운 몸에 적응하기 위해서 말 그대로 식음을 전폐하며 수련에 임하고 있었다.

만일 그녀를 딸처럼 생각하고 있는 박정아가 말리지 않았다면 수면마저 거르고 수련을 하였을 것이었다.

처음에는 몸도 채 가누지 못했던 셀리나였지만, 한 달이라는 시간동안 각고의 노력을 한 끝에 지금은 마스터 초입 정도의 무위는 회복한 상태였다.

인간형일 때의 실력이 중급 정도의 마스터, 썬더버드의 몸으로 변했을 때에는 상급의 마스터 정도의 무위였음을 감안했을 때, 아직 본신의 실력을 찾았다고 하기에는 무리였다.

하지만 검기를 뽑아 낼 수 있을 정도는 되었으니 스스로를 지키기에는 부족함 없는 무위였다.

'이 정도로는 안 돼. 적어도 상급 마스터 정도는 되어야 오빠 옆에 계속 있을 수 있을 거야.'

셀리나가 그렇게 죽을 듯이 수련을 한 이유는 바로 칼스타인의 옆에 계속 머물고 싶어서였다.

소환수일 때에는 그녀는 칼스타인과 영혼이 연결된 영혼의 동반자라 할 수 있는 사이였다.

거리에 관계없이 심어를 주고 받을 수 있었고, 생각까지는 무리였지만 칼스타인의 표면적인 감정도 일부 느낄 수 있었다. 즉, 일체감을 느낄 수 있는 사이였다.

하지만 인간의 몸에 들어가면서 영혼의 연결이 끊어져 버린 지금, 그녀는 칼스타인과 아무런 연결고리가 없었다.

그것은 셀리나에게 엄청난 상실감으로 이어졌으며, 그 감정은 행여 버림받을 지도 모른다는 두려움으로 바뀌어 버렸다.

그녀를 가족처럼 생각하는 칼스타인이 그럴 일은 없겠지만, 셀리나는 그의 생각을 알 수 없었다. 그 결과가

이 수련이었다.

칼스타인에게 버림받지 않고자, 과거의 쓸모를 증명하고자 셀리나는 잘 움직여지지도 않는 몸을 학대하며 자신의 경지를 회복해 간 것이었다.

그 과정에서 김한수를 비롯한 유시현, 최대혁, 강이슬 또한 사투라고 할 정도의 강도 높은 수련을 함께 하였다.

다만, 이것은 그들의 자의는 아니었다. 셀리나가 노력하는 것을 본 케론이 셀리나도 저렇게 노력을 하는데 너희들 따위가 이딴 수련으로 충분하겠냐는 말을 하며 네 명의 길드원들을 다그친 것이었다.

그 결과, 네 길드원 역시 상당한 실력의 향상을 보았기는 하지만 아직 마스터에 오르지는 못하였다.

에이나가 만들어 준 마법진 속에서 강도 높은 수련을 하던 셀리나가 잠시 마법진을 벗어나 휴식을 취하고 있자, 뒤 쪽에서 그녀를 보고 있던 성소현이 셀리나의 곁으로 다가가 말을 건넸다.

"이제 끝난 거야? 좀 쉬엄쉬엄 해. 어머님도 걱정 많이 하시더라."

"아. 언니 왔어요? 언니 말대로 그래야겠네요. 인간의 몸은 생각보다 내구력이 약해서 적당히 쉬어주지 않으면 오히려 상태가 더 나빠지니까요."

"으이그. 이제라도 알았으니 다행이다."

사실 처음 인간의 몸을 얻고 수련을 시작한 셀리나는

썬더버드 시절을 생각하고 한계이상으로 몸을 학대하였었다.

아무리 환골탈태를 하였다 하더라도 몇 년간 식물인간의 상태로 있던 몸이 워밍업도 없이 격렬하게 움직이다 보니 당연히 탈이 날 수밖에 없었고, 그것을 치료해 준 사람이 바로 성소현이었다.

치료는 한두 번으로 그치지 않았고 거의 한달 내내 성소현은 셀리나에게 달라붙어 그녀를 치료해 주었다.

그래서 셀리나는 성소현에게 과거 소환수 시절에는 느끼지 못했던 고마움을 느끼고 있는 상태였다.

"그런데 오빠는요?"

"수혁이는 아직 안 들어왔어."

"잠시 나가신다고 하시지 않았나요?"

셀리나가 수련을 하는 것을 보고 있던 칼스타인은 뭔가 생각이 났다는 듯 케론과 에이나에게 잠시 자리를 비울 것이라는 이야기를 하고 나간 상태였다.

"그러게. 어딜 간 거지? 보통 어디 가면 간다고 말했었는데."

"에휴. 이런 점이 늘 답답해요. 예전엔 심어로 바로바로 이야기 할 수 있었는데…."

"호호. 궁금하면 전화 해 봐. 이제 그런 부분에서도 지금 몸에 적응 해야지."

"…그럴까요?"

“그래~ 나도 수혁이 뭐하는지 궁금하네.”

성소현은 웃으면서 셀리나를 부추겼다. 잠시 고민을 하던 셀리나는 결심한 표정으로 칼스타인에게 전화를 걸었다.

그 모습을 지켜보고 있는 성소현의 머릿속은 표정과는 달리 조금 복잡했다.

‘리나도 수혁이를 많이 좋아하는 구나… 그냥 소환수와 소환자 정도의 관계라 생각했었는데….’

그녀의 상식으로는 소환수와 소환자는 영혼이 연결 되어 있었기에 가까울 수밖에 없는 사이였다.

물론 셀리나처럼 이성을 갖고 인간형으로 변신할 수 있는 소환수를 본 적은 없었지만, 상식선에서 생각하기에 그랬다는 것이었다.

그렇기에 성소현은 단순히 칼스타인에게 연결된 소환수이기에 그녀가 칼스타인을 따른다고 생각하고 있었다.

그러나 셀리나가 새로이 인간의 몸을 얻고, 영혼의 연결이 끊긴 뒤로도 그녀의 행동에는 변화가 없자, 아니 칼스타인을 더 의지하고 따르는 것 같자, 처음에 성소현은 그녀를 경쟁자로 인식하였었다.

하지만, 기본적으로 경쟁이라는 것에 어울리지 않는 성소현은 이내 그녀의 마음을 그대로 인정하기로 하였다. 당연히 그녀의 마음속에서만 이루어진 생각이었다.

이런 생각은 법적으로도 문제는 없었다.

과거 한국은 일부일처제의 국가이지만 능력 있는, 보통 재력이 있는 남자들은 소위 말하는 첩을 두는 경우도 있었다. 하지만 이것은 법적으로 보호 받을 수 있는 관계는 아니었다.

그러나 몬스터홀이라는 것이 나타난 뒤로는 능력 있는 남자가 공공연히 두 명 세 명의 여성과 함께 사는 것도 그렇게 드문 일은 아니었다.

반대의 경우도 있었다. 능력 있는 여성이 두 명 세 명의 남성과 사는 경우도 있었던 것이었다. 몬스터 홀의 등장과 함께 세상은 변화한 것이었다.

그 결과 법적으로도 일부일처의 제도는 없어진 상태였다. 상호간, 그리고 기존의 배우자들의 합의만 있다면 한 남성이 여러 여성과 결혼 할 수 있었고, 한 여성이 여러 남성과도 결혼 할 수 있었다.

사실 법률적으로 정하지 않더라도 힘이 있는 자들은 이미 행하던 일이었으나 소위 말하는 둘째 부인들의 법적인 지위를 위해서 만들어진 법이었다.

이런 법이 있든 없든 할 사람은 하고 안할 사람은 안하겠지만, 어쨌든 법이 정해짐으로 인해서 일반인들 역시 결혼을 꼭 한 사람과 해야 한다는 상식이 깨져 있는 상태였다.

성소현 역시 이런 일반인 중의 한 명이었다. 물론 칼스타인을 만나기 전만 하더라도 그녀의 가치관은 일부일처였지만, 이제는 셀리나와 칼스타인을 함께 받아들일 생각을 하고 있었다.

'뭐, 수혁이가 나를 받아 줘야 가능한 생각이겠지만…. 나도 S급 능력자는 되었으니 내치지는 않겠지? 좀 더 내 마음을 표현해야하나….'

셀리나가 불안해하는 부분에 대해서 위로해주기는 하였지만, 그녀 역시 아직 칼스타인이 자신을 어떻게 생각하고 있는지에 대한 자신은 없었다. 그저 그녀 스스로가 그런 마음을 먹고 있을 뿐이었다.

성소현의 머릿속에서 복잡한 생각이 오가는 동안 셀리나의 전화 통화가 드디어 연결이 되었다.

"여보세요?"

[무슨 일 있어?]

칼스타인은 늘 그렇듯이 차분한 목소리로 셀리나의 전화를 받았다. 하지만 셀리나는 무슨 말을 해야 할지 모르겠다는 듯 당황하다가 아무 말이나 내뱉었다.

"아… 저… 그… 식사는 하셨어요?"

[아니. 그런데 이걸 물으려고 전화한 거야?]

약간 어이없다는 듯한 목소리로 칼스타인이 반문하자 셀리나는 더욱 당황하며 대답했다.

"아… 아니요. 그… 그게 언제 들어오시나 해서요. 잠시 나갔다 오신다 해놓고 아직 안 들어오셔서 걱정이 되어서 전화했어요."

당황 속에서 대답하다보니 그녀의 말은 점점 빨라졌고 마지막에 이르러서는 숫제 책을 읽듯이 빨리 말해버렸다.

[걱정? 걱정할 일 없으니까 걱정말고. 오늘 좀 늦을 거야. 다른 사람들에게도 그렇게 전해줘.]

"아… 네… 오빠."

[그럼 다른 용건 없으면 끊는다.]

사실 이미 오랜 시간 동안 칼스타인과 지내왔던 셀리나가 그의 성격을 모를 리가 없었다.

하지만 지금 그녀는 칼스타인의 일거수일투족이 새로웠다.

과거에는 영혼의 연결로 항상 일체감을 느꼈고, 심지어 미묘한 감정상태에 대해서도 어느 정도는 짐작이 갔는데 지금은 그런 일체감이나 연결고리가 없어졌기 때문이었다. 마치 정상인이 시각을 잃은 장애인이 된 느낌이었다.

뚜-뚜-뚜-

셀리나는 끊긴 전화를 한참이나 지켜보며 멍하게 있었다.

"아…."

"왜 그래?"

"언니. 저 바보같지 않았어요?"

셀리나 역시 전화를 끊고 나니 자신이 어떤 행동을 하였는지 객관적으로 볼 수 있었다.

"아… 니. 뭐가 바보 같아? 괜찮았어. 호호호."

"언니. 방금 대답이 미묘하게 늦었거든요."

"아… 그… 그게… 아. 아까 에이나씨가 찾는다고 했는데 깜빡했다. 나 먼저 갈게-."

성소현은 제대로 대답하지 못하고 서둘러 자리를 비웠고, 셀리나는 침울한 얼굴로 다시 한 번 휴대전화를 들여다 보았다.

◈

'뭐지?'

칼스타인은 뜬금없는 셀리나의 전화에 통화를 종료한 뒤로도 잠시 휴대전화를 바라보더니, 이내 관심을 끊고 앞에 있는 사람에게 양해를 구했다.

"죄송합니다. 갑자기 전화가 와서."

"하하. 괜찮네. 그래 어디까지 이야기 했었지?"

"알려주신 김유빈의 집을 찾아가보니 이미 이사를 한 상태였다 것까지 말했었지요."

지금 칼스타인의 앞에 있는 사람은 바로 블랙머천트 연합회의 회장 최성호였다. 사실 칼스타인이 집에서 나왔을 때만 하더라도 이렇게 최성호를 방문할 생각은 없었다.

오늘 칼스타인이 나온 이유는 바로 그가 사용하는 몸의

원주인인 이수혁의 오래된 원한, 김유빈에 대한 원한을 해결하기 위해서였기 때문이었다.

사실 최성호에게서 김유빈의 정보를 얻은 지는 꽤나 시일이 지났는데, 제천의 일부터 지구방어대전에 이르기까지 여러 가지 일이 동시다발적으로 벌어지다보니 아직 이 일을 해결하지 못한 상태였다.

그러던 중 지구방어대전도 끝나고 어느 정도 여유 시간이 생기자 이 일을 해결하기 위해서 나선 것이었다.

그래서 과거 최성호에게서 받은 정보를 토대로 김유빈의 직장을 방문하였는데, 그녀는 이미 퇴사한 상태였다.

이후 그녀의 집을 찾아가보았지만 이사를 한 상태라 더 이상 그녀의 행방을 쫓을 수 없었다.

최성호에게 받은 정보에는 그녀의 친인척 및 친구사이까지 다 명시되어 있기에 그것을 토대로 찾을 수도 있지만, 혼자서 그런 탐색을 하는 것보다 다시 최성호의 도움을 받는 것이 낫겠다는 생각에 결국 칼스타인은 여기까지 온 것이었다.

"아. 그렇지."

"혹시 이후로 김유빈의 정보를 업데이트 하고 계신 것이 있는지 궁금하네요. 없다면 번거로우시겠지만 현재 그녀의 정보를 다시 좀 부탁드립니다."

다소 뻔뻔한 부탁이라 생각할 수 있지만, 칼스타인이 연합회에 해준 것은 생각한다면 이 정도 부탁은 아무것도 아니었다.

최성호 역시 그렇게 생각하고 있기에 아무 곤란한 기색도 없이 바로 말을 이었다.

"음. 잠시만 기다려 주시게나. 일단 확인 좀 해봐야겠네."

칼스타인에게 잠시 양해를 구한 최성호는 사무실 전화기를 들어 어디론가 전화를 걸었다. 잠시 신호가 간 뒤 누군가가 전화를 받는 소리가 들렸다.

"김 실장. 나, 최성호일세."

[회장님. 무슨 일이십니까?]

"그… 몇 달 전에 김유빈이라는 여성에 대한 정보 조사를 요청했는데 기억나나?"

몇 달 전의 일을 바로 기억하는 것은 무리였는지 김 실장은 잠시 침묵을 하며 머릿속을 뒤졌고, 이내 가벼운 탄성과 함께 말을 이었다.

[음… 아! 기억납니다. 그 건은 이미 보고서를 올려드린 것으로 알고 있습니다만….]

목소리는 나지막했지만, 이미 초인이라 할 수 있는 칼스타인에게는 상대방의 목소리까지 다 들리는 상태였다. 최성호 역시 그것을 알고 있었지만 개의치 않고 이야기를 나누었다.

"그래. 보고서는 받았는데, 혹시 그 이후로도 행적을 추적하고 있는지 싶어서 말이야. 당시의 정보가 지금은 상당히 많이 바뀌었거든."

[보통 요주 인물들은 별도의 지시가 없어도 정기적인 정보 업데이트를 하긴 하는데… 한 번 확인해보고 바로 말씀드리겠습니다.]

"그래, 찾는 손님이 계시니 서둘러주면 좋겠군."

[네. 알겠습니다.]

전화를 끊은 최성호는 김 실장이 이야기한 대로 칼스타인에게 잠시의 시간을 요청하였고, 부탁하러 온 입장인 칼스타인은 고개를 끄덕여 동의를 표했다.

그렇게 십여 분간 연합회의 근황에 대해서 이런 저런 이야기를 나누고 있는데 회장실의 인터폰이 울리며 김 실장의 방문을 알렸다.

"회장님. 아! 찾으신다는 손님이 이 헌터님이셨군요."

칼스타인은 연합회 내에서 꽤 유명인사였기에 연합회의 정보를 담당하는 김 실장이 그의 얼굴을 모를 리가 없었다.

하지만 칼스타인은 김 실장을 처음 보았기에 먼저 자신의 소개를 하며 인사를 하였다.

"이수혁이라고 합니다."

"아. 저는 정보통제실장 김희락입니다."

둘의 인사를 보고 있던 최성호는 김희락이 갖고 온 서류를 보며 그에게 말을 건넸다.

"김 실장. 이 헌터에게 가지고 온 자료를 주시게나."

"아. 네. 여기 있습니다."

칼스타인에게 서류 봉투를 건넨 김희락은 칼스타인이 서류를 꺼내어 살펴보는 것을 보고 정보를 취합한 결과를 구두로 언급하였다.

"보시는 대로 김유빈은 지금 잠적상태라 해도 과언이 아닙니다. 원래 다니던 회사도 그만 두고, 살던 집도 이사한 상태이지요."

"흐음…. 그런데 지금 있는 곳이 천무의 안전가옥 중 하나라고요? 김유빈과 천무 사이에 무슨 접점이라도 있었습니까?"

몇 달 전 김유빈의 자료를 보았을 때에 김유빈은 천무와 아무 접점이 없었다.

그녀가 다니는 회사는 이능력자들의 장비를 제조하는 회사 마나 테크였고, 그녀의 남자친구는 라이퍼라는 중견 길드의 A급 헌터 김장호였다.

가족들과는 연락을 끊은 지 꽤나 시간이 지난 상태라 가족을 통한 것도 아니니, 그녀가 천무와 가지는 접점은 없다고 보아도 무방하였다.

"일차 보고 이후에는 디테일하게 그녀를 살핀 것이 아니라 디테일한 정보는 추후에 별도 보고토록 하겠습니다. 다만, 뒤쪽을 보시면 아시겠지만, 김유빈씨가 지금 만나는 남자가 천무길드의 백진호씨로 추정이 됩니다."

김희락의 말에 칼스타인은 서류를 몇 장 넘기고 그 부분을 확인하였다.

정보에 의하면 백진호는 천무길드의 길드장 백검혼의 차남으로 그 유명한 천무룡 백진강의 동생이었다.

그리고 그는 한국 최강으로 불리는 천무문의 문주 백천무의 둘째 손자이기도 하였다.

디테일한 부분은 차후에 보고한다고 했지만, 보고서에는 이미 상당한 정보가 담겨있었다.

그 중에서는 김유빈과 백진강의 첫 만남에 관한 부분도 있었는데, 둘은 유명 헌터들이 자주 출몰한다는 프라이빗 클럽 레트로에서 처음 만났다고 한다.

좀 더 구체적인 부분도 있었는데 보고서에는 레트로에서 남자들 때문에 곤란에 처한 그녀를 백진강이 구해주면서 인연이 시작되었다고 추측하고 있었다.

사실 레트로는 C급 이상의 헌터가 아니면 입장조차 되지 않았기에, E급에 불과한 김유빈이 들어갈 수 있는 곳이 아니었다.

하지만 그녀의 미모는 그것을 가능하게 하였고, 이를 통해 김유빈이 상위의 헌터들과 만날 수 있었던 것이었다.

보고서에 따르면 원래 남자친구인 김장호라는 A급 헌터 역시 이 레트로에서 만났고, 이 김장호는 김유빈의 변심에 분개했다가 그 상대가 천무 길드의 둘째 아들이라는 사실에 감히 덤비지 못하고 꼬리를 말았다는 사실까지 쓰여 있었다.

이후 무슨 일이 있었는지, 집도 정리하고 직장도 정리한 상태로 그녀는 천무의 안가에 있다는 말로 보고서는 마무리 되고 있었다.

"이 정도면 충분하군요. 안가의 위치까지 있으니 직접 찾아가면 되겠습니다. 그런데 이쯤 되니 김유빈은 정말 팜므파탈이라는 말이 어울리는 여자군요."

칼스타인의 말처럼 김유빈은 타고난 미모로 여러 남자들은 만나면서 그로 인해 이득을 취하고 있었다.

애초에 첫 회사인 마나테크 역시 그녀의 미모를 통해서 낙하산으로 들어간 곳이었고, 이후로도 모든 사건이 그녀의 외모 때문에 벌어지고 있었다.

"그러게 말입니다. 저도 사진을 봤는데 묘한 색기가 도는 것이 남자들이 좋아할 것… 아. 죄송합니다."

김희락은 신이 나서 이야기하다가 최성호의 눈빛이 변하는 것을 보고 급하게 사과를 하였다.

"아닙니다. 정보를 주셔서 감사합니다."

"허허. 더 필요한 것은 없나? 이 헌터가 원하는 것이라면 우리 연합회가 최선을 다해서 돕도록 하겠네."

"괜찮습니다. 안가의 위치를 안 것만 해도 충분합니다. 수고 많으셨겠네요. 정보비라고 하면 좀 그렇겠지만, 이 정보를 얻는데 수고한 대원께 전달해 주십시오."

정보비라는 말과 함께 칼스타인은 품에서 연두빛이 도는 반지를 하나 꺼냈다. 연두빛은 고급 등급의 아티팩트라는 말이었다.

고급 등급만 하더라도 최소 10억의 가치가 있기에 이 정도 정보에 대한 정보비로는 과하다 할 수 있었다.

하지만 주는 칼스타인도 받는 최성호도 이 정도 가치의 아티팩트에 눈 하나 깜짝할 사람들이 아니었다.

칼스타인이 내미는 반지를 받아든 최성호는 다시 김희락에게 반지를 건네며 말했다.

"허허. 그러지. 김 실장. 정보를 얻는 데 가장 힘쓴 대원에게 이 아티팩트를 지급하게나."

"예. 알겠습니다."

반지까지 넘겨준 칼스타인은 서류를 주머니에 갈무리한 뒤 자리에서 일어서며 입을 열었다.

"그럼 이만 가보겠습니다. 번거롭게 해드려 죄송합니다."

"번거롭기는 이런 부탁은 언제든지 환영이라네."

칼스타인의 능력과 성격을 알고 있는 최성호는 사소한 부탁이라도 많이 들어준다면 언젠가 연합회에서 꼭 그가 필요할 때 자신들을 도와줄 것임을 알고 있었다.

칼스타인 역시 그들의 내심을 모르는 것은 아니었지만, 그로서도 윈윈 할 수 있는 상황이기에 그들의 그런 기대를 저버릴 생각은 없었다.

◈

휘이아잉-

연합회 본부를 벗어난 칼스타인 비행 팔찌를 통해서 곧장 김유빈이 있는 천무의 안가로 날아갔다.

안가의 위치는 서울 외각의 시골마을로 마을 전체의 총 가구수는 열두 가구에 불과하였다.

사실 시골마을 전체가 천무의 안가였다. 정확히 말하자면 다섯 가구는 천무의 안전가옥, 일곱 가구는 그 안가를 지키기 위한 경호원들의 숙소였다.

'무력은 강하지 않지만 정보라는 부분에서는 확실히 대단하군.'

칼스타인은 새삼 이런 디테일한 부분까지 찾아낸 블랙머천트 연합회의 능력이 대단하다는 생각이 들었다.

해외 정보 부분은 약하지만 국내 정보에는 미네르바에 뒤지지 않을 만큼 정보력이 좋은 블랙머천트 연합회였다.

마을 전체가 내려다보이는 하늘에서 칼스타인은 가만히 이 마을 전체의 인원들을 가늠하였다.

'흐음. 능력자는 S급이 한 명, A급 10명에 B급 20명인가?'

D급이나 E급의 능력자도 감지되었으나 실질적인 전투 인력으로 보기는 힘들었다.

이들 외에도 십수명의 일반인들도 감지되었지만, 이들

역시 당연히 전투인력은 아니었고 오히려 보호 대상일 가능성이 높았다.

'마스터까지 있는 곳을 보니 상당히 중요하게 생각하는 곳인가 보군.'

지구방어 대전에 참여하기 전에는 마스터가 상당히 드물다고 생각했지만, 대전에서 수백, 수천의 마스터를 본 이상 이런 곳에 마스터가 등장하는 것이 이상하게 느껴지지는 않았다.

물론 그렇다고 해서 그들의 무력이 약한 것은 아니었다. 사실 마스터라는 경지는 헤스티아 대륙에서도 인정받는 경지라 할 수 있었다.

'일단 연합회의 정보에서 찍은 곳부터 확인해야겠군.'

마을 전체에는 경보 마법진이 펼쳐져 있는 상태였지만 칼스타인에게는 엘리니크가 준 마법기가 있었다.

대전 이후 영혼포인트가 넉넉해진 칼스타인은 유용하게 쓰일 수 있는 마법기들을 상당히 챙겨온 상태였다.

그 중 하나가 지금 사용할 은신 신발이었다. 이 은신 신발은 단지 투명화 마법을 사용하는 것을 넘어, 마나 감지와 생체 에너지 감지까지 막는 기물이었다.

당연히 일반적인 탐지 마법진 따위가 은신 신발의 사용자를 잡아 낼 수는 없었다.

물론 마스터 이상의 강자들은 육감에 가까운 기감으로 은신을 찾아낼 수도 있겠지만, 그랜드마스터의 기척을 마스터가 잡아낼 수는 없을 것이니 그 부분은 칼스타인이 자신의 기감을 조절 하는 것으로 막아낼 수 있었다.

결국 이 곳에서 칼스타인의 접근을 알아 챌 수 있는 사람은 없다는 이야기였다.

은신신발을 발동시킨 칼스타인은 경보 마법진은 무시하고 목표로 한 안전가옥에 다가갈 수 있었다. 당연히 경보 마법은 울리지 않았고, 그의 출현을 눈치 채는 사람도 없었다.

목표 안가의 정원에 내려선 칼스타인이 전면의 통유리를 통해서 거실을 확인하자 그곳에는 20대 중후반 정도로 보이는 미모의 여성이 TV를 시청하고 있었다.

바로 김유빈이었다. 사진으로 이미 보아서 지금의 모습 또한 알고 있었지만 실물을 보니 확실히 그녀의 미모는 빛이 났다.

화장 때문인지 무엇 때문인지는 모르겠지만 지금 그녀는 소위 연예인 급의 미인이라 할 수 있을 정도의 미모를 자랑하고 있었다.

하지만 그런 것은 칼스타인에게 아무런 의미가 없었다.

더군다나 셀리나의 외모는 지금 김유빈의 외모보다도 월등하다 할 수 있었으니 아무런 감흥조차 없었다.

'역시 여기 있었군. 김유빈.'

목표를 확인한 이상 칼스타인은 더 이상 망설이지 않았다. 이미 안가 안에는 김유빈을 제외한 다른 이가 없는 것을 확인한 칼스타인은 문 옆의 벨을 눌렀다.

딩동-!

"누구세요?"

"전기 점검 할 것이 있어 왔습니다."

다른 곳이라면 당연히 경계심을 품었을 김유빈이었지만, 마을 전체가 천무의 안전가옥인 것을 알고 있는 김유빈은 아무런 경계심 없이 문을 열었다.

"무슨 점검…. 앗!"

문을 연 김유빈은 문 앞에 서 있는 칼스타인을 보고 놀라는 표정을 지었다.

"호오. 놀라는 것을 보니 내가 누군지 알고 있다는 거군."

일반적인 상황으로 본다면 단순히 전기 점검을 하러 온 사람들의 얼굴을 보고 놀랄 이유는 없었다.

그런 상황에서 그녀가 이렇게 놀랐다는 말은 칼스타인을 알고 있다는 것 말고는 다른 이유가 없어보였다.

이런 가정을 증명이라도 하는 듯 김유빈은 덜덜 떨리는 오른손으로 칼스타인을 가리키며 말했다.

"어… 어떻게… 네가… 여…기까지…."

"음? 날 피해서 이곳에 온 것이었나? 신기하군. 내가 찾아올 것을 어떻게 알았던 것이지?"

지금 보이는 태도만 보았을 때 김유빈이 이 안가에 있었던 이유가 바로 칼스타인을 피하기 위해서 인 것 같았다.

단지 아는 사람을 보아서 놀랐다고 생각하기에는 지금 김유빈의 상태가 설명 되지 않았다.

지금 김유빈은 완전히 겁에 질려있는 상태였다.

겁에 질린 김유빈은 뒷걸음질을 쳤고 어딘가에 걸렸는지 바닥에 엉덩방아를 찧었다. 하지만 그녀는 바닥에 주저앉은 채로도 뒤로 물러서는 것을 멈추지 않았다.

"자. 궁금하군. 어떻게 내가 올 것인지 알고 있었던 것이지? 말해 줄 수 있겠나?"

칼스타인의 나지막한 말에 겁에 질린 김유빈은 뭔가 결심한 표정을 짓더니 표독스러운 얼굴로 입을 열었다. 하지만 목소리가 떨리는 것까지는 막아내지 못하였다.

"왜… 왜 날 찾아온 거지? 서… 설마… 나… 를 차… 창수처럼 만들 거야?"

박창수의 이야기가 나오는 순간 칼스타인은 대략의 상황이 그려졌다.

"창수? 아. 박창수? 그렇군. 네가 박창수의 병문안을 갔다는 이야기는 들었지. 그 놈 한테 뭔가 이야기라도 들은 건가? 흐음… 지금 그 놈은 말을 할 수 있는 상태가 아닐 텐데?"

과거 아카데미 시절 이수혁을 괴롭히는데 가장 앞장섰던 박창수는 칼스타인의 응징으로 인해 지금 죽지도 살지도 못한 상태에서 극도의 고통을 겪는 중이었다.

칼스타인의 말을 들은 김유빈은 눈을 빛내며 외쳤다.

"여… 역시 창수가 그렇게 된 것은 네 짓이었구나!"

그녀의 말로 짐작컨대 지금 김유빈은 정확한 물증 없이 추측을 한 것이었다. 하지만 굳이 칼스타인은 부인할 생각이 없었다.

그녀 역시 과거 그녀가 한 짓에 대한 대가를 치르게 해줄 생각이었기 때문이었다.

"떠본 것이었나? 뭐 그랬다고 해도 상관없겠지."

김유빈이 그 사실을 안다고 해서 칼스타인에게 위험이 될 만한 상황이 생길 일은 없었다.

과거 박창수는 자신의 아버지가 제천 길드의 주요 인물이라는 배경으로 거들먹거리는 것이었는데, 지금은 제천 길드자체가 와해된 상황이었다.

그것도 칼스타인의 손에 의해서 벌어진 일이었다. 따라서 박창수를 그렇게 만든 사람이 칼스타인이라는 것이 밝혀진다 해도 전혀 문제가 없다는 이야기였다.

"나… 날… 어… 어떻게 하려는 거… 것이냐!"

김유빈은 단호하게 말하려고 하였지만 공포에 질린 상태에서 단호한 목소리가 나올 수는 없었다. 여전히 그녀의 목소리는 떨리고 있었다.

"글쎄. 내가 널 어떻게 할 것 같아? 다시 깨어나면서 생각했지. 박창수와 너에게만은 반드시 복수를 하고 말거라고. 박창수는 이미 했으니 남은 건 너 하나뿐이야. 이런 상황에서 내가 널 어떻게 할까?"

칼스타인이 아닌 이수혁이 겪은 일이지만, 굳이 칼스타인은 제 3자의 일처럼 이야기 하지는 않았다.

사실 지금 말과는 다르게 칼스타인은 처음 이수혁의 몸을 차지했을 때에는 복수 같은 것은 생각하지 않았다. 약육강식의 세계에서 자란 그는 자살이라는 선택을 한 이수혁의 나약함을 더 크게 생각었기 때문이었다.

하지만 그의 어머니 박정아를 자신의 어머니로 받아들이면서 이미 죽은 이수혁은 마치 먼저 죽은 동생과도 같은 느낌으로 다가왔고, 이수혁의 죽음에 직접적 영향을 준 자들에게 복수를 행하는 것은 칼스타인에게는 너무도 자연스러운 일이 되어버린 것이었다.

"박창수는 널 가장 괴롭혔던 놈이었지만, 난 그 한 번을 제외하고는 다른 동기들과 크게 다르지 않았잖아! 근데 왜 날 그 놈과 같은 취급이야!"

칼스타인의 말이 억울했던 것인지 김유빈은 말을 더듬던 것도 멈추고 울분에 찬 표정으로 칼스타인에게 외치듯 말했다.

과거 김유빈이 한 짓은 당시 왕따인 이수혁과 친하게 지내며 사귈 것처럼 행동하다가 뻥 차버린 것뿐이었다. 그녀의 생각에 자신이 한 짓은 박창수의 괴롭힘과 비교할 수 없을 정도로 사소한 일에 불과하였다.

그런 그녀의 모습이 재미있다는 듯 칼스타인은 빙그레 웃으며 답을 해 주었다.

“정말 몰라서 묻는 거냐? 역시 때린 놈은 맞은 놈 사정을 모른다고 하더니… 내가 자살을 선택했던 가장 큰 이유는 네가 한 그 짓 때문이었어. 박창수의 괴롭힘은 어느 정도 익숙해져서 버틸 만 했는데 네가 한 그 짓 때문에 당시 내 마음이 죽어버렸던 것이지.”

칼스타인의 말에 그제야 자신이 한 행동이 이수혁에게 얼마나 크게 받아들여졌는지 약간이나마 느낀 김유빈은 변명을 하기 시작했다.

“그… 그렇지만 그건 박창수가 시켜서 한 짓이잖아!”

“시켰다기 보다는 그 짓을 대가로 돈을 받았다고 네 입으로 말하지 않았던가?”

김유빈은 하도 오래전 일이라 기억이 가물가물하긴 하였지만 당시 그 비슷한 말을 했던 것 같았다. 이리저리 재어 봐도 빠져나갈 구멍이 없었다.

그 때였다. 닫힌 문 밖에서 누군가의 기척이 나며 벨을 누르는 소리가 들렸다.

딩동-딩동-

동시에 김유빈의 찌푸렸던 얼굴이 활짝 개었다. 지금까지 그녀가 위험을 무릅쓰고 칼스타인과 실랑이를 벌였던 이유가 밝혀지는 순간이었다. 자신을 구해 줄 사람이 올 때까지 시간을 끌고 있었던 것이었다.

다만 칼스타인은 그들이 벨을 누르기 전부터 이미 누군가가 이 집으로 접근하고 있는 것을 알고 있었다.

이 마을 전체가 칼스타인의 기감 아래 있었기 때문이었다. 그 칼스타인의 기감에 지금 문 앞에는 A급 능력자 한 명과 S급 능력자 한 명의 기척이 느껴지고 있었다.

"이자들을 기다렸나 보군."

"그래. 네가 아무리 마스터에 올랐다고 해도 이제 갓 마스터가 된 상황에서 천무의 고위 마스터를 상대할 수는 없을 거야!"

"네가 마스터가 된 것도 알고 있다라… 나에 관해서 계속 알아보고 있었다는 거군."

"그래. 창수가 그렇게 된 이후로 너에 대해서 알아보고 있었지. 사실 내가 이리로 피신한 것도 마스터에 오른 널 피해서 위해서였어. 그리고 날 보호해 줄 사람을 찾기 위해서이기도 하고."

득의의 미소를 지으며 말을 마친 김유빈은 이어서 큰 목소리로 문을 향해 외쳤다.

"살려주세요! 사람 살려!"

하지만 문 밖에 두 명은 다급한 비명소리에도 들어오기는커녕 재차 벨을 누르며 문을 두드렸다.

쿵쿵쿵-

"유빈씨~ 유빈씨 안에 없어요?"

밖의 두 명이 꽤 크게 지른 자신의 비명소리를 듣지 못하는 듯하자 김유빈은 당황하기 시작했다.

김유빈을 위협하는 칼스타인은 여전히 그녀의 앞에

있는데 그녀를 구해줄 두 사람은 그녀가 위험에 빠져있는지도 알지 못하고 있었기 때문이었다.

“아….”

“하하하. 차음막(遮音膜)은 기본적인 조치인데 그걸 펼친 줄도 모르고 있었나?”

사실 칼스타인이 펼친 것은 단순한 차음막은 아니었다. 단순한 차음막이면 문 밖에 있는 마스터가 알아차리지 못할 이유가 없었다.

지금 칼스타인은 그랜드마스터의 마나운용으로 소리뿐만 아니라 마나와 존재감 자체를 숨겨버린 상태였다.

“그… 그게….”

당황해하는 김유빈의 모습을 잠시 바라본 칼스타인은 품속에서 조그만 반지를 꺼내며 그녀에게 말했다.

“널 바로 죽이지는 않을테니 너무 걱정 하지마.”

죽이지 않는다는 말에 김유빈은 다행이라는 듯 내심 안도의 한숨을 내쉬었다. 하지만 칼스타인의 말은 아직 끝나지 않았다.

“그러나 죄 값은 치러야지. 다만, 박창수도 그랬지만 너 역시 죄 값을 벗어날 기회는 주지. 그 기회를 얻는 것은 네 몫이야. 내 예상으로는 아마 그 기회를 잡지는 못하겠지만 말이야.”

박창수는 죽음의 고통에 시달리고 있지만, 그 고통 속에서 깨달음을 얻어 환골탈태를 한다면 그 고통에서 벗어날 가능성은 있었다.

"기회? 무슨 기회 말이지?"

"쉽다면 쉽고 어렵다면 어려운 기회지. 개인적으로는 박창수보다는 쉽다고 생각되지만 뭐 모를 일이지. 아, 다른 사람의 도움이 필요하니 더 어렵다고 할 수도 있겠군."

칼스타인은 굳이 어떤 식의 기회인지 구체적으로 언급하지는 않았다. 대신 아까 꺼낸 반지에 마나를 주입하더니 그녀를 향해 외쳤다.

"자크바라후!"

칼스타인의 마나에 반응하여 반지에서는 불길한 검붉은 마나가 발현하여 김유빈에게 쏘아져 나갔다.

불길한 마나가 자신에게 주입되자 김유빈은 잠시 불안감에 떨었는데 아무런 변화가 없자 안도의 한숨을 내쉬었다.

그 때, 갑자기 김유빈의 몸이 변화하기 시작하였다.

우드득- 우지지직-

아름다운 얼굴에 늘씬한 몸매를 가진 김유빈의 몸이 급작스럽게 변해갔다. 정확히 말하면 추하게 변해갔다.

얼굴의 이목구비가 틀어져서 지금까지의 균형감이나 조화로움은 찾아볼 수 없게 되었고, 탄력있던 피부가 푸석푸석해지면서 지금보다 삼십년은 늙어보이게 되었다.

더군다나 쭉 뻗어있던 등마저 굽어져서 마치 오랫동안 농사를 지은 노파처럼 변해버렸다.

"나… 나한테 무슨 짓을 한거야!"

김유빈은 끔찍한 자신의 모습에 경악을 하며 외쳤다.

"후후. 저주의 일종이지. 그리고 대부분 저주가 그렇듯이 맞는 열쇠를 찾는다면 풀릴 거야."

"마… 맞는 열쇠? 그게 뭐지?"

"바로 그게 네가 풀어야 할 숙제인데, 그걸 알려주면 쓰나. 하하하."

이 자크바라후라는 저주는 헤스티아 대륙에서 종종 사용되는 저주로 경국지색의 미모를 갖고 있던 옛 라실리 왕국의 공주 아틸라가 자진해서 걸렸던 저주로 유명하였다.

어려서부터 아름다운 외모를 갖고 있던 아틸라는 타인의 마음을 읽을 수 있는 선천적인 능력이 있었다.

문제는 이 능력은 그녀를 지킬 수 있는 힘을 주는 동시에 인간에 대한 회의감을 들게 하였다는 점이었다.

여자들은 그녀의 외모를 시기하였고, 남자들은 그녀를 성적인 대상으로 밖에 보지 않았다.

그 결과 그녀는 홀로 보내는 시간이 많아졌고 그 시간은 책을 읽는데 오롯이 사용되었다.

그러던 중 아틸라는 자크바라후라는 저주에 대해서 알게 되었고, 친분이 있는 여자 왕궁마법사에게 의뢰하여 이 저주를 사용할 수 있는 흑마법사를 섭외하였다.

결국 마법을 시전 받은 아틸라는 몰래 왕궁에서 빠져나가 평민의 삶, 아니 추악한 외모 덕분에 평범한 백성보다도 힘든 삶을 경험하였다.

하지만 그리 힘들지 않았다. 그것은 속마음을 숨긴 채 가식적으로 자신을 대하는 것보다 차라리 면전에서 욕을 하는 것이 나았기 때문이었다.

그렇게 몇 년을 적응해서 살고 있는데, 한 용병이 부상을 입고 그녀가 살고 있던 마을로 들어왔고 아틸라는 우연한 기회에 그를 치료해주게 되었다.

처음에는 추악한 외모에 용병은 그녀에게 관심이 없었다. 하지만 치료를 받으며 점점 그녀의 성품에 호감을 갖게 된 용병은 그녀에게 고백을 하였고, 처음으로 추악한 상태의 자신을 진심으로 사랑하는 사람을 만난 아틸라 역시 그 용병을 사랑하게 되었다.

그리고 둘이 맺어 지는 순간 자크바라후는 풀리게 된 것이었다. 이후 아틸라는 다시 왕궁으로 돌아갔고 이 용병은 라실리 왕국의 부마가 되었다는 후일담이 있었다.

즉, 이 자크바라후는 진정한 사랑을 찾는 저주로, 저주를 받은 사람의 추악한 모습에도 그녀를 진정으로 사랑해주는 사람을 만나고 그녀 역시 그를 진정으로 사랑하게 되면 풀리게 되어 있는 저주였다.

사실 마음씨가 고운 사람이라면 풀기 불가능한 저주는 아니었다. 많지는 않겠지만 상당 수의 사람들은 어떤 외모를 갖고 있든지 내면만을 중요하게 생각하고 사랑을 나누는 사람들도 있었기 때문이었다.

사지가 없는 장애를 가진 사람도 사랑하는 사람을 만

나는 판국에 지금 김유빈의 상태가 희망이 없는 절망적인 상태라고 단정 지을 수는 없었다.

'하지만 김유빈의 성품으로는 불가능 하겠지.'

칼스타인의 생각처럼 그가 알고 있는 김유빈의 심성으로는 이 저주를 풀기란 불가능하였다. 저주를 풀기는커녕 점점 정신이 붕괴되며 자살에 이를 확률이 높았다.

"으… 으악! 으아악!"

벌써부터 김유빈은 변해버린 자신의 모습에 좌절을 하며 비명을 질러대기 시작했다.

'역시 엘리니크야. 녀석 덕분에 제대로 된 복수를 하는군.'

이 복수 방법은 김유빈과 이수혁의 악연을 들은 엘리니크가 제안한 방법이었다.

칼스타인은 김유빈의 그냥 목을 쳐버리는 것은 그녀에게 너무 쉬운 죽음이라는 생각에 엘리니크에게 조언을 구했고, 엘리니크는 잠시의 생각 끝에 이 방법을 알려주며 자크바라후가 내재되어 있는 반지를 건네준 것이었다.

그렇게 김유빈의 꼴을 보며 만족스러운 웃음을 지을 때였다.

조금 전 저주 때문에 마나가 새어 나가서 그런지 문 밖의 기척이 이상했다. 집안에 무슨 일이 생기고 있다고 판단했는지 문을 부수려고 하였다.

'음? 뭔가 알아챘나 보군. 뭐 다 끝났으니 상관없지.'

생각을 정리한 칼스타인은 여전히 자신의 모습에 절망하고 있는 김유빈을 보고 한 마디 던지고 은신 신발을 가동하였다.

"그럼 고생해라, 김유빈. 나는 이만 가지. 후후."

그 말과 동시에 칼스타인은 사라졌고, 현관문은 쾅하는 소리와 함께 부서지고 말았다.

"유빈씨!"

먼저 문을 열고 뛰어 들어오는 사람은 20대 후반 정도로 보이는 청년이었다. 그가 바로 천무룡의 동생 백진호였다.

백진호가 들어온 것을 확인한 김유빈은 쓰러져있던 몸을 일으켜 그를 불렀다.

"지… 진호씨…."

"유빈… 헉!"

다가가서 김유빈을 안으려던 백진호는 그녀가 고개를 들어 자신을 보자 그도 모르게 경호성을 발하여 한 발 뒤로 물러섰다.

"누… 누구냐!"

옷 차림은 분명 자신이 사준 명품 옷들이었다. 반지나 목걸이 따위의 악세사리까지 자신이 사준 것이 맞았지만, 그것을 차고 있는 사람은 그가 아는 김유빈이 아니었다.

"진… 호씨… 저 유빈이에요. 김유빈. 흐흐흑…."

자신의 변한 모습에 스스로도 놀랐지만, 이렇게 백진호까지 놀라며 물러서자 더욱 더 자신의 상황이 처량해서 김유빈은 눈물이 나지 않을 수가 없었다.

전혀 다른 사람처럼 변해버린 김유빈의 모습에 백진호는 당황할 수밖에 없었다. 그 때 백진호를 따라온 40대 장년인이 나지막이 그에게 말을 건넸다.

"도련님. 기감으로 볼 때 김유빈씨는 맞는 것 같습니다만…."

"다만?"

"불길한 기운이 그녀의 전신을 장악하고 있군요. 일종의 저주로 보입니다."

"저주요? 그럼 저주만 풀어낸다면 그녀가 원래대로 돌아올 수 있을까요, 스승님?

"잠시만 기다려 주시죠."

잠시만이라는 말과 함께 장년인은 김유빈의 오른 손목을 잡고 자신의 마나를 그녀의 팔에 주입하기 시작했다.

한참 동안 장년인은 고개도 갸웃거리며 인상도 찌푸려가면서 김유빈의 손목에 지속적으로 마나를 주입하였다. 그렇게 얼마의 시간이 더 지난 후 드디어 장년인은 이내 손목을 놓고 일어섰다.

"어떤가요, 스승님. 저주 해제가 가능할까요?"

"일단 간단한 저주는 아닌 것 같습니다. 간단한 저주라면 제가 바로 해제 하려고 했는데, 되지는 않더군요.

아무래도 저주해제 전문 마법사를 불러야 할 것 같습니다. 일단 본가에 상황을 알리도록 하지요."

"저주해제 전문 마법사라… 어쨌든 저주만 해제하면 본 모습으로 돌아올 수 있을까요?"

"네, 그렇게 보입니다. 만일 저주가 영혼을 침습한 것 같지는 않으니, 해제만 한다면 원래대로 돌아 올 수 있을 것 같습니다."

그제야 한시름 놓았다는 표정을 짓던 백진호는 고개를 돌려 스승이라 불른 장년인에게 고마움을 표현했다.

"감사합니다, 스승님."

자신이 원래대로 돌아올 수 있다는 말에 흐느끼던 김유빈 역시 반색을 하며 내심 안도의 한숨을 쉬었다.

"제게 감사할 것은 없지요. 일단 김유빈씨는 계속 이곳에 머물도록 하지요. 저주 해제가 가능한 마법사를 섭외하여 이곳으로 데려오도록 하겠습니다."

"감사합니다. 최 헌터님."

백진호에게 스승이라 불렸고, 김유빈에게 최 헌터라고 불린 이 마스터는 최철호라는 헌터로 천무 소속의 헌터였다.

김유빈이 최철호에게 인사하는 것을 본 백진호는 그녀에게 다가가는 대신 일정 거리를 유지한 상태에서 그녀에게 말을 건넸다.

"유빈씨. 스승님 말 들었지? 일단 내가 본가로 가서

사람을 보낼게. 그건 그렇고 어떻게 된 상황이야? 갑자기 웬 저주지? 누가 이런 거야?"

상황을 물어보는 백진호의 말에 지금까지 눈물이 그렁그렁했던 김유빈의 눈빛이 표독스럽게 변했다.

"그게 말이에요…."

김유빈은 그녀가 칼스타인, 아니 이수혁에게 한 행동은 교묘하게 별 것 아닌 것처럼 말하면서 스스로가 피해자인양 설명하기 시작했다.

한참 동안 설명을 듣던 백진호는 분개한 표정으로 그녀에게 말했다.

"후~ 잘 알겠습니다. 제가 본가에 도움을 요청해서라도 꼭 그 놈은 처단하고 말겠습니다!"

"흐흐흑… 진호씨… 고마워요…."

"고맙긴요. 우리사이에. 유빈씨는 몸 조리만 잘하고 계세요."

김유빈에게 인사를 건넨 백진호는 그녀를 둔 채 문 밖으로 걸어 나왔다.

인근에 대기하고 있던 인부에게 김유빈의 안가 정문 수리를 지시한 백진호는 주변에 사람이 없는 것을 확인한 뒤 최철호에게 나지막이 물었다.

"스승님. 김유빈의 저주 해제, 가능 하겠습니까?"

아까 물은 질문의 반복이었지만, 담긴 의미는 달랐다. 최철호 역시 그걸 알고 있기에 그의 답 또한 조금 전과는 달랐다.

"마스터급으로는 불가능합니다. 마나의 흐름으로 추정컨대 동급의 마법사 역시 불가능하다 생각됩니다. 길드장님이나 가주님 정도는 되셔야 한 번 해 볼만 할 텐데…."

"아버지와 할아버지라…."

길드장은 백진호의 아버지 백검혼, 가주는 그의 할아버지 백천무였다. 그리고 둘은 모두 그랜드마스터 급의 강자라고 알려져 있었다.

"그 정도 수준이 아니면 손대기 힘든 강력한 저주입니다. 이수혁이라는 헌터가 어떻게 이 저주를 사용할 수 있었는지 궁금하네요. 이제 어떻게 하시겠습니까?"

그의 질문에 백진호는 잠시 생각을 하더니 이내 냉정하게 눈을 빛내며 최철호에게 대답하였다.

"음… 이 정도 일 가지고 아버지나 할아버지를 귀찮게 해드릴 수는 없지요. 아직 제대로 데리고 놀아보지 못해서 아쉽기는 하지만 김유빈은 폐기하도록 해야겠네요."

"폐기라… 알겠습니다. 적당히 알리바이를 만들어서 그녀가 사라진 것이 알려지지 않도록 하겠습니다."

백진호와 김유빈은 서로 사귀는 사이라고 알려져 있었는데, 지금 백진호의 말은 김유빈을 마치 가지고 놀던 장난감을 버리는 것처럼 이야기 하고 있었다.

그리고 백진호의 말은 여기서 끝나지 않았다.

"그리고 이수혁이라는 놈, 한 번 보고 싶네요. 무슨 배짱으로 우리 천무를 건드리는 지 말입니다."

"그러게 말입니다. 조금 전 상황을 보면 충분히 몰래 잠입해서 김유빈을 처리할 수 있었을 텐데. 왜 굳이 자신의 정체를 밝히면서 까지 그녀에게 그런 저주를 걸었을지 의문이군요. 자신의 정체가 드러나도 관계없다는 것처럼 말입니다."

최철호의 마지막 말에 백진호가 약간 화가 난 듯한 표정을 하며 그의 말을 받았다.

"그는… 아니 세상은 아직 우리 천무의 힘을 잘 모르지요. 호천대(護天隊)를 움직여 주십시오. 그 놈의 얼굴이 보고 싶군요. 팔다리 한두 개 정도는 잘라내도 좋으니 목숨만 붙여서 데려와 주십시오. 묻고 싶은 게 있거든요."

"네, 알겠습니다."

최철호는 대답과 동시에 손목에 마나를 주입하였다. 붉은 밴드 형태의 이 마법도구는 지정한 대상에게 곧장 사용자의 의사를 전달하는 마법도구였다.

전화기를 사용해도 되지만 순간적으로 많은 정보를 전달하는 것에는 이 마법도구를 따라갈 수 없었다.

최철호의 조치에 백진호는 고개를 끄덕이며 자신의 차량으로 걸어갔다. 그리고 지금 그의 머릿속에 더 이상 김유빈의 존재는 없었다.

'오늘은 누구랑 재미를 보지? 음… 영화촬영이 끝났다고 했으니 슬기가 좋겠군.'

마음의 결정을 내린 백진호는 휴대전화를 꺼내어 어디론가 전화를 하였고 또 다른 여성과 약속을 잡았다.

그렇게 백진호의 전화소리와 함께 그의 차량은 안전가옥 마을을 벗어나서 서울로 움직였다.

하지만 그는 이 모든 것을 지켜보고 있는 시선이 있었다는 것은 꿈에도 모르고 있었다.

은신신발의 은신 기능을 발동시킨 칼스타인이 그들의 지척에 머무르고 있는 것을 알지 못했던 것이었다.

'역시 끼리끼리 만나는 군. 그럼 김유빈은 이렇게 처리되는 것이고….'

김유빈의 성격이라면 결국 저주를 풀지 못하고 두고두고 고통을 받다 죽음에 이를 것이라 생각했지만, 이런 식의 결말도 나쁘지 않았다.

그녀가 철썩같이 믿고 있던 백진호에게 버림 받는다면 과거 이수혁의 심정을 조금이나마 이해할 수도 있을 것이었다.

문제는 그녀와의 구원이 끝났지만, 또다른 문제가 생겼다는 것이었다.

'천무라… 어떤 녀석들인가 궁금하기는 했지.'

이계황제 헌터정복기

3장. 각축

3장. 각축

일곱 명의 절대강자들이 회의를 하던 이 원탁에는 지금 두 명의 남녀만이 자리를 하고 있었다.

그 두 명은 바로 금발의 미녀 엘레나와 깔끔한 검은 정장을 입은 로드 가레스였다.

평소 회의석상에서 둘 사이에는 별다른 문제가 없었는데 오늘은 달라보였다. 로드 가레스의 목소리 톤이 상당히 격앙되어 있었기 때문이었다.

"엘레나!"

"로드 가레스 흥분하지 마세요."

깔끔하고 냉정한 외모의 가레스는 지금 꽤나 흥분을 하였는지 약간 얼굴이 붉어진 상태였다.

엘레나의 흥분하지 말라는 말에도 분을 참지 못하겠

는지 원탁을 내리치며 말을 이었다.

"내가 흥분 안하게 되었소? 내가 지금까지 공을 들인 것을 당신 역시 알고 있으면서 이제 와서 이러는 것이 말이 된다 생각하시오? 당시 당신 역시 회의에 있지 않았소! 그 때는 내가 그를 후계자의 재목으로 생각하는 것을 반대하지 않았으면서 왜 이제 와서 그러는 것이오!"

"그 때야 마스터에 불과하였지만, 지금은 그랜드마스터에 올랐잖아요. 그 때와 같이 취급할 수는 없지요. 로드도 아실 텐데요? 제가 우리 손이 닿지 않은 그랜드마스터가 나타났을 때마다 제가 어떻게 했는지 말이에요."

흥분한 가레스와는 달리 엘레나의 목소리는 여전히 차분하였다.

"그… 그건…."

"우리 이계인들은 지구인들의 저력을 간과하는 것 같아요. 우리가 손을 대지 않아도 이들 역시 충분히 그랜드마스터에 오를 수 있어요. 이번 이수혁씨까지 포함하면 벌써 우리가 손 대지 않은 그랜드마스터가 다섯 번이나 나왔지 않는가요?"

"그래봤자 초입에 불과하지 않소! 엘레나 당신도 알겠지만, 그 정도 가지고는 봉인의 보완에 별 다른 도움이 안 되지. 차라리 내 피의 힘을 얻는다면 더 큰 도움이 되지 않겠소? 그렇게 한다면 적어도 중급 이상의 경지는 될 테니 말이오."

"하지만 로드 혈족이 된다면 더 이상의 성장은 불가능하겠지요."

"불가능하지는 않소! 더 강한자의 피를…."

여기까지 말하던 가레스는 잠시 멈칫 할 수밖에 없었다. 자신의 말에 모순이 생겼기 때문이었다.

가레스의 종족인 뱀파이어 족은 더 높은 경지에 오르기 위해서는 자신과 동급 혹은 자신보다 강한자의 피를 마셔야 했다.

그 말인 즉, 그랜드마스터 급인 칼스타인이 더 높은 경지에 오르기 위해서는 같은 그랜드마스터를 해치워야 한다는 이야기였다.

"후… 그랜드마스터 보다 강한자라… 몇 명이나 될까요? 그럼 로드의 말은 결국 우리끼리 소모전을 벌이자는 것인가요?"

"…그건 아니오…."

엘레나의 말에 한풀 꺾인 목소리로 가레스는 대답했다. 이제 어느 정도 이야기를 할 수 있는 분위기가 되었다고 생각했는지 엘레나는 조금 부드러운 목소리로 말을 이었다.

"로드, 생각해보세요. 아직 서른도 채 되지 않은 젊은 이가 그랜드마스터에 올랐어요. 앞으로 성장가능성을 본다면 무궁무진하지요. 물론 그 이상의 경지에 오르지 못할 수도 있어요. 하지만 혹시 아나요? 그랜드마스터를 뛰어넘는 경지에 올라서 봉인을 해제하고 드라고니아의 대족장을 해치울지 말이에요."

조용히 엘레나의 말을 듣고 있던 가레스는 대족장을 해치운다는 말에 코웃음을 치며 말했다.

"엘레나. 너무 멀리 간 것 아니오? 우리 이계인 중 최강자라 불리던 아비오스도 봉인 속으로 들어갔다 대족장의 일수에 죽었소. 이제 고작 그랜드마스터에 오른 애송이가 대족장을 해치운다라? 하하하."

"뭐… 저도 당장 가능할 것이라 생각하지는 않아요. 다만, 그에게는 아직 미래가 있다는 것이지요."

엘레나의 말에 가레스는 잠시 생각에 잠겼다. 엘레나 역시 침묵하고 있는 그를 방해하지 않고 잠자코 지켜보기만 하였다.

몇 분의 시간이 지난 뒤 가레스는 나지막한 목소리로 입을 열었다.

"엘레나. 당신도 알다시피 '가이아'가 약속한 시간이 얼마 남지 않았소."

"그렇죠. 이미 후계자를 만든 자에게는 이제 6년 남았죠. 그들에게는 아마 다음 대전이 마지막이겠지요. 산드라나 저는 원래부터 후계자를 만들 수 없으니 아직 56년이 남았지만 말이에요. 뭐, 봉인을 열고 대족장을 해치울 수 있다면 이야기는 다르겠지만요."

"그렇지. 후계자만 있다면 이제 6년 뒤면 원래의 차원으로 돌아갈 수 있지. 뭐, 천무의 백가주야 완전히 지구에 눌러 앉을 생각인 것 같지만, 에드워드 백탑주나, 구양성주 같은 경우는 확실히 원래의 차원으로 돌아가겠지. 로버트 협회장도 저번 회의를 보니 후계자만 생기면 돌아갈 거 같고."

"다 아는 이야기를 하는 이유가 뭔가요, 로드?"

엘레나는 본론만 이야기하라는 듯 말을 꺼냈지만, 가레스의 넋두리는 멈추지 않았다.

"그리고 로버트야 어차피 여기에 눌러 앉을 생각까지도 했었으니, 원래 차원에 크게 미련이 없었지."

"로드, 하고 싶은 이야기가 뭔가요?"

엘레나는 다시 한 번 가레스를 독촉하였고, 그제야 가레스는 눈빛을 바꾸며 본론으로 들어갔다.

"나는, 나는 다르오, 엘레나. 나는 6년 뒤에 꼭 돌아가야 하오. 내 고향에는 나를 기다리는 내 딸이 있소."

거의 40년이 넘는 시간 동안 알고 지냈지만 가레스에게 딸이 있다는 것은 처음 듣는 이야기였다.

그러나 엘레나는 단지 딸을 조금 더 일찍 보려고 전도 유망한 젊은 그랜드마스터의 앞길을 막을 수는 없다고 생각했다.

그래서 딸이 있다는 말에도 전혀 동요하지 않고 차분히 말을 이었다.

"딸요? 로드가 딸이 있는 줄은 몰랐군요. 하지만 제가 알기로 뱀파이어 족의 수명은 적어도 300년, 우리처럼 경지에 오르면 500년도 살 수 있다고 알고 있어요. 50년 정도는 충분히 기다릴 수 있지 않는가요?"

"후… 보통의 경우라면 그렇겠지. 하지만 내 딸은 지금 내 아내의 생명을 태워서 간신히 살아 있는 상태라오. 지금이라면 둘 다 살릴 수 있을 테지만, 시간이 가면 갈수록 아내의 부담은 더 커질 것이고 자칫 시기를 놓치면 둘 다 살리기 힘들 수도 있소. 그러니까 내겐 시간이 많지 않소!"

그제야 엘레나는 가레스의 행동을 이해할 수 있었다. 그가 거짓을 이야기 했을 가능성도 있지만, 그녀가 느끼기에는 지금 가레스의 말은 진실이라 판단되었다.

"그… 렇군요…."

"그렇소. 이제 내 상황을 이해하시겠소? 그렇다면 엘레나 당신이 양해를 좀 해주시오. 지금 그랜드마스터에 오른 그를 우리 혈족으로 만든다면 충분히 후계자의 자격을 갖추게 할 수 있을 것이오."

이번에는 엘레나가 침묵을 하며 생각에 잠겼다. 그녀 자신과 산드라는 종족적인 특성 때문에 애초에 후계자를 키울 수 없는 입장이라 '가이아'가 제시한 100년이라는 시간을 다 채울 수밖에 없었다.

'하지만… 대족장만 잡을 수 있다면 100년이 아닌 그 즉시 원래 차원으로 돌아갈 수 있겠지….'

엘레나가 그토록 정보를 모으고 강자를 포섭했던 이유가 바로 이것이었다.

어차피 후계자를 만들 수 없는 엘레나였기에, 그녀가 원래 차원으로 빨리 돌아가는 방법은 드라고니아의 대족장을 잡아내는 방법뿐이었다.

그래서 엘레나는 재능이 있거나 성취를 보이는 헌터를 적극적으로 포섭하고 더 높은 경지에 오를 수 있도록 각종 후원을 하였다.

지금 특임대의 대장들도 후계자들을 제외하고는 모두 그녀가 포섭을 한 헌터들이었다.

생각에 생각을 거듭하던 엘레나는 결심을 하였는지 가레스에게 말했다.

"로드의 사정은 알겠지만, 저 역시 지금 한 명의 그랜드마스터가 중요한 상황이에요. 다음 대전 이후 구양성주나, 에드워드 탑주가 빠져버리면 봉인의 유지도 버거울 거에요. 저는 아직 50년이나 남았는데 자칫 봉인이 깨어져 대족장이 풀려나기라도 한다면 돌아가기는커녕 목숨을 잃을 가능성도 있어요."

"내 후계자가 된다 해서 사라지는 것은 아니지 않소! 지금 보다 더 강한 능력을 가질 텐데 왜 그리 반대하는 것이오!"

"후… 백가주나 구양성주의 후계자였다면 이리 반대하지는 않았을 거에요. 하지만 로드의 후계자는…."

탕!

결국 엘레나가 자신의 의견에 동의하지 않자, 가레스는 테이블을 내리치며 분노를 터트렸다. 얼마나 분노하였는지 환영임에도 불구하고 마나가 실려 약간의 물리력까지 발생한 상태였다.

"좋소! 내 더 이상 당신의 동의를 구하지 않겠소. 어차피 한국에 대한 우선권은 백가주에게 있는 것이고, 당신이 반대한다 하더라도 난 이수혁을 반드시 내 후계자로 만들고 말 것이오."

"…결국 이렇게 되는 군요. 알겠어요. 한 번 해보죠. 난 이수혁 헌터가 분명 지금보다 더 높은 경지로 갈 것이라고 확신해요. 제가 있던 차원에서 그런 눈빛을 가진 자를 보았거든요. 분명 그랜드마스터 초입에 머무를 사람이 아니에요."

"그래, 한 번 해봅시다. 난 무슨 일이 있어도 그를 후계자로 만들고 내 딸을 보러 갈테니 말이오!"

그 말을 끝으로 가레스의 환영은 테이블에서 서서히 사라져갔다.

그가 사라지는 것을 보고 있던 엘레나는 이 대화가 피곤했던 것인지 머리를 쓸어내리며 내심 한숨을 내쉬었다.

'후… 내가 보호한다고 해도 그가 과연 가레스의 손에서 살아남을 수 있을까?'

"붙어서 원진을 구성해!"

결계가 부서진 것을 알아챈 케론이 동료들을 보며 외쳤다.

안 그래도 수적으로 부족한데 지금처럼 하나씩 떨어져 있다 보면 각개격파 당하기 십상이었다.

케론의 말에 담장 이곳저곳으로 흩어져 있던 길드원들이 본채 입구 앞마당으로 다 모여들어 정문을 등지고 반원진을 형성하였다.

그리고 복면인들 역시 길드원들을 포위하며 그들의 앞에 섰다.

"크윽… 대체 네 놈들은 누구냐!"

케론은 분노를 감추지 않으며 복면인들에게 물었다. 하지만 복면인들은 마치 벙어리인양 케론의 물음에 대답하지 않았다.

대신 그의 질문에 대답한 것은 지친 표정의 에이나였다. 지금 에이나는 무리하게 결계를 유지하려하다가 결국 마나역류를 겪은 상태였다.

"케론, 우리가 사용하는 몸의 기억을 잘 읽어봐요. 그리고 이들의 기운을 잘 생각해보세요. 그럼 이들이 누구인지 알 수 있을 테니."

아무리 마나역류로 힘들어하는 상황이었지만 냉철한 이성을 기본적으로 갖고 있는 마법사라 그런지 생각하는 것이 달랐다.

에이나의 말처럼 현재 케론과 에이나는 블러디문 출신의 가프와 리안느의 몸을 입은 상태로 그들의 기억 중 대부분을 수습한 상태였다.

그들은 나름 고위층이라 할 수 있는 제 5 대행자인 토리도의 서번트였기에 블러디문 내부 정보에 대해서도 상당한 지식이 있었다.

"몸의 기억? 음… 그렇군! 이들은 블러디문의 노예들이군!"

에이나의 말에 따라 몸의 기억과 이들의 기운을 확인한 케론은 이들의 정체를 파악할 수 있었다.

이들은 샤이닝 소드 정도가 가능한 능력자들을 강제로 피의 제물로 삼아 한시적으로 마스터의 능력을 갖도록 인위적으로 만든 자들로 속칭 노예라 불리는 자들이었다.

체내의 피를 다 소모할 때까지는 검기를 펼칠 수 있을 테지만, 피가 다 소모되고 나면 건전지가 다 된 장난감처럼 쓰러져 버리고 마는 존재들이었다.

"노예를 안다? 호오… 어떻게 안 거지? 그 이름은 우리 내부에서나 사용하는 이름인데 말이야."

지금까지 뒤에서 관망하던 붉은 머리 청년, 레시드가 노예를 언급하는 케론의 이야기에 관심이 생겼는지 드디어 앞으로 나섰다.

"그게 중요한 건 아니지. 그러고 보니 네 놈도 낯이 익군.

케론은 이 단도를 처음보기에 단순히 놀란 표정만을 지었는데, 레시드는 단도의 정체를 알아챈 것 같았다.

"마케리움!"

마케리움이라는 말에 본채 위 지붕에서 누군가의 목소리가 들려왔다.

"잊지 않고 있었군. 레시드."

"이 목소리는… 2조장이군. 당신까지 올 정도로 미네르바에서는 이 일을 크게 보고 있는 건가?"

"블러디문의 제 3 대행자까지 등장했는데, 나 정도는 나서야 균형이 맞지 않겠나?"

"크크. 그런가? 뭐 잘 되었군. 이번 기회에 우리가 지난 번 신세 진 것을 갚아야겠어."

"신세?"

"페이카에게 들었어. 페이카가 잡은 다크소울의 추혼객을 구출한 것이 바로 너였다고 하던데?"

8차 지구방어대전이 있기 전 다크소울의 추혼객들은 칼스타인은 포섭하기 위해서 한국으로 들어왔었다.

그리고 이미 다크소울에서 칼스타인을 노리고 있다는 것을 알고 있던 블러디문에서도 제 4 대행자 페이카를 한국으로 파견한 상태였다.

블러디문은 다크소울이 온다는 것을 알고 있었지만, 다크소울은 블러디문에서 온다는 것을 모르고 있었다.

당연히 블러디문의 전력이 다크소울의 전력을 압도할

수 있었다. 그 결과 페이카는 상당수의 추혼객들을 포획할 수 있었다.

그녀가 추혼객들을 죽이지 않고 일부로 포획한 이유는 그들을 블러디문의 노예로 사용하기 위해서였다.

그 때 나선 것이 바로 미네르바의 마케리움이었다.

일반적으로 미네르바는 정보 단체로 알려져 있지만, 특급고객들은 그들이 드물게 의뢰를 받는 것도 알고 있었다.

그 사실을 알고 있는 다크소울이 추혼객들이 블러디문의 노예가 되기 전에 구출해달라는 의뢰를 한 것이었다.

물론 다크소울 역시 유명한 무력단체로 그들의 무력에 자신을 하고 있었지만, 당시는 모종의 이유로 인해 그들의 주요 전력을 외부에 보낼 수 없었기 때문이었다.

결국 그들의 의뢰를 받아들인 미네르바는 마케리움을 보내 추혼객들을 구출하였었다. 이것이 바로 레시드가 말하는 신세였다.

아무리 의뢰였다고는 하지만, 원한은 원한이었다. 그리고 블러디문은 그 원한을 풀 힘도 있었다.

"아. 그 일 말이군. 뭐 의뢰를 수행한 것뿐인데 신세까지야. 하하하."

"크큭. 네 놈들에게는 의뢰지만, 우리로서는 꽤나 뼈아픈 일격이었다고. 추혼객들을 잡느라 대여섯 노예가 재기불능으로 폐기되어버려서 노예들을 보충하기 위해서는 꼭 그들을 잡아갔어야 했단 말이야."

"나야 뭐 시키는 대로 할 뿐이니, 그런 건 의뢰를 받은 지휘부에나 물어보라고. 후후."

"그래, 뭐 네 놈에게 이야기 할 것은 아니지. 그럼 이번에도 우리 일을 방해하라는 의뢰를 받은 것이냐?"

사실 지금 마케리움이 나선 것은 외부의 의뢰 때문은 아니었다. 미네르바의 주인이라 할 수 있는 일성좌 엘레나가 지시한 일이었다.

하지만 그런 상황까지 적에게 밝힐 필요는 없었다. 따라서 2조장은 레시드가 그렇게 오해할 수 있도록 두루뭉술하게 말을 얼버무렸다.

"뭐 어쩌다 보니 그렇게 되었군."

"흐음… 이번에는 누구의 의뢰지…."

여기까지 말을 마친 레시드는 잠시 자신들의 전력을 확인하였다.

지금 블러디문의 전력은 노예 12명과 레시드였다. 노예 하나하나가 마스터 초입의 능력을 보인다는 것을 생각하면 엄청난 전력이었다.

반면 지금 나타난 마케리움은 2조장까지 포함하여 총 열 명의 인원이었다. 얼핏 보아도 마스터에 오른 자들은 2조장을 포함하여 세 명 정도 밖에 보이지 않았다.

현재 전력만으로 본다면 블러디문의 압승이라 할 수 있었다.

'하지만, 미네르바에는 그게 있지. 저번에도 그것 때문에 당한 것이고.'

레시드의 생각처럼 미네르바에는 노예들을 피의 소모를 폭주시키는 기이한 아티팩트가 있었다.

저번 마케리움과의 전투에서 페이카가 그들에게 당한 것도 바로 그 아티팩트 때문이었다.

아티팩트가 발동하면서 노예들이 폭주하며 피를 소모하더니 얼마 지나지 않아 다 쓰러져 버렸고, 결국 홀로 남은 페이카가 버티지 못하고 혼자 탈출하고 말았던 것이었다.

'무슨 원리인지는 모르겠지만 그것이 발동 된다면 힘들어 질 수 있어. 하지만 우리도 비장의 카드는 있으니….'

비장의 카드라는 생각을 하며 레시드는 오른쪽 담장 너머에 흘낏 눈을 주었다.

'저 녀석이 적극적으로 나서 준다면 이 정도 적들이야 문제없겠지만… 아마 그랜드마스터라는 이수혁이가 나오기 전까지는 나서지 않을 테지.'

사실 레시드는 지금 칼스타인이 자리를 비운 것을 알고 공격에 나선 것은 아니었다.

당연히 칼스타인이 집에 있을 것이라는 생각으로 덤벼들었는데, 의외로 그가 없어 일단 칼스타인의 지인들을 먼저 인질로 잡을 생각을 한 것이었다.

그래야 불리한 상황에서도 도주를 하지 못할 것이기 때문이었다.

즉, 블러디문에서는 그랜드마스터에 오른 칼스타인을 상대할 방법이 있다는 이야기였다.

생각해보면 칼스타인이 그랜드마스터인 것을 알고 있는 블러디문의 로드 가레스가 레시드를 비롯한 이들만 보낼 리가 없었다.

레시드는 아직 그랜드마스터의 경지에 오르지 못했기 때문에 지금 전장에 서 있는 이들만 보내서는 칼스타인 잡기는커녕 이들이 모조리 죽임을 당할 판국이었다.

당연히 칼스타인을 상대할 방법을 마련하여 공격을 명령하였고, 그 방법은 조금 전 레시드가 눈길을 준 그 곳에 있었다.

'후… 일단 마케리움은 저 녀석 없이 상대를 해야겠군. 그런데 갑자기 마케리움에서 왜 나선 것이지? 누구의 의뢰를 받은 것일까? 로드께서 분명 천무와는 합의를 보았다고 하셨는데… 하긴 천무였다면 미네르바에 의뢰하는 대신 바로 그들이 나섰겠지.'

레시드는 이리저리 머리를 굴려보았지만 대체 마케리움이 나서는 이유를 짐작하지 못했다.

로드 가레스가 천무와의 합의는 이야기 했지만, 미네르바와의 충돌은 언급하지 않았기 때문에 생긴 일이었다.

사실 가레스마저도 정보의 통제 정도를 생각했지 미네르바의 무력단체인 마케리움이 직접 나설 것이라고는 생각하지 않았기에, 레시드에게 굳이 그런 사실은 언급하지 않았던 것이었다.

지금 전장은 잠시 소강상태였다.

케론을 비롯한 칼스타인의 길드원들은 칼스타인만을 기다리고 있기에 당연히 시간을 끄는 것이 좋았고, 마케리움 역시 칼스타인을 도와주러 온 것이기에 블러디문의 공격을 막을 생각이었지 그들이 적극적으로 전투에 나설 이유는 없었다.

그리고 공세를 취하고 있던 블러디문, 정확히 말하면 레시드 역시 지금 마케리움의 등장 이유와 그 파장을 생각하느라 공격을 취하지 않고 있었다.

물론 이런 소강상태는 오래가지 않을 것이었다. 그리고 이 소강상태를 깨는 것은 뚜렷한 목적을 가진 레시드일 가능성이 가장 높았다.

아니나다를까 서로 간의 전력계산을 마친 레시드가 다시 공격 명령을 내리려고 하였다.

하지만 그는 그 뜻을 이룰 수 없었다.

모두가 기다리던 사람이 등장했기 때문이었다. 바로 칼스타인이 집으로 돌아온 것이었다.

"내 집에서 다들 뭘 하는 거지?"

나지막하지만 무거운 중압감을 가진 칼스타인의 말에

모두의 시선이 정원의 하늘 위에 떠 있는 칼스타인에게로 향했다.

하늘에 있던 칼스타인은 서서히 내려와 케론을 비롯한 자신의 길드원들에게로 향했다.

"대장님!"

"오빠!"

"수혁아!"

오매불망 칼스타인을 기다렸던 길드원들은 그의 이름을 부르며 그제야 내심 안도의 한숨을 내쉬었다.

"다들 괜찮나?"

"네! 대장님! 문제없습니다!"

칼스타인의 질문에 가장 먼저 씩씩하게 대답한 것은 바로 김한수였다.

하지만 그의 대답과는 달리 김한수를 비롯한 4인방은 여기저기에 크고 작은 상처를 입고 있었다.

그나마 성소현이 치명상은 치료해주었기에 이 정도였지 그녀가 아니었다면 적어도 두 명은 이미 이세상 사람이 아닐 수도 있었다.

"고생 많이 했다. 훈련한 보람이 있구나."

"그러게 말입니다. 훈련 할 때에는 케론님을 원망하기도 했는데, 이렇게 극한 상황에 처해보니 그 훈련이 아니었다면 이미 죽었을 수도 있겠다는 생각이 드네요."

김한수의 말에 동의하는지 유시현, 최재혁 그리고

강이슬 마저 고개를 끄덕이며 동의를 표현했다.

그 말을 들은 케론이 작은 웃음소리와 함께 대화에 끼었다.

“내가 그렇게 더 훈련해서 마스터에 오르라고 할 때는 죽어도 못하겠다더니 이제 그런 소리를 하는 것이냐?”

“헐. 마스터는 뭐 아무나 되나요?”

“너희가 아무나냐? 네 놈들은 충분히 자질이 있어. 특히 한수 네 놈은 더 가능성 있고. 조금만 더 노력하면 마스터도 멀지 않았다는 말이다.”

자신이 더 가능성 있다는 말을 들은 김한수는 눈을 빛내며 케론에게 되물었다.

“진심이십니까?”

지금까지는 그냥 훈련을 열심히 받으라고 하는 소리인 줄 알았는데, 이런 상황에서까지 그런 입발린 말을 할 케론이 아님을 알기에 김한수는 진지하게 물었다.

그리고 그 답은 케론이 아니라 칼스타인이 해 주었다.

“그래, 너라면 가능하다. 시현이, 재혁이, 이슬이도 가능하긴 하지만, 확실히 네가 가능성이 제일 높지.”

“…알겠습니다. 이번 전투만 끝나면 무슨 수를 써서라도 마스터에 오르겠습니다.”

“좋은 자세다. 일단 여기 상황부터 정리하자.”

“네. 대장님!”

셀리나와 성소현에게는 눈짓으로 인사한 칼스타인이 앞으로 나서려고 할 때 지친 표정의 에이나가 그의 옆에 서더니 입을 열었다.

"대장님. 일단 어머님께서 놀라시지 않도록 수면마법을 펼쳐 놓은 상태입니다."

"그래, 수고했다."

사실 칼스타인은 허공에 있는 동안 이미 박정아의 상태를 파악해놓은 상태로, 그녀가 마법적인 요인에 의한 수면 상태인 것을 알고 있었다.

세심한 에이나의 생각에 그녀의 어깨를 두드려 격려를 한 것을 마지막으로 대략적인 상황을 정리한 칼스타인은 드디어 전장으로 한 걸음 걸어나갔다.

지금 전장의 분위기는 다소 묘하다고 할 수 있었다. 전장에 있는 모두가 칼스타인의 등장을 반기고 있었기 때문이었다.

칼스타인의 길드원들이 그의 등장을 반색하며 반긴 것은 당연한 상황이었지만, 아이러니 한 것은 마케리움이나 블러디문 역시 그의 등장을 반겼다는 것이었다.

그것은 마케리움은 애초에 칼스타인을 도우러 왔기 때문에, 그리고 블러디문은 칼스타인을 잡으러 왔기에 그의 등장을 반기는 것이었다.

그렇게 모두 각자의 생각으로 칼스타인을 반기고 있었다.

그 중 길드원을 제외하고 가장 먼저 인사를 건넨 건 마케리움의 2조장이었다.

"역시 그랜드마스터로군. 여기까지 오는 기척조차 느끼지 못했다니. 반갑소. 난 미네르바의 마케리움 2조장 발락이오."

"미네르바? 왜 거기서 날 도와주는 것이죠?"

멀리서 본 상황만으로도 칼스타인은 미네르바에서 케론 등을 도와주고 있는 것을 확인할 수 있었다. 그리고 이들이 대치하고 있는 국면이 그것을 보여주고 있기도 하였다.

지금 정원은 박정아가 있는 본채를 기준으로 그 바로 앞에는 에르하임 길드원이, 그리고 길드원들의 앞에는 미네르바의 마케리움이 본채를 등지고 블러디문과 마주하고 있었다.

따라서 칼스타인은 별 다른 상황 설명 없이도 바로 본론으로 들어갈 수 있었다.

"나도 뭐 지시를 받고 일하는 입장이라 잘 모른다오. 내가 받은 지시는 단지 이 헌터를 도와주라는 것이 뿐이니까. 어쨌든 별 다른 일이 없으면 그냥 주변만 둘러보려고 했는데, 저렇게 블러디문 놈들이 설쳐 대니 어쩔 수 없이 나서게 되었소."

"일단… 감사하다는 말씀부터 드리지요."

미네르바에서 어떤 꿍꿍이를 갖고 자신을 돕는지는

알 수 없지만, 일단 그들이 없었으면 길드원을 포함한 어머니까지 죽임을 당하거나 인질이 되었을 것이 뻔히 보였기에 감사의 인사를 하였다.

"이 헌터가 왔으니 우리는 그만 물러나겠소. 조만간 윗선에서 한 번 들른다고 하니, 날 봐서라도 그 때 너무 박정하게 대하지는 말아주시오."

"…알겠습니다."

발락이 느끼기에 지금 주변에서 칼스타인에게 위협을 줄 만한 존재는 없었다. 더 이상 조력이 필요한 상황이 아니라는 이야기였다.

게다가 추후 윗선의 방문을 알리는 이면 임무까지 수행한 상황에서 마케리움이 계속 이 곳에 머물 필요는 없었다.

"그럼 이만 실례. 자. 우린 돌아간다."

발락이 수하들을 이끌고 돌아가자 칼스타인은 드디어 이번 일을 일으킨 장본인인 블러디문의 레시드에게 입을 열었다.

조력자인 마케리움과는 달리 대적자인 블러디문에게는 당연히 존대 따위는 없었다.

"블러디문인가?"

블러디문의 제 5 대행자인 토리도를 상대해 본 칼스타인이기에 레시드의 출신을 파악하는 것에는 문제가 없었다.

레시드 역시 그 사실을 알고 있기에 자연스럽게 말을 받았다.

“그래. 블러디문의 제 3 대행자 레시드다. 만나서 반갑다고 해야 하나. 하하하.”

“지금 네 놈들이 온 것은 그 때 토리도 같은 이유인 것이냐?”

“그래. 이번에야 말로 네 놈을 데려 갈 수 있을 것이야. 아참. 내 상전이 될지도 모르니 말부터 조심 해야겠군. 흐흐.”

고작 해야 최상급 마스터 정도에 불과한 레시드가 자신을 상대로 이런 자신감을 보일 리는 없었다.

무언가가 있다는 생각에 잠시 집중을 한 칼스타인은 이내 정원의 담장 저 너머에서 기척을 숨기고 있는 그랜드마스터 한 명의 마나를 느낄 수 있었다.

다만, 그 한 명은 분명히 느껴지는데 그와 붙어 있는 묘한 마나 덩어리가 하나 더 있었다.

기이한 느낌에 조금 더 집중을 하였지만, 붙어 있는 마나의 정체까지는 알 수가 없었다.

‘소환수인가? 아니야… 소환수의 느낌은 아닌데… 흐음….’

붙어있는 마나의 정체는 몰라도 일단 그랜드마스터의 마나는 확실히 느꼈으니 칼스타인은 담담하게 레시드에게 말을 이었다.

"네 자신감의 근원이 저 뒤에 숨어 있는 놈인 것이냐?"

"역시 그랜드마스터의 기감은 대단하군. 아몬의 은신을 이렇게 쉽게 잡아내다니 말이야."

칼스타인이 알아차린 것을 확인한 레시드는 정원 너머 담장을 향해 외쳤다.

"아몬. 이제 네 차례다. 이 놈만 잡아내면 이번 네 임무는 모두 끝이야."

그 말과 동시에 담장 저 편에서 폭발적인 기운이 터져 나오더니 이내 온 몸을 검은 천으로 둘러싼 괴인 한 명이 나타났다.

얼굴까지 포함하여 온 몸을 검은 천으로 둘둘 감고 있는 이 괴인은 마치 미라와 같은 모습이었다. 이 미라 모습의 괴인은 오른손에 역시 검은 장창을 한 자루 들고 있었는데, 그 장창 역시 검은 천으로 감싸져 있었다.

한 가지 더 특이한 점은 그 괴인의 등에는 검은 색의 관이 묶여져 있다는 것이었다.

전장에 나타난 검은 천의 괴인, 아몬은 천천히 입을 열었다.

"…네 번째… 임무… 다…."

아몬의 목소리는 마치 지하에서부터 끌어오는 듯한 거친 탁음으로 알아듣기조차 힘든 목소리였다.

하지만 레시드는 이미 목소리에 익숙하였는지 바로 그 말에 대답을 해 주었다.

“그래, 네 번째다. 내가 확인했다.”

“아… 알…겠다….”

아몬이 전면에 나서면서 레시드와 블러디문의 노예들은 몇 발작 뒤로 물러서서 관망하는 듯한 모습을 보였다.

어차피 칼스타인과 아몬의 대결로 이 모든 상황이 정리 될 것이기에 에르하임 길드원 역시 한 발 물러서서 둘이 대결할 장소를 만들어 주었다.

어느 정도 체력과 마력을 회복한 에이나만이 본채에 별도의 결계를 펼치며 혹시 모르는 후폭풍에 대비를 하였다.

“아몬이라 했던가? 기이한 느낌이군.”

은신해 있을 때는 정밀 감지에 걸릴까 말까한 정도의 약간 기감만을 발하던 아몬이었는데, 지금 아몬의 기감은 마치 터지기 직전의 폭탄과 같은 모습을 보이고 있었다.

아무리 기감을 감춘다 하더라도 기질이라는 것이 있었는데, 아몬은 은신시의 기질과 지금의 기질이 전혀 달랐다.

마치 스위치의 온오프를 누른 것과도 같은 모습이었다.

크후흐. 크후흐.

아몬은 대답대신 거친 숨소리만을 내더니 조용히 등에 있는 관을 풀어서 내려놓았다.

그리고 관 뚜껑에 손을 올리더니 한껏 마나를 불어넣었다. 아마 특수한 봉인을 풀어내는 느낌이었다.

'아까 느낀 마나가 저 관 속의 마나였나보군.'

지금 바로 전투에 나설 수 있었지만, 칼스타인 역시 자신의 기감에 잡히지 않은 관 속의 내용물이 궁금하였기에 굳이 방해하지는 않았다.

푸슈슈―

공에서 바람 빠지는 소리와 함께 관 뚜껑이 천천히 열렸다. 그 속에는 창백한 피부의 백발 노인이 한 명 누워 있었는데 뚜껑이 열리면서 서서히 그의 눈이 뜨여졌다.

동시에 관 속의 마나 전체가 그의 몸으로 몰려들며 창백했던 피부가 혈색을 찾기 시작했다.

아니 혈색을 찾는 것을 넘어 점점 붉어지더니 이내 혈인(血人)과 같은 모습으로 변해버렸다. 그의 눈 역시 전체가 핏빛으로 물들어버린 상태였다.

"크으으으…."

이 혈인의 마나는 옆에 있는 아몬의 마나와 비견할 만하였다. 즉, 이 혈인 역시 마나만 보았을 때에는 그랜드 마스터의 경지에 있다고 해도 과언은 아니었다.

문제는 이 혈인의 행동을 볼 때 정상적인 이성을 가진 존재가 아닌 것으로 보인다는 점이었다.

관 밖으로 나온 괴인은 신음성을 흘리면서 주변을 훑어보다가 칼스타인을 보며 시선을 고정시켰다.

동시에 그의 표정은 심하게 일그러졌다. 혈인의 몸 전체를 비롯한 그 주변의 마나까지 격렬하게 요동치며 그의 감정이 격해진 것을 보여주고 있었다.

혈인의 모습을 잠시 지켜보던 칼스타인은 조용히 그에게 한 마디를 던졌다.

"복수를 한다더니 이렇게 된 것인가? 불쌍한 영감이군."

칼스타인은 이 혈인을 알고 있었다. 이 혈인은 한 때 제천의 회장이었던 제극명이었다.

어차피 자신의 목숨을 노린 자였기에 다음번에 만나면 목숨을 취하리라 생각하고 있었지만, 이런 모습의 제극명을 보니 불쌍하다는 생각부터 먼저 들었다.

하지만 제극명은 칼스타인의 말을 알아듣지 못하는 눈치였다. 그는 지금 칼스타인은 향해 덤벼들려는 모습만을 보일 뿐이었다.

다만, 옆에 있는 아몬이 그를 통제하고 있는지, 아몬의 눈치를 보면서 허락을 구하고 있었다. 마치 말 잘 듣는 사냥개를 보는 것만 같았다.

"크흐으… 가라!"

아몬의 허락이 떨어지자 제극명은 기다렸다는 듯이 자리를 박차고 칼스타인에게 덤벼들었다.

이지는 잃었지만 그 경지만은 그랜드마스터의 경지에 있는 것을 보여주기라도 하는 듯 양 손에 붉은 강기를 두른 상태였다.

파파파팟!

본능만으로 마구잡이로 주먹을 휘두르는 것 같아 보였지만, 그래도 오랜 수련을 통해 경지에 오른 제극명이었기에 몸에 각인된 무공이 있었다.

거칠기는 하였지만 나름의 투로는 갖고 있다는 이야기였다.

그러나 그 정도 수준으로 칼스타인과 대적하는 것은 무리였다.

명철한 이성에 정련된 투로, 그리고 강대한 마나까지 있어도 해볼까 말까 한 상황에서 흐릿한 이성, 거친 투로로는 아무리 강대한 마나가 있다 하더라도 칼스타인에게 위협적이지는 않았다.

그를 보여주기라도 하는 듯 칼스타인은 검을 꺼내지도 않은 채 맨손으로 제극명의 주먹을 흘려낸 뒤 오른 손날로 그의 목덜미를 찍어버렸다.

퍼억!

짐승과 같은 본능으로 호신강기를 목에 둘러 목이 부러지는 것은 막아낼 수 있었지만 나름 치명적인 일격이었다.

일반적인 사람이라면 최소 기절할 일격이었지만 강대한 마나로 보호 받고 있는 제극명은 기절은커녕 더 큰 투쟁심을 발하며 재차 칼스타인에게 덤벼들었다.

"크와앙!"

한 방 얻어맞은 제극명의 몸은 조금 전 보다 더 붉어지며 이제는 몸 밖으로 붉은 마나의 아지랑이가 피어오르고 있었다.

마나가 강해지며 이성이 더 흐려졌는지 이제는 숫제 인간의 모습을 포기하고 짐승과도 같이 막무가내로 손발을 휘둘렀다.

'사람을 물건 취급하던 인간이 그 자신이 그런 대상으로 전락하다니 아이러니 하군.'

약간 감상에 젖기는 하였지만, 그것이 제극명을 용서해 줄 이유가 되지는 않았다. 다만, 이미 이성을 잃은 그에게 더 고통을 주어봤자 무의미하다는 생각은 들었다.

'끝내야겠군.'

한 마리 짐승이 되어버린 제극명에게 안식을 주기 위해 칼스타인은 제극명의 오른 주먹은 좌측으로 피하며 공간을 만든 뒤 그의 오른손에 그랑 카이저를 소환하였다.

금빛 검신의 그랑카이저는 소환해낸 칼스타인은 소환과 동시에 푸르른 강기를 머금은 그랑 카이저를 아래로 내리그었다.

샤아악!

짐승의 본능으로 순간적으로, 호신강기를 두르긴 하였지만, 강인한 정신으로 만들어낸 날카로운 칼스타인의 강기는 제극명의 호신강기를 그대로 뚫어버렸다.

그렇게 호신강기를 잘라낸 그랑 카이저는 그 방향 그대로 제극명의 정수리부터 사타구니까지 직선으로 베어내어 그를 두 동강 내버렸다.

털썩–!

두 조각의 고깃덩어리로 변해버린 제극명의 몸은 인간의 몸에 그렇게 많은 피가 있을 수 있을까라는 생각이 들 정도로 많은 피를 쏟아내며 서서히 창백하게 변해갔다.

한국에서는 나름 막강한 권세를 누리던 제극명의 최후였다. 어쩌면 그의 최후는 칼스타인과 적대관계가 된 그 순간부터 정해져 있었을 지도 몰랐다.

칼스타인을 블러디문에 팔아넘겼던 그 때 제극명의 이런 비참한 죽음은 예정되었다고 할 수 있었다.

"크후으… 역…시… 저 놈으로는… 안 되는 군…."

수하로 보였던 제극명의 죽음에도 아몬은 일말의 동요도 하지 않은 채, 이번에는 그의 차례라는 듯한 발자국 앞으로 나섰다.

아몬은 검은 창극을 앞으로 내밀며 전투 자세를 잡았는데, 그 역시 그랜드마스터의 경지에 든 것을 보여주기라도 하는 듯 그의 창극에는 검은 강기가 발현되어 있었다.

그 모습을 본 칼스타인은 어느새 그랑 카이저를 꺼내어 들어 그 역시 푸른 강기를 발현 시켰다.

조금 전처럼 이성을 잃은 그랜드마스터가 아닌 진짜 그랜드마스터 간의 대결이라서 주변은 둘에게서 나온

기파로 완벽히 장악되어 있었다.

둘의 주변에는 바람 한 점 불지 않았고, 마나조차 고요하게 가라앉아 있었다. 장중의 모든 사람이 이 대결을 지켜보느라 숨을 죽이고 있었다.

억겁과 같은 십여 초간의 침묵이 전장을 지배하고 있을 때, 조각 나 있던 제극명의 좌측반신이 약간 꿈틀거렸다.

단순한 사후 경직이었지만, 너무도 조용한 상황에서 그 꿈틀거림이 만든 작은 소리는 마치 천둥과도 같은 소리처럼 전장 전체에 울렸다.

그 소리가 신호가 된 것처럼 칼스타인과 아몬의 신형이 사라졌다. 아니 사라지는 것처럼 빨리 움직였다.

콰앙!

금빛 검신의 그랑 카이저와 검은 색의 아몬의 창이 격돌하며 폭탄이 터지는 듯한 굉음을 발했다.

칼스타인의 힘을 알고 있는 길드원들은 그랑 카이저에도 밀리지 않는 아몬의 창에 경악했고, 아몬의 힘을 알고 있는 레시드는 칼스타인의 검에 놀라고 있었다.

아몬은 조금 전 제극명과는 다른 블러디문의 숨은 강자이자 조커였기 때문이었다.

'흠. 초입은 확실히 벗어난 상태군.'

경지는 조금 전의 제극명과는 같았지만, 지금 보이는 힘은 제극명과는 천지차이였다. 그 만큼 경지에 걸 맞는 명정한 정신을 갖고 있는 것이 중요한 것이었다.

물론 지금 아몬 역시 그 말투로 보아 완전히 온전한 상태라고 하기는 조금 무리가 있었지만 말이다.

어쨌든 일격이 힘을 겨룬 것이라면 이격부터는 기술의 싸움이었다.

칼스타인의 그랑 카이저가 아몬의 목덜미를 번개처럼 베어 갈 때, 아몬은 자신의 흑색 창을 풍차처럼 휘돌리며 칼스타인의 일격을 막아냈다.

아몬은 단지 막아내는 것으로 그치지 않았다. 날 것과도 같은 거친 창로(槍路)로 흑색 창을 움직이며 칼스타인의 심장을 향해 창을 찔러 넣었다.

츠츳-!

자세가 흐트러진 칼스타인이었지만, 급격히 허리를 접으며 그랑 카이저로 아몬의 창을 흘려내었다.

단순히 피하려고 했다면 분명 피한 방향으로 따라올 창격이었기에 칼스타인은 최선의 회피를 한 상황이었다.

몇 차례 공방을 주고받지는 않았지만 둘은 서로의 실력을 어느 정도 가늠할 수 있었다.

물론 지금의 공격은 탐색전이나 전초전에 가까운 공방이었다. 칼스타인도 아몬도 서로의 진짜 실력을 보이고 있지는 않았기 때문이었다.

"자. 제대로 한 번 가볼까?"

그 말과 동시에 이번에 칼스타인이 먼저 움직였다. 다만, 제대로 한다는 말이 무색하게 칼스타인은 주력 검법인 혼원무한검법이 아닌 화려함을 기본으로 하는 변검(變劍)인 아리엘라식 검법을 펼쳤다.

채채채챙!

츠읏!

아몬은 열심히 창을 휘둘러서 칼스타인의 아리엘라 검법을 막아내려 하였으나, 기본적으로 그의 창은 기교를 부리기보다는 강력한 일격에 특화되어 있다 보니 모든 공격을 막아낼 수는 없었다.

따라서 그의 몸 이곳저곳에 칼스타인의 검격이 격중했다. 하지만 검은 천이 단순한 검은 천은 아니었는지 신체를 보호하고 있어 피륙의 상처는 입지 않은 상태였다.

"크으아!"

다만, 괴성을 지르는 것이 충격이 아예 없지는 않은 것 같았다.

한동안 칼스타인의 공세에서 빠져나오지 못하고 방어일변도로 수세적인 입장을 취하고 있던 아몬은 가랑비에 옷이 젖듯이 조금씩 계속 공격을 허용하더니, 어느 순간 짐승과도 같은 괴성과 함께 칼스타인을 향해 덤벼들었다.

여전히 아리엘라식 검법이 그를 노리고 날아들고 있었지만, 아몬은 그에 아랑곳 않고 흑색창에 한껏 마나를 불어넣은 뒤 칼스타인을 후려치려 하였다.

후웅-!

하지만 막무가내식의 큰 공격에 맞을 칼스타인이 아니었다. 마나홀을 새로 구성한 지금 마나 대결로 가도 문제는 없었지만, 굳이 그런 수고를 할 필요는 없었다.

그리고 지금 칼스타인은 이 대결에 흥미를 느끼고 있었다.

'폭탄과도 같은 놈이군. 제대로 건들면 터질 것 같은 느낌이란 말이야.'

칼스타인이 굳이 변화무쌍한 아리엘라식 검법으로 바꾼 이유도 여기에 있었다. 칼스타인의 기감에 눈앞의 아몬은 얇은 철판으로 둘러싸여진 폭탄과도 같았다.

지금 아몬은 그 폭탄이 가진 힘의 일부만을 끌어 쓸 뿐이었지만, 칼스타인은 그 속에 응축되어 있는 힘을 느낄 수가 있었다.

하지만 폭탄이라는 생각처럼 그 응축되어 있는 힘은 아몬의 통제를 따르는 것 같아보이지는 않았다.

파파파팟!

칼스타인이 잠깐 다른 생각을 한 동안 아몬은 파상공세의 창격을 펼쳐냈다.

수십의 창격이었지만 하나하나가 일격필살의 의지를 담은 양 강대한 마나를 줄기줄기 흘리고 있었다.

언 듯 보기에는 빠져나갈 곳이 없는 외통수에 걸린 것 같아보였다. 그러나 이 정도 공격에 곤란해 할 칼스타인이 아니었다.

츳츳츳츠읏!

칼스타인은 아리엘라식 검법의 천변만화(千變萬化)의 식으로 수십의 창격 하나하나를 흘려내며 아몬의 본신에도 크고 작은 타격을 주었다.

"크흐흡…."

더 이상은 안 되겠다고 생각했는지 아몬은 창에 지금까지와 다른 마나패턴으로 마나를 주입하더니 창을 덮고 있는 검은 천을 뜯어내 버렸다.

검은 창은 창신과 창극이 일체형으로 되어 있는 장창이었다.

검은 창의 창신에는 특이한 문자가 새겨져 있었는데 아몬의 마나에 반응하여 문자에서는 옅은 붉은 빛이 흘러나오고 있는 중이었다.

단순한 붉은 빛은 아니었다. 붉은 빛 하나하나에 강대한 마나가 새어나오고 있었기에 때문이었다.

한눈에 보아도 일종의 봉인을 풀었다는 것을 알 수 있었다.

'흐음… 저 창이 그렇다면 지금 저 놈의 몸을 싸고 있는 천도 일종의 봉인인 건가? 재미있군.'

지금 창의 봉인을 푼 것만 해도 조금 전보다 이삼 할 이상의 공격력 상승을 예상할 수 있었다.

만일 몸을 덮고 있는 봉인까지 푼다면 몇 배 이상의 공격력 상승이 일어날 지도 몰랐다.

하지만 칼스타인은 재미있다는 듯 그런 모습을 지켜볼 뿐이었다.

'그래봤자 아직 파라크 딘만도 못한데. 몸의 봉인까지 풀면 비슷해지려나?'

두고 보는 이유는 아직 충분한 여유가 있었기 때문이었다. 다른 이유는 없었다.

만일 그 역시 전력을 다해야 하는 적이었다면 굳이 이렇게 봉인의 해제를 지켜볼 리가 없었다.

"크아!"

창의 봉인을 푼 아몬은 창극을 앞에 둔 채 오른 손으로 창신을 뒤로 빼며 잠시 멈추더니 번개처럼 찌르기를 하였다.

칼스타인과는 상당한 거리가 있었지만 아몬은 검은 창극에서는 일 미터에 가까운 강기 줄기가 미사일처럼 칼스타인에게 쏘아져 나갔다.

바로 강기를 날린 것이었다. 날아오는 기세만 보아도 봉인을 풀기 전보다 훨씬 더 강해보였다.

그런 공격을 굳이 맞받을 필요는 없다는 생각에 칼스타인은 몸을 움직여 피해내려 하였지만, 그걸 예상이나 한 듯이 창강은 칼스타인이 움직인 방향으로 따라 날아왔다.

"흡!"

여기까지는 생각하지 않았기에 칼스타인은 잠시 놀랐

지만, 충분히 대응할 여력은 있었다.

카드득!

지금까지 그랬듯이 칼스타인은 그랑 카이저에 강기를 돋워 창강을 빗겨냈다.

그렇게 칼스타인은 인도대로 창강은 하늘로 날아가는 것처럼 보였는데, 아몬이 왼손을 까딱하며 칼스타인을 가리킨 순간 하늘로 올라갔던 창강이 다시 칼스타인의 정수리를 향해 떨어져 내렸다.

그리고 그 속도는 지금까지의 속도보다도 월등히 빨랐다.

"어엇!"

"아앗!"

콰아아앙!

순간적으로 에르하임 길드원들이 경호성을 발했는데 그 때는 이미 창강이 칼스타인을 가격한 이후였다.

길드원들은 놀라서 칼스타인을 바라보았지만, 칼스타인의 표정은 처음과도 같았다.

다만, 그의 오른손목이 다소 비틀려 있는 것이 완전히 충격이 없는 것 같아 보이지는 않았다.

"흠. 제법이군. 플라잉 오러블레이드를 컨트롤 할 수준이라 생각하지는 않았는데 말이야. 이젠 내 차렌가?"

대략 궁금증은 다 해소한 상태였다. 더 이상 두고 볼 필요는 없었다.

그런 생각을 보여주기라도 하는 듯 칼스타인은 조금 전과는 달리 그랑 카이저에 회전 강기를 드리운 상태에서 아몬을 공격해 나갔다.

카드드득! 캉! 카앙!

갑작스러운 칼스타인의 공세에 아몬은 흑색창에 강기를 돋워 칼스타인의 공격을 방어해 나갔지만, 창강은 칼스타인의 회전 강기에 의해 뭉텅이씩 잘려나가 버렸다.

“으…으윽….”

검강의 파훼는 아몬으로서도 상당한 충격이 있었는지 참지 못하고 약한 신음성을 내었다.

이대로는 안 되겠다 싶었는지 아몬은 눈빛을 빛내며 순간적으로 전면에 수십개의 창강을 세운 뒤 앞으로 폭발시키는 공격을 감행하였다.

큰 공격이긴 하였지만 이 공격에 물론 칼스타인이 피해를 입지는 않았다. 다만, 그 후폭풍을 이용해서 공간을 벌린 아몬이 양손에 기이한 마나를 담고 자신의 몸 이곳저곳을 찔러나갔다.

‘봉인을 푸는군.’

칼스타인의 생각처럼 아몬은 봉인을 풀기 위한 시간을 확보하기 위해서 다소 무리를 감수하고도 조금 전의 큰 공격을 감행했던 것이었다.

“크아아아아아!”

장창의 봉인을 푸는 것과는 달랐다. 봉인의 해제가 고통스러운 것인지 아몬은 괴성을 한 동안 괴성을 질러대더니, 자해를 하는 것처럼 자신의 몸을 덥고 있는 검은 천을 뜯어내버렸다.

"헉!"

"흐흡!"

"이런…."

검은 천이 풀린 아몬의 몸을 본 길드원들은 순간 놀라움을 감출 수가 없었다.

짧은 반바지를 제외한 맨 몸으로 드러난 그의 모습이 기괴하였기 때문이었다. 지금 아몬의 외형은 피부가 없이 바로 붉은 근육이 드러난 상태였다.

그리고 이 붉은 근육이 피부호흡을 하는 것처럼 주변의 마나를 받아들이고 있었다.

에르하임 길드원들이 놀라움을 표현하는 동안, 레시드는 잠시 미간을 찌푸리더니 주변의 노예들에게 눈짓을 주었다.

레시드의 눈짓을 받은 노예들은 지금까지 길드원들을 포위하고 있던 포지션을 버리고 최대한 전장에서 멀어져 담벼락 가까이 붙어 있었다. 레시드 역시 담벼락 근처에 자리를 잡으며 상황을 지켜보았다.

아무래도 만일의 사태가 발생했을 때 최대한 빨리 도망치기 위한 포지션인 것 같아보였다.

'호오… 마나량만을 따지면 파라크 딘이 문장파괴술을 시전 했을 때를 능가하는군. 하지만… 그 뿐이야.'

폭탄과도 같은 내부에 호기심을 가져서 봉인을 푸는 것까지 지켜보았는데, 그 결과는 칼스타인의 기대치를 충족시켜주지는 못하였다.

'봉인을 풀면서 이성이 더 흐려진 것 같은데… 이리 된다면 파라크 딘보다도 쉬운 상대겠군.'

조금 전 제극명의 케이스를 보더라도 힘만 센 멍청이는 상대하기 어렵지 않다. 정말 압도적인 힘이라면 모를까, 이 정도 힘으로는 압도라는 말을 사용하는 것은 무리였다.

궁금한 점을 다 해소한 칼스타인은 혼원무한검법의 혼원일섬의 식으로 아몬의 목을 잘라버리려고 하였다.

쉬익-!

"음?"

이성을 잃은 괴물 같은 모습을 보일 것이라 생각했는데, 아몬은 딱 반걸음을 움직여 검격을 피해냈다.

이어서 물 흐르는 것과도 같은 자연스러운 모습으로 붉은 창강을 메달은 장창으로 화려한 꽃봉오리를 피어냈다.

파파파파팟!

'호오. 본능만 남았을 것이라 생각했는데, 조금 전 보다 더 정교해졌군. 신기한데?'

지금 아몬의 눈동자는 흐리멍텅한 상태였다. 아니 정확히 말하자면 핏빛으로 물들어 앞도 제대로 확인하기 힘든 상태로 보였다.

비척비척거리는 움직임 또한 명정한 정신을 갖고 있다고 보긴 힘들었는데, 지금 공방을 보니 봉인을 풀기 전보다 훨씬 매끄러운 반응을 보이고 있었다.

'조금 더 어울려 볼까?'

아몬의 반응에 흥미를 느낀 칼스타인은 이전까지 사용하던 아리엘라식 검법을 버리고, 다시 혼원무한검법을 사용하기 시작했다.

하지만 혼원무한검법의 현기 넘치는 공격에도 아몬은 쉽사리 공격을 허용하지 않았다.

마치 무아지경 속에서 검무(劍舞)를 펼치는 것과도 같은 모습이었다.

챙~채채챙~채챙!

공격 역시 조금 전처럼 힘을 앞세운 공격이 아니었다. 정련된 투로를 통한 날카로운 창격을 꽂아 넣고 있었다.

아까보다 월등한 마나로 매서운 공격까지 감행하자 칼스타인으로서도 쉽게 보기만은 힘든 상대였다.

'좋구나!'

지금 칼스타인은 전투를 즐기고 있었다. 지구에 와서 한 전투 중에서 가장 수준 높은 전투를 하고 있었기 때문이었다.

이전 까지 싸웠었던 가장 강한 자였던 라파칸 족의 족장 파라크 딘과의 전투 때보다도 더 큰 흥미를 느끼는 상태였다.

그렇게 수십차례의 공방이 오고 갈 때 즈음, 칼스타인은 한 가지 특이한 점을 발견하였다.

'근육… 근육이 줄어들고 있군.'

피부로 싸여 있었다면 모를까 바로 근육이 드러난 상태에서 그 크기가 줄어들다 보니 한 눈에 그 변화가 들어왔다.

'결국 내부를 태워서 내는 힘이였던가… 하긴 그러니 봉인을 했겠지….'

생사대결이었지만 간만에 즐거운 대결을 벌이고 있던 칼스타인은 아쉽다는 생각이 들었다.

그렇게 대결이 진행되는 동안 전장에 있던 모든 이의 시선이 칼스타인과 아몬에게 집중되어 있었다.

그래서 레시드의 행동을 누구도 눈치 채지 못하고 있었다.

'허… 봉인을 푼 아몬마저 상대가 되지 않는 다는 것인가? 봉인을 푼 아몬은 로드께서도 쉽게 상대하지 못할 정도인데… 어쩔 수 없지… 플랜B에 들어가야겠군.'

결단을 내린 레시드는 품속에서 손바닥 크기의 붉은 장치를 꺼내더니 특정 마나패턴으로 마나를 주입하며 장치를 부셔버렸다.

칼스타인은 특이한 마나의 발현을 알아차리긴 하였지만, 전투에 몰입 중인 상황이라 전장 밖의 마나에는 크게 신경을 쓰지 않았다.

하지만 그것이 패착이었다.

무아지경에서 창을 휘두르며 칼스타인과 공방을 주고받던 아몬은 내부에서 끓어오르는 기운에 무아지경이 깨어지고 말았다.

"크으윽… 이… 런 기분은… 오랜만이었는데… 아… 쉽군… 피… 피해라… 내 몸은… 곧 터진다… 모든 것이… 허망하군…."

아몬의 말에 칼스타인 역시 전투의 몰입이 깨어지고 말았다. 그리고 그의 말을 이해한 칼스타인은 빠르게 아몬의 내부를 스캔했다.

폭탄과도 같은 그의 내부가 지금 폭발 직전이었다.

'이런!'

피한다면 피하지 못할 상황은 아니었다. 하지만 칼스타인이 피한다면 그의 뒤에 있는 길드원들 그리고 박정아까지 모두 그 폭발에 휘말릴 가능성이 높았다.

마스터의 경지에 있는 케론, 에이나 그리고 성소현은 몰라도 나머지 길드원과 박정아는 십중팔구는 목숨을 잃을 것이었다.

"하아압!"

커다란 기합성과 함께 전신의 마나가 초고속으로 회전

하기 시작했다.

동시에 그랑 카이저를 든 칼스타인의 오른손 역시 번개와 같은 움직임으로 수백, 수천 번의 움직임을 보였다.

웅웅웅웅-

칼스타인의 움직임에 그랑 카이저가 품고 있던 검강이 실처럼 풀려나와서 자신과 길드원의 앞을 가로막는 막(膜)을 형성하였다.

콰아아아앙!

칼스타인이 검막을 완성한 그 때, 아몬의 몸은 엄청난 굉음과 함께 폭발해버리고 말았다.

검막까지 펼쳤지만 그랜드마스터 급의 강자의 폭혈공은 쉽게 받아낼 수준의 파괴력은 아니었다.

더군다나 자신의 몸만 막아내는 검막이 아닌 길드원과 본채까지도 막아낼 정도로 크게 펼친 검막이라 마나의 소모도 극심한 상황이었다.

"으윽…."

결국 폭혈공의 파괴력을 혼자서 다 받아낸 칼스타인은 약한 신음성까지 내고 말았다. 평소의 칼스타인을 생각한다면 충격이 상당했던 것을 알 수 있었다.

그런 모습을 보여주기라도 하는 듯 칼스타인의 입가에는 가느다란 선혈이 흘러 내렸다.

하지만 지금 레시드는 순간적으로 판단을 내리지 못하고 망설이고 있었다.

'이걸 막아 낼 줄이야… 그런데 저 놈이 힘이 다한 것인가? 노예와 함께 공격을 해야 하나? 어떻게 해야 하지?'

이번 계획에는 이중의 대비책을 마련해 두었는데, 최선은 아몬이 칼스타인을 제압하는 것이었고, 두 번째는 아몬의 폭혈을 이용해 칼스타인을 빈사상태로 만들어 데려가는 것이었다.

그랜드마스터 급의 무인이기에 아무리 폭혈공에 직격당하더라도 숨은 붙어 있을 것이라는 생각에서 나온 계획이었다.

하지만 지금은 이 두 계획 모두 수포로 돌아가 버렸다. 레시드의 계획으로는 칼스타인은 적어도 치명상 정도는 입은 상태여야 했는데, 지금 칼스타인은 생각했던 것보다 너무 멀쩡했기 때문이었다.

'아몬까지 버리는 카드로 쓴 상황에서 아무런 성과도 없이 돌아 갈 수는 없는데….'

로드 가레스가 아몬의 폭혈을 발동시킬 아티팩트까지 내어 준 것은 무슨 수를 써서라도 칼스타인은 확보하라는 이야기였다.

'어쩔 수 없다. 아몬까지 포기한 상황에서 나도 물러설 수 없어. 조금 전 공격으로 저 놈 역시 큰 충격을 받았을 테니, 노예들과 함께 공격한다면 쉽사리 대응하기 힘들 것이다.'

결단을 내린 레시드는 노예들에게 손짓을 해서 칼스타

인을 공격토록 하였다. 단순한 공격이 아니었다.

한 번의 공격에 전력을 다하도록 한 일격이었다. 그렇게 불타오르는 검기를 두른 열 두개의 검이 칼스타인에게 떨어졌다.

제 아무리 그랜드마스터라 하더라도 심각한 부상을 입은 상황에서 이 공격을 버텨내기는 힘들 것이라고 레시드는 생각했지만, 이어지는 푸른 선에 그 생각은 틀렸음을 알 수 있었다.

파츠츠츠-!

칼스타인의 손에 들린 그랑 카이저는 처음보다는 다소 흐려졌지만 찬연한 푸른 빛을 발하는 검강을 머금은 채로 좌에서 우로 휘둘러졌다.

그리고 열두 개의 검기는 주인을 잃고 그대로 사그라들고 말았다.

'허억! 일격에….'

노예들이 승기를 잡으면 자신이 나서려고 생각했던 레시드는 이제 방향을 바꾸어 도주를 생각하였다.

하지만, 그를 그대로 보내 줄 칼스타인이 아니었다. 담벼락을 박차고 뛰어가려는 순간 이미 칼스타인은 그보다 빨리 움직여 그의 양 다리를 잘라내 버렸다.

"커헉…."

"이런 일을 벌이고도 혼자 도망치려 한 것이냐? 그렇다면 욕심이 과한데?"

과다출혈로 죽지 않도록 간단히 지혈을 한 칼스타인은 몸의 여기저기를 찔러서 마나를 사용할 수 없도록 조치를 하였다.

레시드는 완전히 무력화 된 것이었다. 그냥 죽일 수도 있지만 이런 조치를 한 이유는 간단했다.

"자. 이제 네 놈이 알고 있는 것을 좀 털어놓아보라고. 저기 껍데기가 벗겨져서 죽은 놈의 사연까지 포함해서 말이야."

"크윽… 어차피 죽을 상황에서 내가 왜 그래야하지?"

"꼴에 지도부라고 충성심을 보이는 것이냐? 뭐, 이야기 하지 않아도 좋아. 오랜만에 고통 속에서 울부짖는 얼굴을 볼 수 있겠군. 얼마나 참을 수 있을지 모르겠지만 오랫동안 참아주면 좋겠군. 오랜만이라서 말이야."

필요하다면 고문 따위를 망설일 칼스타인이 아니었다. 다만, 길드원들에게 이런 모습을 보일 필요는 없었기에 칼스타인은 뒤에서 있는 에이나에게 지시를 내렸다.

"에이나. 공간 결계를 하나 만들어 줘. 그리고 케론은 상황을 좀 수습해주고."

지금 정원은 전투의 여파로 엉망진창인 상황이었다. 여기저기 시체도 굴러다녔기 때문에 박정아가 일어나기 전에 상황을 수습할 필요가 있었다.

"네, 대장님."

"네, 알겠습니다. 대장님."

에이나가 내외부를 차단하는 공간결계를 형성하자 칼스타인은 두 다리가 잘린 레시드를 그리로 끌고 들어갔다.

참을 수 있을 것처럼 자존심을 세웠던 레시드는 공간결계 속에서 처절하고도 처절한 비명을 지르며 그가 아는 모든 것을 토해내고 죽음을 맞이할 수밖에 없었다.

❖

"으음…."

"왜 그러십니까, 로드?"

"아몬과 레시드가 죽었다."

블러디문의 운영에 대해서 가레스와 이야기를 나누던 제파르는 갑작스러운 가레스의 말에 경악한 표정을 지었다.

그만큼 그의 말이 충격적이었던 것이었다.

"그럴 리가… 레시드는 몰라도 아몬은… 설마, 봉인을 풀기도 전에 당한 것입니까?"

제파르 역시 수뇌부였기에 아몬이 누구를 상대하러 가는 지 잘 알고 있었다.

이미 그랜드마스터의 경지에 있던 아몬이기에 봉인을 푼다면 초입의 그랜드마스터 따위에게 질 아몬이 아니었다.

하지만 가레스의 대답은 제파르의 기대를 충족시켜주지 못했다.

"아니야. 봉인은 풀렸었다. 그리고, 아몬은 폭혈공으로 최후를 맞았다."

"폭혈공… 음? 그런데 폭혈의 장치는 레시드에게 있었을 텐데… 레시드까지 죽었다는 것은…."

용의주도한 레시드가 자신이 피해를 감수하면서 까지 아몬을 폭발시킬 리가 없었다.

분명 안전한 곳으로 피한 뒤에 시전했을 것인데, 레시드까지 죽었다는 것은 당연한 추론으로 이어졌다. 그리고 그 답은 가레스가 하였다.

"그래, 그 놈은 아몬의 폭혈공에도 별 다른 피해가 없었다는 말이지."

"허어…. 절대 초입의 그랜드마스터가 아니군요…."

제파르가 허탈한 목소리로 말했다. 그 또한 초입의 그랜드마스터였기에, 지금 칼스타인이 해낸 일은 결코 초입 수준의 그랜드마스터가 할 수 있는 일이 아니라는 것을 잘 알고 있었다.

봉인을 푼 아몬은 최소 중급 그랜드마스터의 수준은 되었는데, 그가 시전한 폭혈공까지 별다른 피해 없이 막아냈다면 그 윗선으로 생각해도 과한 것은 아니었다.

"그런 것 같군. 어쨌든 이제 확신 할 수 있겠어."

"뭐가 말입니까?"

"그 놈이 내 혈족이 된다면 후계자의 인(印)을 넘겨줄 수 있겠다는 확신 말이야. 이미 중급 이상의 그랜드마스터에 있다면 아몬과 같은 일은 벌어지지 않을 것이다."

"확실히… 그렇겠군요."

그랜드마스터 급의 강자를 뱀파이어 혈족으로 만드는 것은 쉬운 일이 아니었다.

마스터 급 이하라면 단순히 피의 대법을 시행하는 것으로 혈족을 만들 수 있을 것이지만 그랜드마스터는 이미 완성된 자였다. 단순한 대법은 그 완성을 깨트리는 일이 되어 버려 오히려 경지가 퇴보하는 등의 부작용이 있을 수도 있었다.

그 부작용의 단적인 예가 바로 아몬이었다.

과거 그랜드마스터 초입에 있던 아몬을 발견한 가레스는 그를 포획한 뒤 피의 대법을 펼쳤다.

그 전까지는 한 번도 그랜드마스터에게 피의 대법을 시행한 적이 없었던 가레스는 그런 부작용이 있을 것이라고는 전혀 생각하지 못했었고, 결국 아몬의 신체는 조화가 깨어져서 폭발직전의 상황까지 다다랐었다.

결국 가레스가 피의 봉인을 시행하고 확보하고 있던 [켈라의 암천]이라는 아티팩트를 사용하여 간신히 폭발을 막고 폭주를 수습할 수 있었다.

이후 다각도의 연구 끝에 그랜드마스터를 혈족으로 만드는 방법을 개발하였고, 그 방법의 전제가 되는 것이 최소 중급 이상의 그랜스마스터의 경지였다.

그 정도는 되어야지 조화가 깨어졌을 때의 후폭풍을 견디고 새로이 구성되는 육체에 적응할 수 있는 것이었다.

사실 가레스는 지금까지 칼스타인은 그랜드마스터 초입으로 알고 있었기에 포획한다 하더라도 모종의 대법을 통해서 중급 정도의 경지까지는 끌어올릴 생각이었다.

하지만 이번 일을 겪고 그런 절차는 무의미한 것을 알 수 있었다.

"이미 중급 이상의 경지에 있는 것을 알았으니 더 기다릴 것도 없겠군. 이제 내가 나설 것이다."

"불편함이 없으시도록 준비하도록 하겠습니다. 로드!"

중급의 그랜드마스터라면 블러디문에서 가레스 말고는 상대할 자가 없었다.

그렇기에 제파르 역시 그를 말릴 생각 대신 가레스가 편하게 움직일 수 있도록 준비를 하겠다는 대답을 한 것이었다.

"일성좌님. 블러디문의 비밀병기가 죽었습니다."

"비밀병기? 그 놈들의 비밀병기라면… 아몬이었던가?"

가레스와 제파르가 대화를 나누는 그 시점 미네르바에서도 그와 관련된 이야기가 오고가고 있었다. 바로 미네르바의 수장 엘레나와 그녀의 최측근인 아이작 간의 대화였다.

평소라면 즉각적으로 대행자들의 생사를 알 수 있는 가레스에 비해서 정보를 얻는 것이 늦어야 정상이지만, 지금은 마케리움의 2조장이 현장에 파견 되어 있는 상태였다.

따라서 아몬과 레시드의 죽음을 바로 미네르바에 알릴 수 있었던 것이었다.

"그렇습니다. 10년 전에 사라진 그랜드마스터급 무인이었지요."

"쯧… 그 때도 후계자로 만든다며 생떼를 쓰더니 아까운 인재만 버렸어…. 그런데 봉인을 풀고 나니 어느 정도 수준이라던가? 당시에는 대법에 실패했다고 들었는데 말이야."

정보를 다루는 미네르바라서 그런지 블러디문에서 누구를 포획하였는지, 어떤 대법을 시행하였는지, 심지어 대법의 성패여부까지도 파악하고 있었다.

"당시 실패하기는 하였지만 그래도 비약과 소모형 아티팩트를 이용해서 추가적인 대법을 시행하여 일정 시간 동안은 무력을 사용할 수 있게 했다더군요. 어쨌든 2조장의 전언에 따르면 봉인을 푼 아몬은 중급의 그랜드마스터는 충분히 되어 보였다고 하더군요."

중급의 그랜드마스터라는 이야기에 엘레나는 잠시 고개를 우측으로 꺾으며 무언가 생각을 하는 듯해보였다. 그리고 이내 아이작에게 되물었다.

“2조장이면… 라반이지?”

“네, 그렇습니다.”

“흐음… 라반이라면 마스터 치고는 안목이 좋긴한데… 중급의 그랜드마스터라….”

“그리고 추가적인 라반의 말에 따르면 요주의 인물인 이수혁씨는 봉인을 푼 아몬을 압도했다고 하는군요. 마지막 자폭공격에 다소 피해를 입은 것 같지만 치명상은 아니라고 합니다. 상급의 그랜드마스터라고 추정된다고 하는 군요.”

지금까지는 충분히 예상 가능한 이야기였다면, 지금 이야기는 그녀의 예상을 벗어났는지 약간 놀라는 말투로 반문했다.

“상급? 확실한 건가? 아니. 아무리 안목이 좋아도 마스터 따위의 눈으로 확실을 논하는 건 우습겠지. 내가 직접 확인해야겠다.”

“직접 말입니까?”

“그래. 아몬까지 죽어버린 이상 어차피 가레스도 이수혁을 직접 노리고 덤벼들 거야. 제 1 대행자 제파르가 있긴 하지만 그 놈 역시 초입에 불과하니 분명 직접 나서겠지. 내가 가야 격이 맞을 거야.”

"그… 그렇다면…."

"어쩌면 블러디문과 한 판 붙어야 할지도 모르지. 일단 백가주를 먼저 연결해. 그의 입장을 들어봐야겠어."

"입장이라면… 우선권 말씀이십니까?"

이계인들의 협정에 의해서 각국에 대한 우선권은 해당 국가의 거주자에게 있었다. 아이작 역시 미네르바의 고위층으로 해당 협정에 대해서 자세히 알고 있었다.

그녀를 보좌하기 위해서 세부적인 내용에서는 어쩌면 당사자인 엘레나보다도 더 많이 알고 있을지도 몰랐다.

하지만 지금 엘레나가 말하는 입장은 단지 그것 때문만은 아니었다.

"우선권도 우선권이지만, 백가주 개인의 생각이 중요하지. 그의 무력이라면 우리 이계인들 중에서도 상위권이니 우리 미네르바와 블러디문 사이의 분쟁은 그가 손을 드는 쪽으로 흐를 가능성이 높아."

"아…."

백천무의 무력에 대해서는 아이작 역시 들은 바가 있었다. 과거 이계인 중의 최강자인 아비오스가 죽은 이후 지금의 최강자는 은연중에 백천무라고 알려져 있었기 때문이었다.

물론 제황성의 성주 구양천은 동의하지 않겠지만 말이었다.

"어쨌든 서둘러. 언제 가레스가 치고 들어갈지 모르니 말이야. 혹시 모르니 천무에도 블러디문의 정황 정보를 즉각 전파하고."

"네, 알겠습니다. 일성좌님."

말을 마친 아이작은 늘 그렇듯이 고개를 숙인 후 자리를 비켰다. 언제나 그녀의 손발처럼 움직이는 아이작을 잠시 지켜본 엘레나는 다시 생각에 잠겼다.

'가레스… 당신의 사정은 알겠지만 이번에는 아몬처럼 허무하게 잃지는 않을 거다. 전도유망한 인재들을 그런 소모품으로 사용해버릴 수는 없어.'

이계황제 헌터정복기

4장. 천무

지정한 남산의 쉘터로 이동되도록 조치한 상황이었다.

엘리니크의 이동마법은 이곳의 마법과 체계가 달라 쉽사리 추적당하지도 않을 것이기에 나름 최선의 안전 대책이었다.

즉, 이런 상황에서 굳이 이 사인방의 호위는 필요 없었다. 하지만, 이들의 말도 이해가 갔다.

위기 상황에서 이들을 뺀다는 것을 소속감을 약화시킬 뿐더러 충성도도 떨어지게 할 가능성이 높았다.

에르하임이나 이곳이나 위기를 함께 하면서 더 단단해지는 조직력을 보이는 것은 당연한 이야기였다.

게다가 위기를 통해서 성장의 발판을 만들 수 있다는 점까지 생각하면 무조건 이들을 배제하는 것은 이들에게도 좋지 않은 선택일 수 있었다.

"흐음… 그런가… 그래 너희들 생각이 그렇다면 알겠다. 계속 함께 하도록 하지."

"야호!"

"역시 대장님!"

칼스타인의 말에 사인방은 환호를 하였는데, 그의 말은 아직 끝나지 않았다.

"단, 앞으로는 언제 어느 때나 목숨을 잃을 수 있다는 생각을 항상 하고 있도록 해."

칼스타인의 무거운 말에 사인방 역시 진지한 표정으로 대답했다.

"네! 대장님."

"염려 마십시오."

뒤에 있던 케론이 사인방, 그 중에서도 최재혁의 어깨를 두드리며 칼스타인의 말을 받았다.

"걱정 마십시오. 제가 이놈들이 그런 생각조차 할 수 없도록 제대로 굴려보겠습니다."

"히익! 케… 케론님… 지… 지금 보다 어… 어떻게 더…."

최재혁은 경기를 하는 표정으로 말까지 더듬으며 케론에게 대답을 했다.

"하하. 이 놈아. 지금까지는 워밍업으로 생각해. 네 놈들이 일 년만 내가 생각한 스케줄 대로 따라온다면 다들 마스터가 된다고 보장을 하지!"

"마스터요?"

"정말이세요?"

막연히 마스터가 된다는 것과 일 년의 시간이 지나면 마스터가 된다는 것은 천지차이였다.

"그래, 저번에도 이야기 했지만 네 놈들은 자질이 있다. 그리고 난 그 자질을 극대화 시켜줄 훈련법이 있고, 힘들겠지만 내 훈련을 따라온다면 마스터로 만들어 주지!"

케론의 확답에 사인방의 눈이 초롱초롱해졌다. 그리고 그들의 몸에서 서서히 열기가 피어나기 시작했다.

지금 케론은 그들이 꿈으로만 생각하던 마스터의 경지에 오르게 해주겠다고 하는 것이었다. 그래서 이어지는 케론의 말에도 그들의 열기는 꺾이지 않았다.

"물론, 그 훈련은 지금까지 훈련의 몇 십배, 아니 몇 백배 힘들 것이야. 차라리 죽었다고 생각하는 것이 좋을 수도 있어. 그래도 따라만 온다면 마스터가 된다고 내가 보장하마."

"네! 케론님!"

"알겠습니다!"

❖

칼스타인은 아직 모르고 있었지만, 지금 그는 세계 유력인사들에게 가장 요주의 관심사였다.

먼저 칼스타인을 노리는 블러디문은 말할 것도 없고, 그를 지켜주려 하는 미네르바 역시 칼스타인에게 깊은 관심을 갖고 있었다.

게다가 지금은 다소 잠잠하지만 다크소울 역시 미네르바에서 흘린 정보를 토대로 칼스타인을 포섭하려고 했던 상황이었다.

다른 단체들 역시 칼스타인과 직접 관련까지는 없었지만 그의 존재에 대해서는 분명히 인식하고 있는 상황으로, 칼스타인은 유력단체 모두의 관심을 끌고 있다 해도 과언은 아니었다.

그런 와중에 천무의 백진호는 초미의 관심사로 떠오른 칼스타인에게 같잖은 수작을 부렸었다.

그를 호위하기 위해서 운영되는 호천대의 4조에게 칼스타인을 잡아오라는 명령을 내린 것이었다.

사실 백진호는 천무의 가주 백천무의 손자이니만큼 충분히 칼스타인의 무력에 대해서 알아보려면 알아 볼 수 있었을 테지만, 이번 일을 크게 생각하지 않은 백진호는 평소와 같이 별 생각 없이 지시를 내렸었다.

기껏해야 마스터 한 명 정도를 잡아오는 것이라 생각했기 때문이었다.

그랜드마스터인 조부와 부친을 가진 백진호에게 마스터는 두려움을 주는 존재는 아니었고, 자신의 스승이자 근접호위인 최철호만 하더라도 상급의 마스터였다.

호천 4조의 조장 역시 마스터였고, 대원들은 거의 마스터에 근접한 능력자들이니 당연히 마스터 한 명 정도 잡는 것은 어렵지 않을 것이라 생각했다.

하지만 당연하게도 호천 4조는 모두 불귀의 객이 되고 말았다. 칼스타인이 손쓸 것도 없이 케론과 셀리나 그리고 에이나에 의해서 모조리 죽임을 당한 것이었다.

쾅!

원목 테이블을 거세게 내리치며 백진호는 거칠게 말했다.

"뭐요? 전멸이라구요?"

"그렇습니다."

"허… 대체 어떻게 된 것입니까?"

최철호는 백진호의 스승이자 경호원이자 보좌관이기도 하였다. 따라서 호천4대가 전멸한 것을 알고 그가 먼저 관련정보를 확인한 상태였다.

"길드의 정보를 확인해보니 이수혁에 대한 정보는 기본 정보는 대외비로 되어 있더군요. 그리고 그에 관한 기타사항에는 1급 기밀에 해당하는 정보까지 있었습니다. 그는 단순한 마스터가 아니었습니다."

"최근에 마스터에 오른 애송이라고 하지 않으셨나요?"

"공식적인 자료로는 그랬었지요. 공식자료로는 마스터에 오른 지 1년도 채 안 되는 에르하임이라는 신생 길드의 길드장이었습니다."

규정이 엄격한 천무 길드는 아무리 가주의 손자이자 길드장의 아들이라 하더라도 길드의 정보를 이용하려면 꽤나 많은 절차를 밟아야 했다.

그리고 그 흔적 또한 남았기에 간단하게 접근할 수 있고 흔적도 남지 않는 공식 정보 이용해서 일을 처리하곤 했는데 이번에 사달인 난 것이었다.

"대외비 정보는 확인하셨나요?"

"네, 전멸을 확인한 뒤 절차를 밟아 대외비 정보까지는 확인했습니다. 다만, 1급 비밀에 해당하는 정보는 길드장님의 승인이 필요한 사항이라 확인하지 못했습니다. 지금이라도 말씀하신다면 길드장님께 보고하고 확인토록 하겠습니다."

길드장은 백진호의 아버지 백검혼이었다. 이름처럼 검(劍)의 혼(魂)과 같이 냉철하고 베일 것만 같은 날카로운 성정을 가진 백검혼이었기에, 자신의 아버지이긴 하였지만 백진호는 그를 꽤나 두려워하고 있었다.

그래서 그런지 길드장의 승인이라는 이야기에 백진호는 고개를 저으며 말했다.

"일단, 대외비 정보만 확인하죠. 거기에는 뭐라 나와 있던가요?"

"공식적으로 등록되지는 않았는데, 그랜드마스터 초입의 무위를 가진 것으로 추정된다고 하더군요. 그리고 그의 수하 세 명 역시 마스터에 오른 것으로 판단된답니다."

"그랜드마스터!"

뒷말은 중요하지 않았다. 그랜드마스터라면 그가 상대할 수 있는 경지의 무인이 아니었다.

스스로 세계 최강이라 자부하는 천무에서도 그랜드마스터급의 강자는 백천무와 백검혼 뿐이었다.

'…호천대의 대주님도 그랜드마스터인 것으로 보이지만, 그 분의 무위는 가문의 비밀이니 도움을 청할 수는 없고….'

히든 카드를 가진 곳은 블러디문 만이 아니었다. 천무 역시 히든카드라 할 수 있는 그랜드마스터가 한 명 더 있었다.

바로 호천대의 대주 장호철이었다. 물론 그의 무위는 백천무나 그의 아들이자 후계자인 백검혼에 비해서 떨어졌지만, 그래도 활용 가능한 그랜드마스터 급의 강자가 한 명 더 있다는 것은 조직의 무게감을 다르게 하였다.

'후… 형님께 부탁 해야겠군. 저번에 비밀로 해주는 대가로 내 부탁을 들어준다 하셨으니….'

백진호의 형은 천무룡이라는 별칭으로 유명한 백진강이었다. 지금까지 천무룡은 마스터의 경지라고 알려졌었는데, 지금 백진호는 그에게 부탁을 한다고 생각하고 있었다.

그 말인 즉, 천무룡 백진강 역시 그랜드마스터의 경지를 이루었다는 의미였다.

실제로 백진호는 지구방어대전이 끝나고 얼마 후 가문의 수련실에서 함께 수련을 하던 백진강의 검에서 찬연한 흰빛의 검강이 처음 발현하는 광경을 목격하였다.

이제 서른 살에 불과한 백진강이 그랜드마스터가 된 것이었다. 당시 백진호는 너무도 놀라고 기뻐서 아버지와 할아버지에게 이 사실을 알리려고 하였지만, 백진강은 조금 더 다듬은 다음에 자신이 직접 말하겠다면서 함구를 부탁하였다.

그러면서 향후 그가 들어줄 수 있는 것이라면 백진호의 부탁을 뭐든 들어준다는 약속을 한 상태였다.

'형님은 아직 알리고 싶지 않으신 것 같지만, 이제 슬슬 길드의 후계자로서 전면에 등장하셔도 될 때지. 그랜드마스터를 잡아내는 것이라면 형님의 명성에도 큰 도움을 줄 테고.'

백진호의 머릿속에는 천무룡 백진강의 패배는 없었다. 그가 아는 백진강은 할아버지나 아버지와의 대련을 제외하고는 패배라는 것을 모르는 사람이었다.

그렇기 때문에 비슷한 또래인 칼스타인과의 대결에서도 당연히 승리를 생각하고 있었다.

'그건 그렇고 그 놈도 천재적인 재능이긴 한가보군. 각성한지 이제 몇 년 밖에 되지 않았다고 알고 있는데 그랜드마스터라니… 하지만 형님의 상대가 될 리가 없지.'

결심을 굳힌 백진호는 망설이지 않고 백진강을 찾아갔다. 무공의 천재이자 무공 밖에 모르는 바보인 백진강은 늘 그렇듯이 길드의 개인 수련장에 있었다.

백진강의 개인 수련장이었지만, 동생인 백진호는 출입인원에 등록을 해둔 상태라 별도의 통보 없이도 수련장에 들어갈 수 있었다.

중요한 수련을 하는 경우에는 별도로 모든 이의 출입을 통제할 수도 있지만, 지금은 그 정도의 수련은 아니었는지 백진호의 출입에는 아무런 문제가 없었다.

수련장에 들어온 백진호가 먼저 본 광경은 수련장 가운데에서 편안히 서 있는 백진강의 모습이었다.

가만히 눈을 감고 편안한 모습으로 서 있는 백진강의 오른 손에는 한 자루의 검이 들려 있었다.

지금 백진강의 손에 들린 검은 서양풍의 롱소드와는 다소 차이가 있는 동양식의 운검에 가까운 장검이었다. 보통의 운검 보다는 좀 더 길기는 하였지만 형태만은 운검에 가까운 모양이었다.

백진호는 별다른 움직임 없이 편안히 서 있는 백진강에게 말을 걸려고 하였는데 어디선가 웅웅거리는 소리가 들린다는 것을 깨달았다.

우웅-

'무슨 소리지?'

잠시 발걸음을 멈추고 좀 더 자세히 백진강을 살핀 백진호는 그 소리의 정체와 출처를 알 수 있었다.

바로 백진강의 검에서 나는 소리였다. 그리고 그 검에는 백색의 검기가 서려있는 상태였다.

그리 크지 않은 검강을 너무도 자연스럽게 발현해 놓은 상태라 백진호가 알아보지 못했던 것이었다.

'버… 벌써…!'

백진호는 검강을 발현한 백진강에게 다시 한 번 놀랄 수밖에 없었다.

검강을 쓰는 것이야 저번에도 보았기에 놀랄 것이 없었

지만, 지금의 모습은 또 다른 의미가 있었다.

보통 초입의 그랜드마스터라면 집중을 해야 검강을 발현할 수 있다고 알려져 있었는데, 지금 백진강은 너무도 편안하게 검강을 발현하고 있었기 때문이었다.

비록 그 크기는 다소 작아 보이지만 이렇게 편안히 검강을 발현하는 것만 보아도 그랜드마스터 초입의 단계는 벌써 벗어난 것처럼 보였다.

'혹시 호천대에 말을 넣어둘까 생각했는데 이렇게 된다면 그럴 필요도 없겠어… 역시 형님이야… 벌써 초입을 벗어났다니….'

편안한 모습이었지만 몰아(沒我)의 상태는 아니었는지 백진강은 서서히 눈을 뜨며 검강을 사라지게 만든 뒤 백진호에게 말을 건넸다.

"무슨 일이냐. 진호야."

아버지를 닮은 무뚝뚝한 말투였지만, 백진호는 그가 얼마나 자신을 아끼는 지 잘 알고 있었다.

어릴 적부터 그랬다. 다소 무리한 부탁도 백진호가 하는 부탁은 백진강은 웬만하면 다 들어 주었다.

그래서 백진호는 오늘의 부탁 역시 다르지 않을 것이라 생각했다.

"그게 말입니다. 형님…."

백진호는 지금 자신이 처한 상황을 백진강에게 설명하였다. 물론 김유빈을 임의로 처리한 것 등 자신에게 불리한 부분은 제외한 설명이었다.

“흐음… 그러니까 네 말은 네 새로운 여자친구에게 원한을 가진 자가 그녀에게 저주를 걸었고, 그 자를 데려오기 위해서 호천 4조를 보냈는데 모두 죽음을 당했다는 말인 것이냐? 그래서 지금 내게 복수를 해달라는 것이고?”

긴 이야기를 짧게 요약하였지만 핵심은 그것이었다.

“그렇습니다. 형님. 저야 원래 무공에 그리 자질이 없어서 괜찮지만, 그 자가 알량한 자신의 무공을 믿고 우리 천무를 우습게 볼까봐 걱정입니다.”

무공 밖에 모르는 백진강이 그나마 신경을 쓰는 것은 가문에 대한 자부심이었다. 지금 백진호는 그 부분을 건드리고 있는 것이었다.

“그랜드마스터라면 알량한 무공은 아니겠지… 일단 알겠다. 내가 따로 알아보고 조치하도록 하마. 그런데 아버지나 할아버지는 이 일을 알고 계시느냐?

“아버지나 할아버지께 말씀드리려고 했지만, 괜히 심기를 불편하게 해드릴 필요는 없다고 생각해서 일단 형님께 먼저 왔습니다.”

“그래, 잘했다. 내가 처리할 테니 넌 돌아가도록 해라.”

“네, 알겠습니다. 형님.”

어깨를 축 늘어트리고 걸어가는 백진호의 뒷모습은

안쓰러워 보였지만, 실상 그의 얼굴은 득의의 미소가 가득하였다. 이번에도 백진강은 자신의 부탁을 들어주었기 때문이었다.

다만, 백진호 역시 백진강의 표정을 보지는 못하는 상황이었다. 수련장을 나가는 백진호를 보는 백진강의 표정은 평소의 그답지 않게 무겁게 가라앉아 있었다.

백진호가 수련장을 나간 뒤, 백진강은 나지막이 입을 열었다.

“무슨 일인지 알고 계십니까?”

수련장에는 그를 제외하고 아무도 없었지만 백진강은 마치 누가 있다는 듯 말을 하였고, 그 믿음에 답을 하듯 허공에서 누군가의 대답이 들려왔다.

“철호가 대외비 정보를 뒤지기에 무슨 일인지 알아보기는 하였습니다.”

목소리가 이야기하는 철호는 백진호의 스승이자 경호원인 최철호를 이야기하는 듯 해보였다.

그를 별다른 호칭 없이 부르는 것을 보아 지금 목소리의 주인은 최철호에 비해서 더 높은 직위에 있다는 추측이 가능했다.

“무슨 일이던가요?”

“그것은….”

허공의 목소리는 백진호와 김유빈 사이의 일부터 시작해서 최근 호천 4조가 칼스타인에게 전멸당한 사실까지

상세한 내용을 백진강에게 알려주었다.

"음… 그럼 그 저주를 받았다던 김유빈이라는 아가씨는 어떻게 되었습니까?"

지금까지 술술 이야기하던 허공의 목소리는 이 부분에서 잠시 멈칫하며 말을 끊었다.

하지만 백진강은 재촉하지 않았다. 그저 침묵으로 그의 말을 기다릴 뿐이었다.

잠시간의 시간 뒤에 허공의 목소리는 이어서 이야기를 꺼내었다.

"…김유빈씨는 죽었습니다."

목소리가 김유빈의 죽음을 이야기 하였음에도 백진강은 일말의 미동이 없었다. 마치 그럴 줄 알았다는 것과 같은 태도였다.

백진강은 굳이 사인(死因)에 대해서 물어보지 않았고, 허공의 목소리 또한 그에 대해서는 언급이 없었다.

다시 한 번, 잠시간의 침묵이 이어졌다. 이번의 침묵은 조금 전 보다도 길었다.

거의 십여 분의 시간이 지났을 때 백진강의 입이 천천히 열렸다.

"…이번이 세 번째인가요? …어려서부터 너무 오냐오냐 했더니 돌이키기 힘들 정도로 잘못된 길로 빠져들어 버렸군요. 제 불찰이 큽니다."

"도련님 역시 그 때는 어렸습니다. 도련님의 불찰이라

할 수는 없지요."

태생적으로 몸이 약했던 백진강와 백진호의 어머니 홍수진은 백진호가 다섯 살 무렵 선천진기가 다하여 끝내 목숨을 잃고 말았다.

조금이나마 철이 들어서 어머니를 잃은 백진강과는 달리 너무도 어린 나이에 어머니를 잃은 백진호는 충격에 한동안 실어증까지 걸려버렸고, 그 때문에 한동안 가문 전체가 백진호를 걱정하는 상황이 되었었다.

실어증은 몇 달 지나지 않아 고쳐졌지만, 이후 근본적인 애정 결핍으로 인해 백진호는 점점 삐뚤어져 갔다.

하지만 아무도 그를 나무라는 사람이 없었다. 천무 길드장의 둘째 아들인 그의 지위는 그의 할아버지, 아버지, 형을 제외하고는 누구도 그를 혼낼 수 없도록 하였기 때문이었다.

결국 그는 왜곡된 인간관과 애정관을 지닌 삐뚤어진 인간이 되어 버린 것이었다.

백진강은 자신의 탓이라 말하지만 그 역시 어린 나이로 동생을 다독일 정도로 성숙한 상태는 아니었다.

다만, 백진강은 그 상실을 무(武)에 대한 수련으로 채웠고, 원래부터 있던 천부적인 재능이 집착에 가까운 수련과 만나 시너지를 발휘하며 이렇게 젊은 나이에 그랜드마스터라는 위업을 달성한 것이었다.

그렇게 그랜드마스터에 오르며 스스로 오롯이 선자가

되어 모친의 상실로부터 완전히 벗어나자 백진강은 지금 동생이 얼마나 잘못된 길을 가고 있는지 파악할 수 있었다.

'이번 일이 끝나면 네 근본적인 상처를 치료해주마. … 힘들겠지만 견뎌 내거라.'

나쁜 짓을 하고 잘못된 짓을 했지만 그래도 하나 뿐인 동생이었다. 백진강에게 동생은 버리고 처벌할 대상이 아닌 교화하고 치료할 대상이었다.

"이런 것으로 마무리 하는 것은 좋아하진 않지만 어쩔 수 없군요. 일단 김유빈의 가족들에게 비밀리에 금전적인 지원을 해주지요."

"네, 처리하도록 하겠습니다."

"그리고 내일 이수혁이라는 자에게 방문하도록 하겠습니다."

"도련님, 둘째 도련님의 부탁을 들어주실 생각이십니까? 만일 김유빈의 저주가 이수혁씨의 개인적인 복수라면 우리가 끼어들 여지는 없지 않겠습니까?"

정론이었다. 만일 백진호가 김유빈과 열렬히 사랑하는 사이라서 복수를 하는 것이라면 모를까 그 역시 김유빈을 갖고 논 것에 불과하고 결과적으로 그녀를 죽인 것은 백진호였다.

굳이 백진강이 나서서 징치할 이유가 없다는 말이었다.

백진강 역시 그런 상황을 알고 있었다. 그렇기 때문에 그의 입에서 나온 말은 동생의 복수가 아니었다.

"진호의 복수 때문만은 아닙니다."

"그럼…."

"검강이 안정화 되었습니다. 더 이상 단순한 수련으로는 성과를 보기 힘든 상황이라는 말이죠. 이 상황에서 저와 비슷한 또래의 그랜드마스터라… 한 수 나눠보고 싶다는 생각이 들 수밖에 없네요."

"아…."

"아. 물론 복수 운운하며 죽일 생각은 없습니다. 어차피 복수의 당사자는 김유빈씨고 진호가 아니니까요. 그리고 그 당사자에게는 진호가 더 큰 잘못을 한 상황에서 복수를 운운하는 것도 우스운 일이죠. 저는… 그저 한 수를 나눠보고 싶은 것뿐입니다."

그랜드마스터의 초입을 벗어났기에 백진강은 당연히 승리를 이야기 하고 있었다. 어쨌든 이렇게 까지 이야기하자 허공의 목소리도 더 이상 백진호를 만류할 수는 없었다.

"알겠습니다. 준비해 놓도록 하겠습니다."

"번거롭게 해드려 죄송합니다."

"아닙니다. 저희의 할 일이지요."

그랜드마스터 한 명이라면 모를까 세 명의 마스터를 수하로 부리고 있다고 하니 그와의 일대일 대결을 펼치기 위해서는, 그리고 불필요한 희생이 없도록 하기 위해서는 자신을 호위하는 호천 3조의 도움이 필요하였다.

'그랜드마스터라… 과연….'

지금까지 백진강이 아는 그랜드마스터는 할아버지와 아버지뿐이었다. 새로운 그랜드마스터와 대결을 한다는 생각에 백진강의 심장은 서서히 달구어지기 시작했다.

백진호의 복수 같은 사소한 생각은 어느새 저 멀리 사라지고 말았다.

◇

파파파팟!

"느리다! 느려! 마나홀을 쥐어 짜내듯이 마나를 끌어올리란 말이닷!"

마나를 담은 케론의 거친 목소리가 백색의 공간을 흔들었다. 그 목소리에 반응하며 김한수를 비롯한 사인방은 원형을 그리며 더 격렬하게 전력질주를 하였다.

사방 오킬로미터에 달하는 이 백색의 공간은 에이나가 이들의 수련을 위해서 만든 공간으로 밖의 공간보다 마나량이 더 적었다.

보통 수련을 할 때에는 더 많은 마나를 신체에 깃들게 하기 위해서 마나집적진을 이용해서 마나를 늘이는 것이 일반적이었지만, 이 수련장은 반대의 상황이 되어 있는 것이었다.

"더 격렬하게 움직이면서 마나를 느껴라! 그리고 그 마나를 한톨이라도 끌어당겨 마나홀로 인도해!"

지금 케론의 말처럼 이들의 수련은 마나량을 늘이는 수련이 아니었다. 기감을 늘이고 최소의 마나에서 최대의 효과를 낼 수 있도록 마나로드를 개선하는 수련을 하고 있는 것이었다.

그래서 이 곳의 마나농도는 무척이나 낮았고, 적은 마나로 격렬한 수련을 하는 사인방의 얼굴은 붉어지는 것을 넘어 창백해진 상태였다.

털썩-!

가장 덩치가 큰, 다른 말로 하자면 가장 대사량이 높은 최재혁이 가장 먼저 쓰러졌다.

큰 체격은 공격력과 방어력을 높여주는 효과가 있지만 그 만큼 많은 체력과 마나를 소모하게 하였다.

케론 역시 이 당연한 사실을 알고는 있지만, 최재혁에게는 맹렬한 비난을 쏟아내었다.

"덩치! 여기서 끝인 거냐? 마스터 되기 싫어?"

"더… 더 이상은…."

"더 이상? 저 비실비실한 이슬이도 아직 멀쩡한데 네가 먼저 뻗는 거냐? 남자망신은 혼자서 다 시키는 거냐?"

강이슬은 비틀 거리기는 하지만 아직 버티고 있었다. 케론의 말에 고개를 들어 그 모습을 본 최재혁의 눈에는 다시 불꽃이 튀었다.

후들거리는 다리를 잡고 일어선 그는 움직여지지 않는 다리를 다시 움직이기 시작했다.

"크아아악!"

비명과 같은 괴성을 지르며 주변에 떠도는 실낱같은 마나를 웅켜쥐어 다시 속도를 내기 시작했다.

그 모습을 흐뭇하게 지켜보던 케론은 다시 한 번 크게 외쳤다.

"그래! 그래야지! 내가 네 놈들 모두 마스터로 만들어 주마! 하하하하!"

그렇게 웃으면서 사인방을 지켜보고 있는 케론에게 에이나의 텔레파시가 들려왔다.

[케론, 손님이 왔어요.]

에이나는 손님이라고 말했지만, 실상 손님일 리가 없었다. 케론 역시 그 사실을 잘 알고 있었다.

[손님? 우리한테 손님이 올 리는 없으니, 적인가?]

[호호. 그래요. 대장님이 계시지만 그래도 나와 봐야하지 않겠어요?]

[당연하지. 바로 나갈테니 문을 열어줘.]

칼스타인이 있는 이상, 어떤 적이 오든 두려울 것이 없었다. 하지만 수하된 입장에서 자신이 먼저 그 적을 맞는 것은 당연한 일이었다.

[한수하고 애들은 그냥 남기는 걸로 하죠. 아직 수련 중인데 괜히 혈기에 나서서 다치면 곤란하니 말이에요.]

[음… 그래, 뭐 그렇게 하지.]

잠시 수련하는 사인방을 훑어본 케론은 그들에게 아무 말도 없이 에이나가 열어준 문을 통해서 결계 공간을 벗어났다.

사인방은 케론이 사라졌음에도 수련을 멈추지는 않았다. 아니 못했다. 결계 안에서는 밖을 볼 수 없었지만, 밖에서는 안을 볼 수 있었기 때문이었다.

그리고 지금까지의 경험상 케론의 허락 없이 휴식을 취한다면 그 결과는 항상 더 큰 괴로움으로 다가 왔었다.

"저 자들인가?"

"빨리나왔네요."

칼스타인의 집을 방문한 손님은 남자 두 명과 여자 한 명이었다. 세 명 모두 상당히 젊어 보였는데 그 속에 담겨있는 마나가 상당하였다.

특히 30대 초반 정도로 보이는 한 남자의 마나는 케론으로서도 잡아내기 힘들 정도였다.

'저 여자는 확실히 마스터에 오른 것 같고, 저기 조금 어려보이는 남자는 아직 마스터에도 들지 못한 것이 분명한데… 저 남자의 경지는 가늠하기가 힘들군… 그렇다면 그랜드마스터인가?'

그랜드마스터의 직전 단계라 할 수 있는 최상급 마스터에 있는 케론이 감지하기 힘든 수준이라면 그랜드마스터라고 할 수 밖에 없었다.

'후후… 저 어린 나이에 그랜드마스터라면 분명 대단하긴 하지만… 그래도 폐하께 덤비기는 많이 이르군.'

상대가 그랜드마스터라고 해도 칼스타인이 있는 이상 전혀 동요할 일은 없었다.

그래서 케론은 편안한 마음으로 세 명의 손님과 셀리나와의 대화, 대화라기보다는 말싸움을 지켜보고 있었다.

"아니 너는 화염마녀!"

"내 앞에서 날 그렇게 부르는 녀석은 오랜만이네? 너도 마스터라 이거지?"

지금 셀리나와 대화를 나누는 여성은 홍의신녀 한설아였다.

백진강은 짝사랑하는 한설아는 그가 외부로 나간다는 정보를 입수하고 재빨리 그에게 따라 붙어 여기까지 동행한 상태였다.

사실 한설아는 셀리나와는 과거 일전(一戰)을 벌인 적이 있어 초면은 아니었지만, 셀리나의 외모나 마나가 바뀐 상태라 그녀를 알아보지 못하고 있었다.

"호오… 누님한테 마녀라고 하는 사람은 진짜 오랜만이네요. 그런데 저 여자도 마스터에요? 상당히 젊어 보이는데… 흐음…."

한설아를 누님이라 부르는 것에서 알 수 있듯이 이들 형제와 한설아는 꽤나 오래 전부터 친분이 있었다.

그리고 백진호는 그 말을 하며 셀리나를 아래위로 훑어보았는데 그 눈빛은 분명 더러운 욕정이 담긴 눈빛이었다.

그 백진호의 눈빛은 손님을 맞으러 나오는 칼스타인의 눈에 잡혔다.

"호부견자(虎父犬子)라는 말은 우수한 가문을 시기하는 말이라 생각했는데, 네 놈을 보니 그 말보다 더 어울리는 말이 생각나지 않을 정도로 그 성어(成語)에 들어맞는 놈이군. 그 더러운 눈알을 치워라."

푸슛-!

칼스타인은 말과 함께 가볍게 손가락을 튕겨서 백진호의 머리에 지공을 쏘아냈다.

공격을 하기는 하였지만 필살의 의지를 담은 것은 아니었다. 막지 못하면 죽겠지만, 옆에 그랜드마스터인 백진강이 막아내지 못할 정도는 아니었기 때문이었다.

파앙!

역시 예상했던 대로 백진강이 손에 마나를 돋워 칼스타인의 지공을 빗겨내 버렸다.

"네가 천무룡 백진강인가? 널 보면 확실히 피는 못 속인다는 말이 맞는 것 같은데… 네 놈의 동생은 저 따위인 것을 보면 저 놈과 넌 배 다른 형제인건가?"

격장지계에 가까운 칼스타인의 말이었지만, 백진강은 아무런 동요 없이 칼스타인의 말을 받았다.

"진호와 나는 같은 어머니에게서 나온 친형제요. 뭐 그런 의미에서 한 말은 아닐 테고, 동생의 무례에 대해서 대신 사과하지. 미안하오."

"네 놈의 동생은 덩치는 이미 성인으로 보이는데 아직 보호자의 도움이 필요한 미성년자인가? 사과조차 스스로 하지 못하는 거보니 말이야."

칼스타인의 말에 백진강은 무거운 목소리로 백진호를 불렀다.

"진호야."

"혀… 형님… 저… 저자는…."

"진호야. 난 네가 그 김유빈이라는 여성에게 무슨 짓을 했는지 알고 있다. 내 일전 약속한 바가 있어 복수를 운운하는 네 부탁을 들어주려 여기까지 왔지만 너 역시 이번 일이 끝나면 네가 행한 일에 대한 죗값을 치러야 할 것이야."

백진호는 무공밖에 모르던 백진강이 자신의 치부를 알고 있을 줄을 몰랐기에 얼굴이 백지장처럼 창백해졌다.

그런 백진호의 심정을 아는지 모르는지 백진강은 다시 한 번 백진호를 재촉하며 사과를 종용하였고, 끝내 백진호는 참담한 표정으로 마지못해 사과를 하였다.

"미… 미안하오… 조금 전 일은 사과 하겠소."

이렇게까지 사과를 하는데 굳이 꼬투리를 잡아 말을

길게 끌고 갈 필요는 없었다. 그래서 칼스타인은 단도직입적 용건을 물었다.

물론 지금의 상황만으로도 그 용건을 충분히 짐작할 수 있었지만 그래도 확인할 필요는 있었다.

"뭐 사과를 한다니 알겠는데, 여기까지 몰려온 이유가 뭔가?"

"후… 복수 운운하는 말은 낯부끄러운 일일 테고, 내 달리 말을 하지요. 근래 성취를 얻었다고 알고 있는데 한 수 겨룸을 요청해도 되겠소?"

백진강은 여전히 진지한 말투로 대결을 요청하였다. 하지만 칼스타인은 그 모습이 그리 마음에 들지 않았다.

"너는 네 집에 쳐들어와서 다짜고짜 대련을 요청하는 자들을 어떻게 대하는가?"

"그… 그건…."

칼스타인의 질문에 처음으로 백진강의 대답이 막혔다.

"네 놈들의 집안이 여기서는 알아주는 집안이라고 했지? 그렇다면 네 놈을 보기도 전에 밑에 수하들에게 가로막혔겠지. 지금 저기 숨어있는 자들에게 말이야."

눈앞에 보이는 방문자는 백진강, 백진호 그리고 한설아 뿐이었지만, 칼스타인의 말처럼 주택의 담 위에는 십여명의 호천대가 은신을 하고 있었다.

그리고 그 중 세 명은 마스터의 경지에 있는 강자였다.

"…내가 생각이 짧았군. 지금의 이런 상황이 불쾌하다면 내 지금은 물러나리다. 그리고 당신이 원하는 시간과 장소에 다시 대결을 펼쳐도 좋소."

천무 길드의 후계자로서 무공에만 미쳐있었던 백진강은 태어날 때부터 귀족이나 마찬가지였다. 아버지나 할아버지를 제외하면 자신의 말을 거스르는 존재는 없었다.

그래서 지금의 대련도 그가 원하면 언제든 할 수 있다 생각한 것이었다. 공명정대한 성품이긴 하였지만, 지극히 귀족적인 공명정대함이었던 것이었다.

반면 칼스타인은 헤스티아 대륙에서 황제였으나 몰락귀족으로 밑바닥부터 거기까지 올라간 터라 그런 왜곡된 의식은 없었다.

'민주주의를 표방했다고 했는데 이곳에서도 이딴 의식을 가진 놈들이 있었군. 하긴 몬스터홀이 생긴 이후로 힘의 논리가 사회의 주요논리로 변했으니 이제 이런 의식도 당연한 건가?

그래서 그런지 칼스타인은 오래간만의 불쾌감을 느끼고 있었다.

"후훗. 시기와 장소의 문제지 대련은 꼭 하겠다는 것인가?"

한 발작 뒤로 물러서긴 하였지만, 결국은 자신의 의견을 관철하겠다는 뜻이었다.

칼스타인의 말에 백진강은 잠시 멈칫 하였으나 더 이상 입을 열지는 않았다. 그 스스로 역시 그런 생각이었기 때문이었다.

"뭐, 여기까지 멀리 행차했는데 한 번 붙어보지. 대신 분명히 알아둬라, 내게는 친선 대련 따위는 없다. 나와 대결을 하겠다는 것은 생사를 논하는 생사결이라는 것을 말이야. 어차피 내 놈의 동생을 보니 내게 원한이 있는 것 같은데 대리전이라고 생각해 주지."

"생사결이라… 당신은 그렇게 생각해도 난 최대한 목숨을 노리는 일격은 피하도록하지. 이유야 어찌되었든 당신 입장에서 보면 난 충분히 무례한 행동을 한 것이니 그 대가라고 생각해도 되오."

백진강의 말을 역으로 해석하면 자신의 무위에 절대적인 자신감이 있고 칼스타인과의 대결에서 패배는 전혀 생각하지 않고 있다는 말이었다.

지금 칼스타인은 쓸데없이 마나를 표출하지 않고 마나를 갈무리 하고 있는 상태라 자연체에 가까운 모습이었다.

즉, 백진강은 칼스타인의 진면목을 파악하지 못하고 있었다. 반면 칼스타인은 민감한 기감과 오랜 경험을 통해서 백진강의 무위를 거의 정확히 짚어내고 있었다.

'저렇게 젊은 나이에 중급에 가까운 그랜드마스터라… 무공의 천재라 해도 과언은 아니군.'

칼스타인 역시 빠르게 그랜드마스터에 올랐지만, 그것은 그의 노력에 더불어 신의 파편에 힘입은 바가 컸다.

신의 파편 없이는 그런 고속성장은 불가능 했을 것이었다. 그렇기에 백진강의 성취가 더 대단해 보였다.

물론 백진강 역시 가문에서 받을 수 있는 최대한의 지원은 받았을 것이었다.

'그래봤자 신의 파편보다 더한 지원은 있을 수 없겠지.'

어찌되었든 각자 무리의 수장인 두 그랜드마스터가 대결을 하기로 결정된 상황이었다. 장중의 분위기가 서서히 뜨거워졌고 칼스타인과 백진강은 각자 서로의 무리를 뒤로하고 중간에 형성된 공터로 나섰다.

"일단 주변에 피해를 주면 안 되니 간단한 결계를 치도록 하지."

칼스타인은 백진강에게 일방적인 통보를 한 뒤 뒤에 있던 에이나에게 눈짓을 주었다.

칼스타인의 눈짓을 받은 에이나는 마당의 한 쪽 구석에 놓아져 있는 별다른 특징 없는 비석 모양의 검은 석상에 손을 얹더니 특수한 패턴으로 마나를 주입하기 시작했다.

우우웅-!

독특한 마나진동과 함께 석상에서는 푸른 마나 빛줄기 2개가 90도의 각도를 이룬 채 각각 앞으로 쏘아져 나갔다.

당연히 여기서 끝은 아니었다. 석상에서 쏘아져 나간 빛줄기는 마당의 다른 구석에 있는 다른 석상에 닿은 뒤 다시 두 개의 빛줄기를 90도의 각도로 쏘아냈고, 이런 과정이 두 번 더 반복되었다.

결국 마당 전체를 감싸는 사각형의 결계가 만들어 진 것이었다.

"독특한 결계군. 외부의 힘은 내부로 들어올 수 있지만, 내부의 힘은 외부로 나가지 못한다니… 마치 이런 대결을 위해 준비라도 해 놓은 것 같소만."

"후후. 역시 자기중심적인 놈이로군."

에이나가 발동한 결계는 영웅 등급 세트 아티팩트의 내재 기술이었다. 지난 번 블러디문의 습격 이후 설치한 결계로 평소에는 수련을 위한 대결의 여파를 막기 위해서 이렇게 발동시켜 두기도 하였다.

그 말인 즉, 이 결계에는 지금의 기능 말고도 적을 막기위한 다른 기능이 있다는 말과도 일맥상통하였다.

"어쨌든 이 결계면 우리의 대결로 인해서 주변의 피해는 없겠군. 좋은 선택이오."

"뭐 그렇게 생각한다면 되었고. 이제 시작해보지."

칼스타인은 손에 그랑 카이저를, 백진강의 자신의 애검인 운검을 뽑아들고 잠시간의 침묵의 대치가 있었다.

다만, 천무 쪽이든 에르하임 쪽이든 각자의 수장이 이길 것이라는 강한 확신을 갖고 있었기에 전장의 분위기는 그리 무겁지 않았다.

하지만 그 분위기는 칼스타인의 일격에 날아가 버렸다.

쉬익-!

툭.

번개처럼 백진강에게 날아든 칼스타인이 그의 왼 팔을 끊어내 버린 것이었다. 일부러 왼팔을 노린 것은 아니었다.

이런 불쾌한 대결을 오래 끌 생각이 없었던 칼스타인은 일격에 그의 목을 날려버리려고 하였는데, 그나마 천재적인 재질을 갖고 있는 백진강이 왼팔의 희생을 통해서 간신히 칼스타인의 그의 일격을 피해낸 것이었다.

'정보가 틀렸어! 절대 초입이 아니다! 이기는 것이 아니라 살아남는 것을 생각해야 할 상대야!'

조금 전의 공격만으로 칼스타인의 무위가 자신보다 더 높은 곳에 올랐음을 알 수 있었다.

하지만, 백진강은 물러서는 대신 더 강한 공격을 펼치는 것을 선택하였다.

파파파파팍!

바로 천뢰검법의 구명절초 중 하나인 천뢰무궁(天雷無窮)의 식을 펼친 것이었다. 피하려고 물러서다가는 팔이 아닌 목이 떨어질 수 있음을 본능적으로 깨달았기 때문이었다.

왼손이야 추후 마법이나 소모형 아티팩트를 통해서 충분히 살릴 수 있었지만, 목숨이 떨어진다면 거기서 끝이었다.

이번 기회에 칼스타인에게 치명상을 입히지 못한다면 오래지 않아 목이 떨어질 가능성이 높았다.

왼손을 버리면서 얻은 지금의 기회가 마지막 기회일 수도 있었다. 위기가 기회가 되는 바로 그 순간이 지금이었다.

그러나 백진강이 생각한 기회는 그의 생각일 뿐이었다.

카카카카캉!

"제법이지만 이 정도로는 안 돼."

종이 한두 장 차이의 박빙의 승부였다면 이 공격으로 상대에게 치명상을 꽂아 넣을 수 있을 지도 모르지만, 둘 간의 차이는 종이 한두 장으로 이야기하기에는 너무도 큰 격차가 있었다.

백진강의 절초를 하나씩 막아낸 칼스타인은 절망에 빠진 그의 목을 베어내려고 하였다.

그 때.

카앙!

그랑 카이저가 덜덜 떨릴 정도의 강력한 일격이 날아들었다.

다만, 그 일격의 주인공은 백진강이 아니었다. 결계

외부에서 섬전같이 날아든 한 40대 장년인이 날린 검격이었다.

"멈춰라!"

검은색 무복을 입은 40대 장년인은 얼떨떨해 있는 백진강의 앞을 가로막은 채 칼스타인과 대적했다.

"호오. 저기 숨어있던 인물이 당신이었나?"

칼스타인은 지금의 장년인을 느끼긴 하였지만, 눈앞의 백진강처럼 확연히 파악하지는 못하였었다. 거리도 거리지만, 무언가 기감을 감추는 무공을 갖고 있는 듯해 보였다.

하지만, 조금 전의 일격과 눈앞에서 그의 마나를 확인하자 어느 정도는 그의 무력을 추정할 수 있었다.

장년인의 무력은 당연히 백진강 보다는 위였고, 지금까지 만난 상대 중 가장 강하다고 할 수 있는 블러디문의 아몬보다도 더 강한자로 보였다.

"허… 은하비월(銀河秘月) 상태였던 날 느꼈단 말인가? 중급의 그랜드마스터라고 생각했는데 그 보다도 더 위인 것 같군."

혼잣말과도 같은 말을 하던 장년인은 아직도 충격에 빠져있는 백진강에게 마나를 담은 강력한 전음을 날렸다.

[도련님! 이 자는 제가 맡을 테니 어서 빨리 가문으로 돌아가십시오! 회장님께 이 자는 상급의 그랜드마스터로 추정된다는 말씀을 꼭 드리시구요!]

[자… 장대주님….]

이 장년인이 바로 천무의 비밀병기인 호천대주 장호철이었다.

호천대(護天隊)는 이름 그대로 천무를 수호하는 조직이었다. 그렇기에 천무가의 직계에서 누군가가 움직인다면 호천대에서 당연히 나서서 호위를 하였다.

다만, 이렇게 대주까지 나오는 경우는 흔치 않았다. 보통은 호위 대상을 담당하는 조를 정해놓고 해당 조와 조장 정도만 움직였기 때문이었다.

백진호에게 호천 4조가 붙어 있었듯이 백진강에게는 호천 3조가 붙어 있었다. 따라서 호천대의 대주인 장호철까지 움직일 이유는 없었다.

하지만 백진강이 초입의 그랜드마스터와의 대결을 펼치러 간다는 이야기를 대원에게 전해들은 장호철은 왠지 모를 불안감을 느꼈다.

백진강은 몰랐지만, 백진강이 경지에 오른 것은 가주와 회장을 포함한 수뇌부에는 이미 알려진 상태였다.

장호철은 호천대의 대주라는 수뇌부로서 백진강의 실력을 상당부분 파악하고 있었다.

그렇기에 백진강이 이제 그랜드마스터에 오른 칼스타인에게 패배할 것이라는 생각은 들지 않았지만, 그의 불안감은 계속 이어졌다.

경지가 오를수록 이런 직감은 중요하였다. 이성적으로

는 설명할 수 없는 육감에 가까운 이런 직감이 더 높은 경지로 오르게 하는 원동력이었기 때문이었다.

결국 장호철은 이 직감을 따라서 백진강의 뒤를 쫓았고, 상황을 지켜볼 수 있는 거리에서 은신을 하고 있었었다.

사실 그 때까지만 해도 단순한 불안감이라 생각했는데, 칼스타인의 일격에 백진강의 왼팔이 잘려나가는 것을 보고 우려가 현실이 되었다는 생각과 함께 전장에 등장한 것이었다.

[도련님! 이럴 시간이 없습니다. 저로서도 이자를 확실히 막아낸다는 보장이 없습니다. 어서 회장님과 가주님께 이자의 위험성을 알려주십시오!]

눈앞에서 느껴지는 칼스타인의 기도는 자신의 예상보다도 더 강력했다. 상급의 그랜드마스터를 바라보고 있는 자신이라 하더라도 이기기는커녕 막아내기도 힘들어 보였다.

[차… 차라리 함께 싸워보는 것이 어떻겠습니까? 우리 둘이 함께 한다면 해볼 만 하지 않겠습니까?]

백진강의 말도 틀린 의견은 아니었다. 하지만 장호철의 느낌으로는 둘이 함께 한다고 해서 승부를 볼 수 있는 상대가 아니었다.

[그럴… 상대가 아닙니다. 어서 둘째 도련님을 데리고 피하십시오! 도련님께서 피하는 것을 확인하고 나면 저 역시 자리를 피할 것입니다!]

백진강의 앞을 가로막고 섰지만, 장호철 역시 칼스타인과 승부를 낼 생각은 없었다. 백진강과 백진호가 도주할 시간만 벌고 나면 그 또한 바로 도주할 생각이었던 것이었다.

장호철이 이렇게까지 이야기하자 백진강으로서도 더 이상 계속 싸우겠다는 고집을 부리기는 힘들었다.

자신의 고집이 자신뿐만 아니라 동생과 호천대주를 포함한 대원들까지 모두 죽음으로 이끌 수 있었기 때문이었다.

[후… 알겠습니다. 나름 제 실력에 자신을 가졌었는데, 자만이었던 것 같습니다. 앞으로 저자를 넘을 수 있다는 확신이 들 때까지는 다시는 수련장을 벗어나지 않겠습니다!]

[도련님은 해내실 수 있을 것입니다. 그럼 어서 피하십시오!]

백진강은 자타가 공인하는 천재였다. 그런 천재가 이렇게 필사의 의지로 수련을 하겠다고 다짐하는 이상 그 성취는 상상을 초월할 것이 당연하였다.

장호철이 칼스타인을 맞서는 동안 백진강은 충격에서 벗어나지 못하고 있는 동생 백진호와 한설아에게 전음을 보냈다.

둘은 패배라는 것을 모를 것만 같던 백진강의 처참한 패배에 할 말을 잃었던 것이었다.

[내가 부족해서 이 사단이 났구나. 일단 장대주님이 저 자를 잠깐 막아준다고 하니 어서 자리를 피하자꾸나. 장대주님으로서도 오랜 시간 막기는 힘들다 하신다. 어서 피하자!]

그제야 백진호와 한설아는 정신을 차린 듯 재빨리 주위를 살피며 퇴로를 확인하였다.

"한 번 붙어보고 안 되니까 도망치려는 것이냐?"

그들이 하는 행태를 지켜보고만 있던 칼스타인이 재미있다는 듯한 표정을 짓더니 아직도 결계 석상 옆에 서 있던 에이나를 불렀다.

"에이나! 금마진(禁魔陳)을 발동시켜."

칼스타인의 말을 들은 에이나는 지체 없이 석상에 다시 마나를 주입하였고 지금까지 푸른 마나를 뿜어내던 결계는 갑자기 붉게 물들어버렸다. 당연히 결계의 색만이 변한 것은 아니었다.

그것을 보여주기라도 하는 듯, 백진강을 비롯한 세 명이 결계를 벗어나려 하였는데 마치 투명한 벽에 막힌 듯 그들은 결계를 벗어날 수 없었다.

"합!"

콰앙!

결계가 달라졌다는 것을 알아차린 백진강은 남은 오른팔에 강기를 돋워 결계를 때렸지만 결계는 흔들리기만 할 뿐 한 번에 파훼되지는 않았다.

"생각보다 결계가 두텁다. 최소 오 분 정도는 강기로 때려야 할 것 같은데…."

아무리 세트 아티팩트라 하더라도 영웅 등급 아티팩트로 그랜드마스터의 발걸음을 완전히 막아내기란 불가능했다.

하지만 내재마나와 시전자의 마나가 합쳐진다면 오분 정도는 충분히 막아낼 수 있었다.

그리고 지금의 상황에서 이 오분은 보통 때의 몇 시간보다도 더 가치있는 시간이었다.

백진강은 잠시 당황했지만 남아 있는 호천대주를 믿고 결계를 부수기 시작했다. 백진호와 한설아 역시 큰 도움은 안 되겠지만 같이 결계를 때려대며 파훼를 도왔다.

"내가 분명 생사결을 언급했을 텐데… 이렇게 도주하려하다니 실망스럽군."

백진강의 모습에 칼스타인은 불쾌감을 드러내며 나직히 말했는데, 그의 말에 대답한 사람은 백진강이 아닌 호천대주 장호철이었다.

"자네 같은 강자가 굳이 약자와 드잡이 할 필요는 없지 않겠나? 내가 도련님이 하지 못한 만큼 충분히 자네와 어울려 주겠네."

백진강은 약자라 불릴 정도의 인물은 아니었지만, 지금은 그보다 더 백진강을 까 내리는 한이 있더라도 그에게서 칼스타인의 관심을 돌려야했다.

"후후… 충성심이라 이건가? 천무가 대단한 곳이긴 한가봐. 자네 정도의 강자가 그런 말을 하는 것 보니 말이야."

"받은 것이 많아서 말이야. 사람의 도리 상 받은 것은 갚아 줘야 하지 않겠나?"

칼스타인은 이런 충성심 있는 자들을 좋아했다. 그 역시 헤스티아 대륙에서 수많은 기사를 거느리고 있지만, 목숨을 버려서 자신에게 충성을 다할 자들은 전체 기사의 일할도 되지 않았기에 이런 충성심을 더 높이 샀다.

그래서 그런지 칼스타인은 알아채기 힘든 옅은 미소를 지으며 장호철에게 말을 건넸다.

"좋아. 자네를 봐서 내 한 번의 기회를 주지. 자네가 내 삼격을 막아낸다면 자네를 포함해서 이곳의 모두를 풀어주겠네."

칼스타인의 말에 장호철을 비롯한 천무 쪽 모두가 반색을 하였다. 장호철은 상급에 가까운 중급 그랜드마스터였다.

아무리 칼스타인이 상급의 그랜드마스터라 하더라도 장호철을 삼 격 만에 잡아내긴 힘들 것이라게 당연한 판단이었다.

그래서 그런지 조금 전까지 치열하게 결계를 때리던 백진강과 그 일행의 손속이 조금 느려진 것 같기도 하였다.

'저자의 자만심이 나와 도련님을 살렸구나….'

장호철은 칼스타인을 이기지는 못하겠지만 세 번의 공격 정도는 충분히 받아 낼 수 있을 것이라 자신하였다.

"배려에 감사하네."

"배려? 뭐 배려라면 배려겠지. 다만, 난 자네와 자네의 주인들을 살려줄 생각은 없다네. 단지 네 충성심에 일말의 기회를 주는 것뿐이야."

그것만으로도 배려라 할 수 있지만, 칼스타인은 순순히 살려줄 생각은 전혀 없었다. 그걸 보여주기라도 하는 듯 칼스타인의 몸에서는 폭풍과도 같은 기세가 뻗어져 나왔다.

그 기세를 확인한 장호철 역시 칼스타인이 자신들을 살려주기 위해서 이런 제안을 한 것은 아님을 알 수 있었다.

'그래도… 삼 격 정도는 받아낸다!'

강한 의지를 발하는 장호철의 빛나는 눈을 잠시 바라보던 칼스타인이 그에게 말했다.

"준비되었나?"

"시작하게!"

우웅-!

무거운 마나울림과 함께 칼스타인의 오른손에 있는 그랑카이저가 사라졌다.

콰아아앙!

사라진 그랑카이저가 나타난 곳은 장호철의 머리 위였다. 섬전과도 같은 일격이었는데 극한 상황에서 극도로 높은 집중력을 보이던 장호철이 그랑카이저의 흐릿한 모습을 보며 반사적으로 막아냈던 것이었다.

"호오. 일격으로 끝날 것이라 생각했는데, 생각보다 괜찮군."

칼스타인은 장호철의 방어에 튕겨져 나온 그랑카이저를 다시 손으로 되돌리며 말했다. 동시에 다시 자세를 잡으며 말을 이었다.

"이제 이격이다."

파르르르륵!

이번에는 검만을 보내지 않았다. 그랑카이저를 손에 든 채 장호철에게 다가간 칼스타인은 검으로 그림을 그리듯 수십수백번의 검격을 이어냈다.

방어를 굳게 하고 있던 장호철은 칼스타인의 검세를 보며 마치 은하수의 한가운데에 있는 느낌을 받고 있었다.

'이… 이것은….'

장호철의 검법, 은하검법의 최절초 은하천하를 연상케 하였다. 하지만 그 변화나 위력은 은하천하보다도 한 차원 높은 수준이었다.

'막…아 낼 수 없다… 그렇다면….'

모든 변화를 막는 것은 불가능하였다. 그렇다면 장호

철이 할 수 있는 선택지는 선택과 집중뿐이었다.

치명상을 입을 수 있는 검세만을 중점적으로 막아내기로 결심하며 장호철은 은하천하를 펼쳐냈다.

"하아압!"

칼스타인의 검세와 어우러져서 전장에는 흰빛과 푸른빛이 명멸하였다.

장호철의 흰빛은 칼스타인의 푸른빛에 다소 저항을 하였으나 이내 사그라들며 온 몸에 그의 검격을 허용하고 말았다.

"크윽…."

상당수의 검격을 몸으로 받아낸 장호철의 전신은 피투성이로 변하였지만, 아직 그는 쓰러지지 않았다.

언제 쓰러져도 이상한 상황이 아니었지만, 장호철은 끝내 쓰러지지 않고 들고 있던 검으로 바닥을 짚으며 칼스타인에게 천천히 입을 열었다.

"이…제… 한 번… 남았네…."

"그래. 한 번 남았다. 이 공격까지 버티면 여기 모두를 손대지 않고 보내주지."

칼스타인의 확인에 장호철의 눈은 다시 빛났다. 무슨 수를 써서라도 이 공격까지는 받아낼 것이라고 재차 다짐하였다.

극도로 집중한 그의 눈에 가볍게 자리를 박찬 칼스타인이 뛰어오르는 것이 보였고, 허공에 뜬 칼스타인의 오른손이 위에서 아래로 휘둘러지는 것까지 보였다.

'막았다!'

그 생각과 함께 장호철의 검에는 빛나는 흰색 검강이 발현되며 칼스타인의 검격을 마주하였다.

쩌엉-!

속도와 변화를 시험한 칼스타인의 마지막 시험은 압력이었다. 장호철이 칼스타인의 움직임을 볼 수 있었던 것은 그의 집중력도 집중력이었지만, 칼스타인이 그가 볼 수 있을 정도로 천천히 움직인 덕분이었다.

다만, 그 속에 담긴 힘은 앞서 두 번의 공격보다도 월등한 것이었다.

그그그극-!

칼스타인이 들고 있던 그랑 카이저가 점점 장호철의 검강을 파고들었다.

검강을 끊어낸 그랑카이저가 장호철의 검마저 잘라버리려고 할 때 장호철은 눈을 부릅뜨고 마지막 마나 한 톨까지 끌어올리며 다시 검강을 발현시키려고 하였다.

하지만, 그는 이미 늦었다.

샤아악!

칼스타인의 그랑카이저가 그의 정수리부터 사타구니까지를 꿰뚫어버린 것이었다.

"주… 주군… 도련님을… 지키지 못해… 죄… 송…."

마지막 말을 남긴 장호철의 최후였다.

"장대주님!"

장호철의 죽음에 백진강, 백진호 그리고 한설아뿐만 아니라 호천대의 모든 대원 역시 큰 충격을 받았다.

특히 호천대의 대원들에게 장호철은 초인이나 다름없었다. 그랜드마스터 중급의 경지는 그 정도로 가공한 경지였다.

하지만 그런 장호철을 칼스타인은 단 삼 격에 격살해 버렸다. 경악이라 해도 과언이 아닌 충격이었다.

장호철의 죽음에 백진강의 머리는 빠르게 돌아갔다.

'어떻게든 결계를 뚫어서 진호와 설아라도 살려야겠어.'

백진호에게는 항상 신경 써주지 못했다는 미안함이 있었다. 당시 백진강 역시 어린 나이었지만, 그래도 그는 형이었다. 동생에 대한 미안함을 가지지 않을 수 없었다.

"진호야. 형이 어떻게든 결계를 뚫을 테니 설아와 함께 빠져나가서 이 일을 가문에 알리 거라."

비장한 백진강의 말에서 무언가를 느꼈는지 백진호는 깜짝 놀라며 그를 불렀다.

"형! 무슨 말이야!"

하지만 백진강은 백진호의 말을 무시하고 이번에는 한설아에게 말을 건넸다.

"설아야. 네 마음을 받아주지 못해 미안했다. 지금까진

나도 여유가 없었다. 이제 여유가 좀 생겼는데 상황이 이렇게 되어버리다니…."

한설아와 백진강이 처음 만난 것은 5년 전 5대 길드의 모임에서였다.

모임은 길드장들의 모임과 차세대를 이끌 젊은 피라고 할 수 있는 후계자들의 모임이 따로 있었었다.

그 때 백진강을 처음 본 한설아는 그에게 한 눈에 반하고 말았다.

외모에서 풍기는 분위기도 분위기지만, 그 때까지만 해도 또래에서 그녀를 이길 수 있는 사람은 없을 것이라 자부했는데, 백진강의 가진 힘은 그녀보다 월등했기 때문이었다.

어릴 적부터 자신보다 강한 사람과 만나고 싶었던 한설아에게 백진강은 이상형이나 마찬가지였다.

이후 한설아는 백진강에게 호감이상의 감정을 표현하며 그를 쫓아다녔었다.

처음에 백진강은 그녀에게 별 다른 감정이 없었지만, 일편단심으로 지극정성을 하는 그녀의 태도에 백진강의 마음은 조금씩 녹아갔다.

그래도 수련을 해야 해서 아직 연애를 할 여유가 없다는 명목으로 그녀를 밀어냈었는데, 그랜드마스터에 오르며 마음에 여유가 생긴 백진강은 이제 그녀의 마음을 받아 줄 생각을 하고 있었다.

하지만 상황이 이렇게 된 이상 이제는 모두 틀린 일이었다.

"오빠! 무슨 소리야! 죽어도 오빠 옆에서 죽을 테니까 그딴 소리 하지마!"

"설아야!"

"아~ 됐고, 진호나 도망치게 해. 마스터씩이나 되어서 꼬리 말고 도망쳤다면 세상이 비웃는다 비웃어!"

그랜드마스터를 상대로 도주했다면 누구도 비웃을 일은 아니었지만, 백진강에게서 떨어질 생각이 없는 한설아는 그런 말로 자신이 남는 것을 합리화 하였다.

한번 고집을 부리면 결코 그 고집을 꺾지 않는 한설아였기에 백진강은 어쩔 수 없다는 표정으로 한 번 고개를 저은 뒤, 체내의 마나를 보통의 천뢰신공과는 다른 방법으로 돌렸다.

'흐읍!'

천뢰신공의 최후비기 역천뢰(逆天雷)였다. 단전의 마나를 일시에 태워서 미증유(未曾有)의 거력을 만들어내는 비기로, 이 기술을 사용한다면 후유증으로 최소 일년은 무공을 사용하지 못하고 요양을 해야 하는 기술이었다.

'살아남을 수만 있다면야 후유증 따위는 상관없겠지만… 지금은 내가 살아남는 것이 문제가 아니지….'

결단을 내린 백진강은 단전을 터트릴 듯 폭발적으로

끌어넘치는 마나를 하나 남은 오른 팔로 그리고 애검인 운검으로 이끌었다.

우우웅!

백진강의 인도에 따라 운검에는 일미터가 넘는 커다란 검강이 형성되었고, 그는 천뢰일로의 식으로 결계를 가격하였다.

콰아아앙!

검강과 결계의 부딪힘에 엄청난 폭음이 발하였고 결계의 경계선에 서 있던 그들의 기감에는 지금 결계가 사라진 것이 느껴졌다.

"형! 성공했어! 같이 가자! 어서!"

"오빠! 빨리 가요!"

백진강이 결계를 파훼하는데 성공하자 백진호와 한설아는 그 역시 같이 도주하자고 권하였다. 하지만 백진강은 그럴 수 없었다.

"아니야. 나까지 빠져버리면, 저 괴물 같은 놈은 누가 상대하겠어? 내가 시간을 버는 동안 어서 빨리 본가로 돌아가!"

백진강이 이렇게 이야기를 하는 동안 은신해 있던 호천 3조가 옥쇄를 각오하고 백진강의 앞에 나섰다. 호위로서 죽더라도 호위대상을 지켜야 한다는 일념에서였다.

하지만 그런 모습을 보고 있던 칼스타인은 무슨 생각을 하고 있는지 전혀 움직이지 않고 있었다.

심지어는 백진강에게 설득당한 백진호와 한설아가 도주할 때도 가만히 있었다. 백진강은 뭔가 이상함을 느꼈지만, 이런 천금같은 기회를 날려버릴 수는 없었다.

무슨 일인지는 모르겠지만 칼스타인이 그들을 살려주려 하는 것 같다고 생각되자, 일단 감사의 인사부터 하였다.

장호철이 죽은 이상 천무와 적대관계가 되었다고 해도 과언은 아니지만, 문제의 시발은 천무 쪽에서 일으킨 것이고 자신을 비롯하여 백진호, 한설아까지 살려준다면 돌이킬 수 없는 원수까지는 되지 않을 수도 있겠다는 판단이 섰기 때문이었다.

"무슨 생각인지 모르겠지만, 우리를 보내주어 고맙소. 다음에는 당신의 적수가 될 수 있도록 더 수련을 하겠소."

하지만 그런 백진강의 말에도 칼스타인은 아무런 반응이 없었다. 뭔가를 생각하는지 마치 그를 무시하는 듯한 태도였다.

잠시 불쾌감이 들었지만, 지금은 살려주는 것만 해도 감지덕지였다.

가볍게 목례를 한 백진강은 칼스타인을 경계하면서 슬금슬금 뒤로 물러서더니 어느 정도 거리가 벌어진 뒤에 마치 꼬리에 불이라도 붙기나 한 것처럼 빠르게 날아서 사라져 버렸다.

당연히 그를 호위하던 호천 3조 역시 쏜살같이 그를 따라 날아가 버렸다.

그렇게 천무의 불청객 모두가 사라지고 나자 칼스타인이 담벼락의 한 곳을 보더니 나지막이 입을 열었다.

"이제 나오는 게 어떨까?"

이계황제

현대정복기

5장. 혼돈

5장. 혼돈

고풍스러운 한국식 정자에는 두 무리가 이야기를 나누고 있었다.

무리의 한 쪽은 백발이 성성한 백천무와 그의 후계자이자 아들인 백검혼이었고, 다른 한 쪽은 여전히 아름다운 외모의 엘레나와 그의 보좌관 아이작이었다.

이야기는 주로 백천무와 엘레나가 주고받고 있었고 백검혼과 아이작은 둘의 대화를 경청하고 있었다.

그러던 중 아이작이 자신의 귀에 손을 올리더니 다른 곳에 집중하는 듯해 보였다. 아마도 마법이나 아티팩트를 통해서 다른 곳에서 정보를 받는 것처럼 보였다.

정보의 수신이 끝났는지 아이작은 귀에서 손을 땐 뒤, 엘레나에게 텔레파시를 보냈다.

[일성좌님. 일이 터졌습니다.]

[일? 무슨 일이야?]

엘레나 역시 보통의 사람은 아니었기에 백천무와 대화를 나누면서도 자연스럽게 아이작과 텔레파시를 주고 받았다.

[천무와 이수혁이 붙었습니다!]

[붙다니 무슨 말이야? 좀 더 자세히 말해봐.]

엘레나의 지시에 아이작은 움브라에서 파악한 정보를 요약해서 그녀에게 설명하였다.

[그러니까 백검혼의 두 아들들이 이수혁을 공격한거야? 아니 왼팔이 잘리고 도망쳤다면 공격이라고 하긴 그렇군. 그리고 천무의 히든카드인 장호철까지 이수혁의 손에 죽었다? 이런….]

미네르바에서는 천무에 대한 정보도 파악하고 있었기에 장호철의 존재 또한 알고 있었다.

문제는 그 장호철이 이수혁의 손에 의해서 죽었다는 것이었다.

지금 엘레나는 블러디문의 로드 가레스의 손에서 이수혁을 지켜야 한다는 것을 이야기 하기 위해 천무를 방문한 것인데, 아이작이 받은 정보에 따르면 앞으로 천무와 이수혁은 적대관계라고 해도 과언이 아닌 상황이 되어 버린 것이었다.

아직 이수혁에 대한 이야기를 꺼내지도 못한 상황에서

이런 정보가 전해진다면 엘레나의 이번 천무 방문은 실패라 할 수 있었다.

[움브라의 말에 따르면 장호철을 죽인 이수혁이 백진강과 백진호까지 잡을 수 있었지만 보내 준 것 같다고 하는 군요.]

[그래? 무슨 생각이지? 허… 장호철까지 보내줬다면 완벽하게 설득할 수 있었을텐데… 뭐 어쨌든 직계는 살려줬으니 최악의 상황은 피했다고 할 수 있겠군.]

[그렇습니다. 움브라 역시 왜 살려준 것인지 까지는 아직 파악하지 못한 것 같지만, 어쨌든 그것만으로도 대화의 여지는 있다고 생각됩니다.]

[흐음… 계속해서 이수혁을 주시하면서 정보를 업데이트 해줘.]

[네, 알겠습니다.]

미네르바의 정보조직인 움브라의 정보는 실시간에 가깝지만 완전히 실시간이라 할 수는 없었다.

정황을 확인할 수 있는 가장 가까운 거리에서 현장을 지켜보고는 있지만, 정보 전달을 위한 아티팩트의 발동은 추적을 당하지 않을 위치까지 옮겨간 후에 시행하기 때문이었다.

특히, 그랜드마스터 급의 강자를 지켜보는 것은 상당한 거리를 두기 마련이었고, 그 때문에 아이작은 아직 왜 칼스타인이 백진강 등을 보내주었는지에 대해서는 모르고 있었다.

[아. 백진강이 여기에 도착하려면 얼마나 걸리지?]

[길어야 십분 정도면 도착할 것 같습니다.]

[흠… 충격을 받기 전에 우리가 먼저 이야기를 꺼내는 것도 괜찮겠군.]

[나쁘지 않은 선택 같습니다.]

아이작과의 대화를 통해 결론을 내린 엘레나는 조심스러운 말투로 백천무에게 말을 건넸다.

"백가주님. 혹시 손자들의 소식은 들었나요?"

"손자? 갑자기 내 손자 소식은 왜 묻는 거요?"

그 말을 하면서 백천무는 허공에 살짝 눈짓을 하였고 누군가의 전음을 듣는 것처럼 보였다.

전음의 이야기를 들었는지 백천무는 흐뭇한 표정을 지으며 다시 입을 열었다.

"진강이 놈이 성취를 얻었는지 이번에 그랜드마스터에 올랐다는 이수혁이라는 헌터와 대련을 벌이러 갔다는 군요."

"혹시 그 결과도 들었나요?"

"결과는 아직…."

여기까지 이야기 하던 백천무는 뭔가 이상함을 느끼고 엘레나에게 반문을 하였다.

"음… 여기에 대하서 일성좌가 할 말이 있나보군. 무슨 일이요, 엘레나?"

"저도 방금 들은 정보입니다. 대련 결과 큰 손자분이 왼팔을 잘렸다고 하는 군요."

"흠. 패배라는 말이군. 허… 진강이놈 또래에서 그 놈을 넘을 자는 없다고 생각했는데, 그 이수혁이라는 헌터가 대단하긴 대단한가 보구려."

왼팔을 잘렸다는 말에도 백천무와 백검혼은 별다른 동요가 없었다. 어차피 팔 한쪽 정도야 대치유마법으로 충분히 회복시킬 수 있었기 때문이었다.

하지만 이어지는 엘레나의 말에는 그들로서도 충격을 받지 않을 수 없었다.

"왼팔을 잃은 후 목숨까지 잃을 뻔 한 것을 호천대주가 막아주었다는 군요. 대신 호천대주는 이수혁의 손에 죽음을 맞이하고 말았구요."

"뭐… 뭐요!"

아마 십년이 넘는 시간 동안 백천무가 이렇게 놀란 것은 처음일 것이었다. 얼음장 같은 표정을 갖고 있던 백검혼 역시 미간을 꿈틀대면서 놀라움을 표현하였다.

그들의 당황스러움을 이미 예상했던 엘레나는 서둘러 다음 말을 이어갔다.

"그나마 다행인 것은 장대주의 죽음 이후, 두 손자분들은 손대지 않고 순순히 보내주었다는 군요. 그들의 호위무사까지 포함해서 말입니다."

"음…."

적어도 손자들은 무사하다는 이야기에 백천무의 흥분은 서서히 가라앉았다. 하지만 장호철은 백천무의 제자라고 할 수 있을 정도로 중요한 위치에 있는 인물이었다.

따라서 흥분은 다소 진정되었지만 분노는 여전히 가라앉지 않고 있었다.

조금이나마 그의 분노가 누그러질 수 있도록 셀레나는 잠시 말을 멈추고 백천무에게 시간을 주었다.

일이 분 정도의 짧은 시간이었지만, 잠시 추스를 시간을 주자 백천무의 분노는 눈에 띄게 가라앉았다. 아니 정확히 말하면 분노를 내면으로 갈무리 했다고 할 수 있었다.

'역시 백가주군… 하지만 이수혁에게 좋지 않은 감정을 가졌을 텐데… 어찌 그를 설득하지… 장대주를 잡아낸 것을 보니 확실히 상급 그랜드마스터에 오른 건 맞는 것 같은데. 가레스에게 넘기긴 아깝지.'

장호철을 해치울 정도로 높은 무위를 보였지만, 가레스가 그랬듯 엘레나 역시 칼스타인이 가레스를 이길 수 있을 것이라는 생각은 하지 않았다.

이계인들의 무위는 이미 오래 전 그랜드마스터의 극에 달해 있었기 때문이었다.

이런 상황에서 엘레나가 칼스타인을 높게 평가하는 것은 앞으로의 잠재력을 보는 것이었다.

그녀의 계산으로 20년, 아니 10년의 시간만 있어도 칼스타인의 무력은 한 단계 더 높은 성장이 가능할 것이고,

30년 정도의 시간이 지난다면 낮은 가능성이기는 하지만 혹시 드라고니아의 대족장까지 잡아낼 수 있는 무력을 갖출지도 모른다고 엘레나는 생각하였다.

엘레나가 생각을 잇는 동안 백천무의 생각도 정리되었는지 무거운 목소리로 그녀에게 물었다.

"곧 애들이 올 텐데, 이제 변죽은 그만 울리고 여기까지 온 본론으로 들어갑시다."

"그러지요. 제가 드리고 싶은 말은…."

엘레나는 그녀의 계획을 하나씩 설명하였다. 칼스타인의 현재 가치와 그 잠재력을 어필하며 만일 그가 가레스의 후계자가 되었을 때의 손실까지 언급하였다.

엘레나의 말을 가만히 듣고 있던 백천무는 여전히 무거운 표정으로 입을 열었다.

"엘레나 당신도 알다시피, 저번 회의에서 난 로드 가레스에게 지구방어대전 이후에는 이수혁에게 접근하는 것을 막지 않는다고 언급하였소."

"백가주님. 그건 그가 마스터일 때 이야기였잖아요."

"그랜드마스터가 되었다고 해서 다를 것은 없소. 그가 가레스의 진전을 완전히 잇는다면 로드 가레스가 떠난 이후에도 우리에게 충분한 전력이 될 수 있을 것이니 우리로서도 나쁘지 않은 결과 아니오?"

"후… 가레스의 후계자가 된다면 더 이상은 성장은 불가능하다는 걸 백가주님 역시 아시잖아요."

"그건 그의 운명이겠지. 내가 관여할 바가 아닌 것 같소."

백가주는 완전히 마음을 굳혔는지 엘레나의 설득에도 넘어가지 않았다. 이렇게 된다면 가레스와 맞설 수 있는 사람은 그녀 밖에 없었다.

"후… 설마 장대주 일 때문에 그런 건가요?"

엘레나의 직설적인 말에 잠시 침묵을 한 백천무는 나지막이 말을 이었다.

"…완전히 아니라고 할 수는 없겠지. 하지만 약속은 약속이오. 로드 가레스에게 약속을 했었고 지금 난 그 약속을 지켜야겠다는 마음이 훨씬 크오."

오랜 수양을 통해서 경지에 올랐다고는 하지만 그 역시 인간이었다. 제자와 같은 장호철을 죽인 자의 편을 들어주기란 쉬운 일은 아니었다.

"알겠어요. 하지만 생각해봐요. 이수혁은 백가주의 두 손자 역시 죽일 수 있지만 놓아줬어요. 실제로 시비는 두 손자 분들이 먼저 건 상황에서 말이에요. 천무가는 오히려 그에게 빚을 진 것이나 마찬가지라구요."

"……."

"후…. 어쨌든 내가 할 수 있는 이야기는 여기까지네요. 백가주께서 이렇게 나온다면 저라도 이수혁을 보호하겠어요. 그것까지 방해하지는 않겠죠?"

미네르바와 척을 지는 것은 천무로서도 좋은 선택은

아니었다. 따라서 백천무 역시 그녀의 말에 반박하지 않고 조용히 고개를 끄덕이는 것으로 대화를 마무리 하였다.

그 때 아이작이 경악한 표정으로 엘레나에게 외쳤다. 얼마나 놀랐는지 텔레파시도 아닌 육성으로 그녀에게 말한 것이었다.

"일성좌님!"

◈

칼스타인의 나오라는 말에 두 명의 남자가 담벼락을 훌쩍 뛰어넘어 마당으로 들어왔다.

출입을 가로막는 결계는 백진강에 의해서 파훼된 상태라 현재 그들을 가로막는 것은 없는 상황이었다.

검은 정장을 갖추어 입고 있는 두 남자는 각각 40대 후반과 30대 후반 정도로 되어 보이는 백인 남자로 40대 남자는 갈색머리를 30대 남자는 금발의 머리를 하고 있었다.

그 중 40대 남자가 먼저 입을 열었다.

"다크새도우를 뚫고 우리 기척까지 파악한 건가? 대단하군."

"아마 제가 틈을 노리면서 저도 모르게 일부 살기가 빠져나갔던 것 같습니다. 죄송합니다. 로드."

"그 정도 살기를 알아차린다는 것 자체가 대단한 것이지."

"그렇군요."

40대 남자는 바로 블러디문의 로드 가레스, 옆에 있는 30대 남자는 그의 제 1 대행자인 제파르였다.

칼스타인을 목표로 한 로드 가레스가 드디어 한국에 들어온 것이었다. 칼스타인이 백진강 일행을 그냥 보내준 이유가 바로 이들에게 있었다.

가레스가 이야기하는 다크 섀도우가 어떤 기술인지는 알 수 없으나, 제파르가 살기를 돋우기 전까지는 칼스타인의 기감에도 둘의 존재가 거의 잡히지 않았다는 것만으로도 그의 대단함을 알 수 있게 하였다.

사실 칼스타인도 천무와의 대결 중에 그들을 제외한 무언가 있는 것 같다는 찝찝한 기분은 느꼈었다.

하지만 그 정체를 알 수 없어 그대로 백진강을 처단하려 하였는데 그 때 제파르의 살기가 그의 민감한 기감에 느껴졌고, 혼원무한신공의 탐지결로 그들을 잡아낸 것이었다.

탐지결에 잡힌 가레스의 마나는 실로 대단하였다. 칼스타인이 지구로 온 이후 많은 강자들과 상대를 하였지만, 이 정도의 강자는 만난 적이 없었다.

만일 그의 존재를 모른 채 백진강을 처리하려했다가 그에게 습격을 당했다면 피하기 힘들었을 지도 모르겠다는 생각까지 들었다.

'하지만 라이트 소더의 경지는 아니군.'

대단한 것은 사실이지만 라이트 소더의 경지는 아니었다. 칼스타인 역시 아직 지구에서는 라이트소더에 오르지는 못했지만 라이트 소더인지 아닌지 정도는 충분히 구별할 수 있었다.

그리고 그의 판단에 가레스는 아직 라이트 소더는 아니었다. 그랜드마스터의 극에 달한 경지 정도로 판단되었다.

물론 라이트소더가 아니라고 해서 지금 가레스가 쉬운 상대는 아니었다. 칼스타인 역시 아직은 그랜드마스터에 불과했기 때문이었다.

"단도직입적으로 이야기하지. 난 블러디문의 로드 가레스다. 내 후계자가 되거라. 내 후계자가 된다면 6년 뒤에 블러디문을 네게 넘겨주지. 블러디문은 들어봤겠지?"

"네 놈이 지금까지 날 노리던 블러디문의 주인인가보군. 뭐 실력을 보니 확실히 주인행세는 할 만하군."

마나와 존재감을 숨기는 능력은 뛰어났지만, 마나를 느끼는 능력은 그에 미치지 못했는지 가레스는 아직 칼스타인을 자신 보다 하수로 보고 있었다.

그도 그럴 것이 칼스타인은 특별한 경우를 제외하고는 자신의 능력을 외부로 표출하기 보다는 내부로 침잠시켜 놓는 경우가 많았다.

따라서 칼스타인이 의도해서 외부로 마나를 끄집어 내지 않는 이상, 비슷하거나 낮은 경지에 있는 자가 그의 무력을 완전히 파악하는 것은 불가능에 가까웠다.

그래서 그런지 자신을 보고도 담담해 보이는 칼스타인의 태도에 고개를 끄덕이던 가레스는 다른 제안, 아니 협박을 해왔다.

"후후. 나와 대면하고도 아직 허세인가? 하긴, 넌 내 후계자가 되는 것을 계속 거부해왔다고 했었지. 그럼 조건을 바꾸마. 내 후계자가 된다면 여기 있는 모두를 살려주지. 거부한다면 네 놈의 목숨만을 붙여놓은 채로 여기 있는 모두가 한 명 한 명 죽어가는 모습을 보여주마."

가레스는 어차피 후계자의 인(印)만 넘겨줄 수 있으면 되었다.

칼스타인이 협조적이라면 좀 더 편하게 넘길 수 있을 테지만, 협조하지 않는다고 해서 방법이 없는 것은 아니었다.

그리고 비협조적인 경우에는 차라리 정신을 파괴해버리는 것이 나을 수도 있었기에 그 사전 절차로 지인들이 잔인하게 죽는 모습을 보여주는 것도 좋은 방법 중 하나였다.

"쓸데없는 대화는 여기까지 하지."

"후후. 권주는 마다하고 벌주를 마시겠다 이건가? 뭐 좀 귀찮긴 하겠지만 어쩔 수 없지."

제파르를 뒤에 둔 가레스는 한 발자국 앞으로 걸어 나왔다. 어차피 중급 이상의 그랜드마스터인 것을 알고 있기에 제파르 정도로는 상대할 수 없음을 알고 있었기 때문이었다.

"무기를 들지?"

"무기? 하하핫. 네 놈에게 진정한 강함에 대해서 알려주마. 아. 어차피 네 놈이 내 후계자가 되면 배워야하는 기술들이니 천천히 경험해 보도록 해."

가레스는 여전히 자신만만한 표정이었다. 그런 가레스를 보는 칼스타인은 무표정하게 있었지만 속으로는 득의의 미소를 짓고 있었다.

'방심하고 있군. 잘 되었어.'

무기 운운했던 것도 그의 방심을 이끌어내기 위한 방법이었다. 가레스는 칼스타인이 지구로 온 이후 지금까지 만났던 자 중에서 가장 강한 자였다.

지금 드러난 마나만으로도 칼스타인과 박빙의 싸움을 할 수 있는 자였고, 칼스타인이 알지 못하는 비기들이 있다는 가정을 해보면 패배를 생각해야 할 수도 있을 정도의 강자였다.

그런 강자가 지금 자신을 낮추어보고 방심을 하고 있었다. 이런 기회를 칼스타인이 놓칠 리 없었다.

"그런가? 그럼 내가 선공을 하지."

"하하하. 좋다. 네 놈의 실력을 한 번 보자꾸나."

가레스는 재미있다는 표정으로 칼스타인에게 미소를 지어줬고, 그 순간 칼스타인은 자리에서 사라져서 가레스의 머리 위에 나타났다.

콰앙!

어느새 그랑카이저에 검강을 두른 칼스타인은 가레스의 머리 위로 검격을 뿌렸는데, 가레스는 오른팔을 들어 올려 그 검격을 막아냈다.

당연히 그의 오른팔에는 핏빛의 강기가 서려 있어 아무런 피해도 없었다.

'역시 피하지 않고 막는군.'

지금 가레스는 칼스타인의 힘을 보고 싶어했다. 그렇기에 피하는 것 대신 직접 막음으로서 그 힘을 가늠하고자 한 것이었다.

쾅쾅쾅쾅쾅-!

일격이 막혔음에도 칼스타인은 지속적으로 가레스의 상하체를 노려가며 공격을 하였고, 가레스는 왼팔도 움직이지 않은 채 오른팔 하나로 칼스타인의 모든 검격을 다 막아냈다.

"이 정도냐? 고작 이 정도로 여태까지 허세를 부린 것이냐?"

"크윽… 아직이다!"

"후후. 그래 발악할 수 있을 때까지 발악해 보거라. 네 발악이 끝나는 순간이 저 뒤에 있는 네 동료들이 죽는 순간일 테니 말이야. 아. 그 전에라도 포기하고 내 후계자가 된다고 한다면 모두를 살려주지."

강제로 후계자로 만드는 것보다는 자발적으로 응하게 하는 것이 훨씬 편한 길이기에 가레스는 여전히 칼스타인이 자발적으로 따르기를 바랐다.

그래서 가레스는 일격에 칼스타인을 무력화시키기 보다는 자신의 압도적인 무력을 보여서 칼스타인 스스로가 포기하도록 유도하고 있었다.

즉, 지금 가레스가 칼스타인의 공격을 기다리는 것도 이런 방법의 일환이었다.

조금 전 보다 한층 더 강한, 그렇지만 가레스에게 치명상을 입히기는 부족한 정도의 강기를 그랑 카이저에 두른 칼스타인은 본격적으로 혼원무한검법의 초식들을 펼쳐나가기 시작했다.

현기를 품은 칼스타인의 검격에 가레스는 잠시 손발이 어지러워졌지만 이내 그 공격이 자신의 호신막을 뚫고 피해를 입기 힘들다는 것을 파악했다.

그래서 모든 검격을 막는 대신 핵심적인 공격만을 손으로 방어하고 나머지 공격은 호신막으로 막는 방법을 택했다.

그리고 바로 이것이 칼스타인이 노림수였다.

필사적으로 보이는 칼스타인의 검격이 자신에게 별다른 피해를 줄 수 없다고 확신한 가레스는 점점 호신막으로 공격을 받아내는 횟수가 늘어났다.

약간의 시간이 지나자 가레스는 이제 방어 대신 공격으로 칼스타인의 기를 꺾으려 하였다.

"하하하. 네 놈의 공격은 내게 아무런 피해도 끼칠 수 없다는 것을 아직도 모르겠나? 이제 내 공격을 받아보아라!"

이렇게 공격을 한다는 말을 한다는 것은 가레스가 지금의 대결을 지도대련처럼 여기고 있다는 말이었다.

그만큼 공격할 때의 허점도 상당했다. 일반인이라면 느끼지 못할 허점이었지만 비슷한 경지에 있는 칼스타인에게는 너무도 큰 허점이라고 할 수 있었다.

가레스가 잠시 호신막을 거두고 공격을 하기 위해서 오른 손에 마나를 모으는 사이, 칼스타인은 혼원무한검법의 단혼결을 펼쳐냈다.

이번 공격은 지금까지 초식만을 펼쳐냈던 공격과는 달리 칼스타인의 진신전력을 담은 일격이었다.

쾌자결과 중자결이 동시에 적용되어 빠르지만 무거운 일격인 단혼격이 칼스타인의 전력을 담고 가레스에게 날아갔다.

갑자기 변한 분위기와 엄청난 마나의 발현을 느낀 가레스는 깜짝 놀라 양팔을 십자로 교차한 채 핏빛강기를 불러 일으켰다. 순간적으로 그가 취할 수 있는 최상의 방어였다.

하지만 칼스타인의 단혼결은 강기에 회전의 묘리까지

포함되어 있는 공격이었다. 순간적으로 일으킨 방어 따위로 막을 수 있는 일격이 아니었다.

콰드득!

칼스타인의 검격이 가레스의 양팔을 뚫고 그의 명치에 파고들었다.

"커헉…."

가레스의 입에서는 울컥하며 검붉은 핏덩이가 솟구쳐 나왔고, 뒤에서는 제파르의 비명소리가 들려왔다.

"로드!"

명치를 관통하는 치명상을 입혔지만 칼스타인의 공격은 여기서 멈추지 않았다. 과거 토리도를 해치웠던 칼스타인은 이들이 뱀파이어 종족임을 알고 있었다.

그리고 뱀파이어 종족의 생명력은 인간보다도 월등했다. 그 정점에 오른 가레스라면 두 말할 것도 없었다.

따라서 칼스타인은 그의 명치에서 그랑 카이저를 뽑자마자 가레스의 목을 끊어내기 위해서 재차 검을 휘둘렀다.

콰아아앙!

하지만 칼스타인의 검이 닿기도 전에 엄청난 굉음과 함께 가레스의 몸이 터져버렸다. 마지 자신의 몸을 희생하여 자살공격을 하는 것만 같은 모습이었다.

순식간에 벌어진 일에 칼스타인은 대경하며 가레스의 목을 향해 휘두르던 검으로 검막을 시전하였는데, 검막에는 걸리는 것이 없었다.

그것은 지금의 폭발이 공격은 아니라는 것이었다. 대신 폭발을 중심으로 십여 미터 정도가 핏빛 안개로 가득 차 버렸다.

'음? 뭐지?'

생각지도 않은 상황에 잠시 주변을 경계하며 가레스의 존재감을 느끼려는 칼스타인에게 가레스의 목소리가 들려왔다.

다만, 안개 때문인지 목소리가 어디에서 나오는 지까지는 알 수 없었다.

[크으으…. 폭혈신(爆血身)까지 사용하게 하다니…. 내가 너무 방심했구나…. 잠시만 기다려라 내가 널 반드시 무릎꿇려주마!]

분개하는 가레스의 말에서 칼스타인은 조금 전의 기술의 정체를 알 수 있었다. 조금 전 기술은 공격기라기보다는 회피기, 회복기에 가까운 기술이었던 것이었다.

그를 알려주기라도 하는 듯 가레스는 잠시 기다리라는 말을 하였는데. 당연히 칼스타인은 그 시간을 기다려 줄 생각은 없었다.

칼스타인은 재빨리 혼원무한신공의 탐지결을 돌렸다. 과거처럼 마나가 부족한 상황이 아니었기에 칼스타인은 탐지결에 막대한 마나를 불어넣어 주변의 표면적인 마나뿐만 아니라 숨겨져 있는 마나와 존재까지 탐지하려하였다.

그리고 그 결과, 칼스타인은 핏빛 안개 속에 은신하여 있는 가레스의 본신을 찾아낼 수 있었다.

'저기에 있었군.'

가레스의 본신은 현차원과 허차원에 반쯤 걸쳐진 상태였다. 완전히 허차원으로 가버렸다가는 차원의 폭풍에 휩쓸릴 가능성이 있기에, 허차원에 신체의 일부를 걸쳐 존재감을 숨긴 상태로 상태를 회복하고 있었다.

라이트소더 쯤 되면 허차원에서도 잠시간 머물 수 있겠지만, 그랜드마스터로서는 그것이 한계일 것이었다.

가레스의 위치를 확인한 칼스타인은 그랑 카이저를 상단세로 잡고 잠시 눈을 감았다.

지금 칼스타인의 공격은 허차원에 까지 닿아야 하는 공격이기에 평소보다 월등한 마나의 집중이 필요하였다.

그랜드마스터의 극에 달하지 못했다면 시전조차하기 힘든 검격이었다.

후우웅—!

평소의 짙은 검강과는 다른 파리한 빛의 푸른 검강을 두른 칼스타인의 그랑 카이저가 허공에다가 휘둘러졌다. 혼원무한검법의 허공결(虛空結)이었다.

"으윽… 쿠… 쿨럭…."

전혀 생각하지도 못한 공격에 가레스는 몸을 피하지도 못하고 상반신과 하반신이 둘로 나뉘고 말았다.

아무리 뱀파이어 일족이라 하더라도 상하반신이 둘로 나뉜 상태로 살아남기란 불가능하다 할 수 있었다.

그것도 하반신은 허차원으로 사라져버려 지금 가레스는 상체만 있는 상태였다. 죽음이 그의 눈앞에 다가왔다고 해도 과언이 아니었다.

하지만 수백 년의 세월을 살아온 가레스에게는 이런 상황에 대처하는 방법까지 있었다.

대량출혈에 안색이 창백해진 가레스는 상체만 남은 몸의 오른 팔을 제파르에게 향했다. 가레스의 손짓을 받은 제파르는 순간적으로 두 눈이 풀리며 몸까지 붉게 타오르기 시작했다.

퍼억-!

마치 조금 전 가레스가 폭혈신을 펼친 것처럼 제파르의 몸은 수박이 터지는 것과 같은 소리를 내며 터져버렸고 그의 몸은 전신이 붉은 안개로 변하여 가레스에게 휘몰아치듯 흡수되었다.

"크아아악!"

제파르의 몸을 흡수 하는 것이 그에게도 상당히 고통스러운 일인 듯 가레스는 비명과도 같은 괴성을 질러댔다.

어떤 상황인지는 모르겠지만 가레스가 회복을 한다는 것을 파악한 칼스타인은 재차 검격을 날렸는데 가레스의 주변에 휘몰아치는 핏빛의 안개가 칼스타인의 공격을 막아내 버렸다.

'회복하기 전에 끝내야 하는데… 보통의 공격으로는 안 되겠군.'

집중된 마나로 혼원무한검법의 절초을 펼치기 위해서 잠시 정신을 가다듬는 칼스타인에게 가레스의 목소리가 들려왔다.

"크으윽… 흡정신(吸精身)까지 펼치게 하다니…."

회복을 끝냈는지 가레스 주변의 핏빛 안개는 모두 걷혀 그에게 흡수 된 상태였다.

그리고 그의 몸에는 어느새 소환을 마쳤는지 핏빛의 가죽갑옷이 둘러진 상태였고 그의 손에도 붉은 빛의 건틀렛이 장착되어 있었다.

특이한 점은 건틀렛을 포함한 가죽갑옷의 전신에 십여 센티미터의 송곳 같은 칼날이 솟아 있다는 점이었다.

즉, 전신이 무기와 같은 상태인 것이었다. 전투를 시작한 이후 처음으로 가레스는 완전 무장한 상태가 되었다.

"무장을 하기 전에 끝내려고 했는데 아쉽게 되었군."

그렇다고 칼스타인이 헛수고를 한 것은 아니었다. 지금 가레스가 사용할 수 있는 대부분의 구명 수단을 조금 전 두 번의 일격으로 다 소진해 버렸기 때문이었다.

그리고 회복을 하느라 그 마나 역시 상당히 소비한 상태기에 상당한 패널티를 지고 있다고 해도 과언은 아니었다.

"…실력을 숨기고 있었던 것이냐?"

“숨긴 것이 아니라 네가 알아보지 못한 것이겠지.”

“…그렇군. 내가 어리석었어. 진짜 제대로 해보자.”

그 말을 하는 가레스의 기세가 변했다. 처음에는 어떻게든 살려서 자신의 후계로 만들겠다는 생각이었다면, 지금은 상대를 반드시 죽이겠다는 필살의 각오를 했기 때문이었다.

“처음부터 그랬다면 좀 더 재미있는 승부가 가능했을 것 같군.”

“뭐?”

놀라는 가레스에게 순식간에 달려든 칼스타인은 그랑카이저를 폭풍처럼 휘돌리며 검격을 펼쳐냈다.

카카카캉-!

가레스 역시 보통의 인물은 아니었기에 양손의 건틀렛과 갑옷을 이용하여 칼스타인의 검격을 막아갔는데 처음과는 다르게 점점 피해가 누적되었다.

더 이상 실력을 숨길 필요가 없는 칼스타인이 전력을 다했기 때문이었다.

계속되는 칼스타인의 공격에 가레스의 전신에 두른 강기가 조금씩 깎여 나가기 시작했다.

‘이대로는 안 되겠어. 잘못하다가는….’

두 번의 위기는 기습 때문이라 생각했는데, 이렇게 전면전으로 붙어도 자신이 밀리는 것 같자 가레스는 드디어 위기감이 엄습해왔다.

자칫 잘못하다가는 정말 죽음을 맞이하게 될지도 모른다는 위기감이었다.

'폭심(爆心)의 비법을 사용해야겠다.'

폭심은 그가 가진 최후 기술로 상당한 후유증을 가진 기술이었는데, 지금 가레스는 이것저것을 따질 상황은 아니었다.

순간적으로 강기를 터트려 칼스타인을 뒤로 물리게 한 가레스는 오른 손으로 자신의 심장을 두드렸다. 아니 두드리려고 하였다.

"커어억…."

칼스타인은 더 이상 가레스에게 기회를 줄 생각이 없었다.

가레스가 터트리는 강기를 피해서 뒤로 물러났던 것 같은 모습을 보였던 칼스타인은, 실제로 물러서는 것 대신 강기를 해치고 가레스에게 날아들어 그의 목에 그랑 카이저를 꽂아 넣은 것이었다.

"하압!"

동시에 가레스의 목에 꽂힌 그랑 카이저에 폭자결을 시전하였다.

퍼억!

칼스타인의 마나에 크지않은 파열음이 발생하며 가레스의 목을 중심으로 그의 상반신이 터져버렸다.

머리과 상채까지 모두 날아가 버린 것이었다. 남은 것이라곤 덜덜 떨리고 있는 하체 뿐이었는데, 칼스타인은 그 하체마저 검강을 포함한 검격으로 산산 조각을 내버렸다.

아무리 뱀파이어라 하더라도 이 상태로는 살아남기가 힘들 것이었다.

'후… 끝났군. 방심해주는 덕분에 생각보다 쉽게 끝냈어.'

정면 대결을 한다 하더라도 자신이 패배할 것이라 생각은 하지 않았지만, 조금 전에 사용했던 기술들과 마지막에 사용하려했던 기술까지 생각한다면 칼스타인으로서도 고전을 면하기 힘들었을 것만 같았다.

지금까지 자신을 노렸던 가장 큰 강적을 해치웠다는 생각에 칼스타인은 자신도 모르게 한숨이 나왔다.

그 때, 가레스의 사체가 흩어진 곳에서 기이한 기운의 황금빛 광채가 떠올랐다.

'뭐지? 설마 또?'

또 가레스의 부활인가 싶어서 황급히 전투준비를 하며 그 기운을 파악하려 하였는데, 그 기운은 칼스타인이 파악하기도 전에 그의 가슴으로 흡수되어 버렸다.

그랜드마스터의 극에 달한 그로서도 피할 수 없을 정도의 빠르기였다.

다만, 그 기운은 칼스타인을 공격하는 기운은 아니었다. 가슴을 기준으로 그의 몸 전체에 알 수 없는 따뜻한 기운이 퍼져나간다는 생각이 들 때 칼스타인의 시야가 황금빛으로 물들어 버렸다.

황금빛 기운이 걷히고 나자 칼스타인은 그가 사방이 흰색으로 둘러싸인 광활한 공간 속에 들어왔음을 알 수 있었다.

'이건…. 내 정신세계로군. 오랜만인데?'

이미 라이트소더로서 정신세계로의 진출입을 자유로이 할 수 있었던 터라 지금의 갑작스러운 상황에도 칼스타인은 전혀 당황하지 않았다.

주로 심상의 수련을 위해서 들어오는 정신세계 속에서 몇 시간 아니 며칠의 시간을 보내더라도 외부 세계에서는 찰나의 시간이 흐를 뿐이었다.

'어차피 밖의 시간은 안 가니 오랜만에 심상수련이나 해야겠군.'

타의로 왔기에 스스로 나가지는 못하겠지만, 이곳이 자신의 정신세계임을 알고 있는 칼스타인은 평온한 표정으로 제자리에 앉아 눈을 감고 스스로를 관조하기 시작했다.

아마 시간이 지나면 이곳으로 자신을 부른 존재가 나타날 것이라고 판단을 했기 때문이었다.

[무슨 일이야, 아이작?]

아이작이 육성으로 이야기 한 것을 질책이나 하는 듯,

엘레나는 텔레파시로 그의 부름에 대답을 하였다.

그제야 자신의 실책을 깨달은 아이작은 이번에는 텔레파시로 엘레나에게 대답을 하였다.

[블러디문의 로드 가레스가 죽었습니다!]

아이작의 말에 엘레나의 표정이 살짝 구겨졌다. 그랜드마스터의 극에 달해 부동심에 가까운 정신력을 갖고 있던 엘레나에게 이 정도의 표현은 엄청난 동요라 할 수 있었다.

가레스의 죽음은 그녀가 상상조차 하지 않았던 일이었기 때문이었다.

하지만 아직 백천무와 대화가 완전히 끝나지 않았기에 엘레나는 자신의 그런 동요를 섣불리 드러낼 수는 없었다.

[이수혁이 한 일인가?]

[그렇습니다.]

[당장 그를 만나러 가야겠어.]

[그럼 백가주에게는 가레스의 죽음을 알리지 않으실 생각이십니까?]

[나중에, 나중에 알릴 거야. 아니 그에게만 알리는 것이 아니라 회의를 열어 공론화 할 일이지. 일단은 내가 먼저 그를 만나봐야겠어. 그가 어떤 사람인지 아는 것이 가장 중요해.]

[네, 알겠습니다.]

아이작과의 대화를 마무리한 엘레나는 백천무에게 인사를 하며 자리에서 일어났다. 어차피 대화는 거의 마친 상태였기 때문이었다.

“그럼 저는 이만 돌아가도록 하죠. 백가주님.”

“조금 전 아이작이 말하는 것을 보니 무슨 일이 있는 것 같던데, 혹시 내 손자들 이야기는 아니겠지요?”

백진강과 백진호의 소식 역시 아이작이 먼저 알고 전했기에, 백천무는 혹시 그들의 신상에 또 다른 문제가 있지 않았나 하는 우려에서 그런 질문을 던졌다.

아이작이 육성으로 경악을 표현한 것을 보니 보통일은 아닐 것이라는 생각이 들었기 때문이었다.

“하하. 아닙니다. 저희 내부적인 문제였을 뿐입니다.”

“흐음… 알겠소. 그럼 살펴가시오.”

백천무는 일어서서 엘레나와 아이작이 나가는 것을 지켜보았다.

그들이 천무를 벗어난 것까지 기감으로 확인한 백천무는 옆에 시립하고 있는 자신의 아들 백검혼에게 입을 열었다.

“블러디문과 미네르바 간의 결론이 어떻게 날지는 모르겠지만, 둘 간의 이야기가 끝나고 나면 잠시 그를 데려오너라. 둘에게는 잠깐 이야기만 하면 된다고 하고.”

백천무는 둘 사이의 분쟁에 끼어 들 생각은 없지만, 장호철을 잡은 그를 한 번쯤은 만나볼 필요는 있었다.

"알겠습니다."

"장대주를 이긴 자니 네가 직접가야겠다."

"네, 알겠습니다. 장대주의 시신 역시 수습해 오겠습니다."

"당연한 일이지. 혹시 모르니 천검대도 데려가거라."

"굳이 천검대까지 필요하겠습니까?"

천검대는 천무 최고의 무력단체였다. 총 인원 24명으로 이루어진 천검대는 대원 모두가 전원 마스터의 끝자락에 도달해 있었다.

중급의 그랜드마스터인 장호철이 죽은 상황에서 마스터 24명이 가세한다는 것이 그다지 도움이 되지 않을 것처럼 보이기도 하였지만, 천검대에는 '그것' 이 있었다.

'그것' 이라면 최상급 그랜드마스터라 할 수 있는 백검혼으로서도 쉽사리 대적할 수 있는 것은 아니었다.

"장대주와 같은 일을 또 겪을 수는 없지."

"그럴 일은 없을 것입니다."

"그래야지. 그럼 바로 출발하거라. 그리고 둘 중 이수혁의 신병을 확보한 자가 그자를 내어주지 않는다면 우선권을 이야기 하거라. 만일 우선권을 이야기 함에도 그자를 내어주지 않는다면 '그것' 을 사용해도 좋다."

"네, 알겠습니다."

이계

헌터

6장. 신

6장. 신령석

얼마의 시간이 지났을까. 흰색의 광활한 공간의 허공에서 누군가의 목소리가 들려왔다.

얼굴은 드러내지 않아서 정체를 알 수는 없었지만, 그 목소리는 옥구슬이 구르는 것만 같은 여성의 목소리였다.

[이 공간에 와서 이런 태도를 보이는 사람은 당신이 처음이군요.]

"누구지?"

칼스타인은 단도직입적으로 그녀의 정체를 물었다. 자신의 정체를 숨길 생각이 없었던 것인지 그녀는 바로 자신의 정체를 대답해 주었다.

[난 이 지구의 신, 가이아에요.]

그 말과 동시에 칼스타인의 눈앞에는 고대 그리스 여성의 복식을 한 갈색머리의 미녀가 나타났다.

단순한 미녀라고 하기에는 그녀의 외모는 너무나 아름다웠고 신성해 보였다. 후광까지 비치고 있는 가이아의 모습은 여신의 전형적인 모습과도 같았다.

하지만 칼스타인의 부동심은 이런 극도의 아름다움에도 일말의 흔들림이 없었다. 다만, 신이라는 말에는 흥미를 느껴 자연스럽게 반문을 하였다.

"신?"

"그래요 신. 신… 이라는 말 외에는 저를 지칭할 말이 떠오르지 않는군요."

"신이라면 당신이 지구의 모든 것을 창조한 것인가?"

"아. 그런 의미의 신과는 조금은 달라요. 음… 그런 의미에서라면 신이라는 말보다는 수호의지라는 말이 더 맞을지도 모르겠군요. 저는…."

가이아는 친절하게 자신의 정체에 대해서 설명을 하였다. 이어지는 그녀의 말에 따르면 가이아는 지구를 만든 존재는 아니고, 지구의 탄생과 함께 태어난 존재로 지구라는 차원을 지키는 것이 그녀의 존재의의라고 하였다.

다만, 그녀가 이성을 갖게 된 것은 그리 오래 되지 않았다. 대자연과 같은 의지로만 존재하던 그녀가 이성을 갖게 된 날은 바로 2014년 7월 19일이었다.

그 날은 모든 지구인이 괴물 침공에 대한 꿈을 꾸기 딱

1년 전이었다. 사실 드라고니안의 침공은 그 때 시작되었던 것이었다.

다만, 이성을 갖게 된 지구의 신 가이아가 자신의 전능력을 동원하여 드라고니안의 침공을 저지했기에 지구인들은 1년간 그 사실을 알 수가 없었다.

하지만, 그 때 갓 이성을 갖고 '힘' 을 다루기 시작한 가이아는 이미 오랜 시간동안 '힘' 을 다루었던 드라고니안의 신을 막을 수가 없었다.

물론 드라고니안의 신 역시 '절대신 카민' 의 '절대율' 과 '전능신 리엘' 의 '인과율' 때문에 직접 지구에 대한 공격할 수는 없었지만, 지구에 차원문을 여는 우회적인 공격은 가능했던 것이었다.

결국 1년 정도의 방어 끝에 차원문을 완벽히 방어하는 차원의 결계는 부서지고 말았다. 그러나 가이아는 바로 포기 하지 않았다.

그 1년간의 시간동안 차원계의 아카식 레코드에 접속하여 수많은 차원의 다양한 지식을 습득한 가이아는 자신이 가진 '힘' 의 상당부분을 이용해서 그녀가 할 수 있는 최선의 방어시스템을 새로이 구축하였다.

그것이 지금 지구인들이 사용하고 있는 [카르마 시스템]이었다. 하지만 그것만으로는 부족하였다.

모든 지구인들이 마나를 사용할 수 있는 것은 아니었기 때문이었다. 그리고 마나를 사용하는 지구인 역시 시간이 필요하였다.

드라고니안의 전사들은 이미 수백, 수천년의 시간동안 마나를 사용한 전투 기술을 연마한 종족이었지만, 지구인들은 마나라는 것을 다루어 본 적이 없었기 때문이었다.

아무리 [카르마 시스템]의 도움을 받는다 하더라도 일정 수준 이상의 경지에 오르기 위해서는 시간이 필요하였다.

물론 본격적으로 일부 차원장을 열 때까지 3년이라는 시간 동안 꿈속에서 수련을 하게 하였지만 드라고니안의 전사들을 상대하기에는 턱없이 부족한 시간이었다.

즉, 아무리 [카르마 시스템]을 만들었다 하더라도 일시에 드라고니안의 전사들과 그들의 차원에 있는 몬스터들이 지구에 출현한다면 지구의 문명은 파괴될 것이 뻔하였다.

이런 상황을 막기 위해서 가이아가 추가적으로 만든 것이 차원왜곡 결계였다.

이 결계는 몬스터들을 지구로 바로 전송하는 차원문의 출구를 비틀어 몬스터들을 별도의 공간으로 인도하는 결계였다.

그녀가 마련한 별도의 공간은 두 종류로 나눌 수 있었다. 하나는 마나를 외부로 표출하지 못하는 하급 몬스터들을 임시적으로 머물게 하는 공간, 다른 하나는 마나의 외부사용이 가능한, 즉 S급 이상의 강자들을 반영구적으로 머물게 하는 공간이었다.

이 임시격리공간은 지구인들에게 몬스터홀로 불렸고, 영구격리공간은 지구방어대전장이라는 말로 불렸다.

"정말 신이라고 지칭할 만하군."

과거 칼스타인과 엘리니크가 이야기 했듯이 [카르마 시스템]은 신적인 존재가 아니면 가능하지 않을 것이라고 하였는데, 그들의 말처럼 정말 신적인 존재가 이 시스템을 만든 것이었다.

"문제는 이것으로 충분하지 않았다는 것이에요."

"무슨 말이지?"

"최대한 준비를 하긴 했는데, 간혹 차원왜곡 결계를 뚫거나 회피하는 존재들이 있었다는 것이 문제였죠."

"S급이나 SS급의 몬스터들 이야기군."

그녀의 말에 따르면 S급이나 SS급 몬스터는 임시격리공간이 아니라 영구격리공간으로 가야했는데, 지구에는 S급과 SS급 몬스터 홀이 가끔 나오곤 하였다.

따라서 칼스타인은 당연한 추론을 할 수 있었다.

"그래요. 이성이 있는 전사들은 그 이성 덕분에 차원왜곡 결계를 피할 수 없었는데, 오히려 이성이 없는 몬스터들이 간혹 결계를 피해서 영구격리공간이 아닌 임시격리공간으로 들어가는 경우가 발생하더군요."

"아이러니하군."

"그렇죠. S급이야 다소의 희생을 감수하면 잡아낼 수 있었지만 SS급은 당시 지구인의 수준으로 잡기는 불가능 하더군요. 그리고 영구격리공간에도 문제가 발생했지요."

"문제?"

"바로 SS급을 능가하는 드라고니안 대족장의 등장이었어요. 영구격리공간은 그랜드마스터급의 능력자까지는 반영구적으로 가둘 수 있는 공간이었는데, 그랜드마스터를 능가하는 대족장은 그 공간을 부술 수 있는 능력을 가지고 있었어요."

결국 가이아는 남은 '힘'을 다해 긴급히 별도의 봉인을 만들어서 대족장을 임시로 구속하는 결계를 만들었다.

문제는 [카르마 시스템]과 차원왜곡 결계에 가이아는 거의 모든 힘을 다 사용했기에 대족장의 봉인 결계에 많은 힘을 들일 수 없었다는 것이었다.

따라서 주기적으로 봉인을 강화해야 했는데, 그 때문에 생겨난 것이 지구방어대전이었다.

"그런 것이었나…."

"그래요. 당시로서는, 아니 지금도 어쩔 수 없는 선택이지요. 어쨌든 임시격리공간과 영구격리공간에서의 문제점을 해결하기 위해 또 다른 방법을 찾아야했죠."

"무슨 방법이지?"

“지구가 아닌 다른 곳에서 능력자들을 불러와서 계약을 맺는 방법이었죠.”

“다른 곳의 능력자?”

“그래요. 이계의 능력자를 부르는 걸 말하는 것이죠. 조금 전 당신이 처치한 이 자도 이계의 능력자에요.”

가이아는 이계의 능력자를 불러 그들에게 지구인들이 처리하지 못하는 S급, SS급 능력자들을 처리하게 하는 동시에, 지구방어대전 속에서 봉인을 강화하는 계약을 맺었다고 하였다.

그제야 가레스의 존재가 이해가 가는 칼스타인이었다. 이수혁의 지식을 통해서 알게 된 지구의 역사를 보면 마나라는 존재가 생긴 지는 그리 오래되지 않았다.

문제는 뱀파이어족은 피에 담긴 마나를 기반으로 하는 종족이라는 것이었다.

따라서 가레스의 무력을 통해서 그의 나이를 추정해 보았을 때, 지금까지 그의 존재가 납득되지 않았는데 이런 이유라면 그의 존재를 설명할 수 있었다.

하지만 지금 중요한 것은 가레스 따위가 아니었다.

“그렇군. 그런데 어떻게 그들을 지구로 불러온 것이지?”

핵심적인 질문이었다. 지금까지 한 가이아의 설명은 지구의 비사이긴 하였지만, 칼스타인에게는 단순히 흥미 있는 정보에 지나지 않았다.

하지만 지금의 말은 자신의 영혼이동을 설명해 줄 수 있는 실마리가 될 수도 있기에 칼스타인은 기대감 어린 목소리로 반문하였다.

그러나 가이아는 칼스타인의 기대감을 채워주지는 못하였다.

“음… 이계인들을 불러온 방식에 대한 정보는 지금 이 [신령석]에는 없군요. 아마 제 본신과 만나야 알 수 있을 것 같아요.”

“[신령석]? 그게 무슨 소리지? 그리고 본신이 아니라니, 그럼 본신이 따로 있다는 것인가?”

“그래요. 제 본신은 따로 있어요. 지금 저는 [신령석]에 담겨있는 제 본신의 일부일 뿐이지요. 참, 먼저 [신령석]에 대해서 말씀드려야겠군요. [신령석]은 제 ‘힘’과 자아의 일부를 담은 돌로 이계인들에게 힘을 주고 서로 체결한 계약의 증표로 삼기 위해서 만든 것이지요. 제가 당신과 이렇게 이야기 할 수 있는 것도 당신이 [신령석]을 흡수했기 때문이죠.”

“내가 언제 [신령석]을… 아… 그건가….”

가이아의 말에 칼스타인은 곧 바로 [신령석]이 무엇인지 알 수 있었다. 가레스를 해치운 다음 발생한 황금빛 기운, 그것이 바로 [신령석]이었을 것이었다.

의식하지 않을 때는 몰랐지만, 지금 생각해보니 그 황금빛 기운과 지금 가이아의 기운이 매우 흡사했다.

그리고 가이아가 칼스타인의 생각을 확인해 주었다.

"아마 가레스가 죽고 난 뒤 황금빛 기운이 나왔을 텐데, 그게 [신령석]이에요."

"그렇군. 그럼 네 본신은 어디에 있지?"

이계인들을 불러 올 방법을 알기 위해서는 가이아의 본신을 만나야 했기에 칼스타인에게는 당연한 질문이었다.

"지금 제 본신은 [카르마 시스템]과 차원왜곡 결계를 운용하기 위해서 지구의 마나축에 묶여 있는 상태랍니다."

"마나축? 그럼 만날 수 있는 방법이 없는 것인가?"

그 말에 처음으로 가이아가 살며시 웃으며 칼스타인에게 대답을 해주었다.

"바로 그 방법을 알려주기 위해서 제가 이 공간으로 당신을 인도한 거에요."

"무슨 말이지?"

"참고로 말씀드리면 지금 알려드리는 정보는 이계인과 그의 핏줄이 아닌 순수한 지구인에게만 허락된 정보에요."

"순수한 지구인?"

"네, 당신과 같은 지구인요."

그 말에서 칼스타인은 가이아가 자신의 진정한 정체를 모른다는 것을 알 수 있었다.

가이아의 본신이 아니라서 그런 건지 애초에 영혼에 대해서는 파악 할 수 없는 것인지, 지금 그녀는 칼스타인의 영혼이 이수혁의 몸에 들어온 것을 모르고 있었다.

'순수한 지구인이라는 것은 영혼의 문제가 아닌 육체의 문제인가보군. 하긴 [카르마 시스템]에도 계속 이수혁이라는 이름이 나왔지. 결국 지금 가이아도 시스템과 마찬가지로 신체 정보로 날 파악하고 있는 것이군.'

어쨌든 이어지는 가이아의 말은 다음과 같았다.

가이아는 모종의 방법으로 여덟 명의 이계인들을 불러 그들 각각과 계약을 했고, 그들에게 계약의 증표로 [신령석]을 넘겨주었다.

이 [신령석]은 단순한 계약의 증표는 아니었다. 그들의 원래 차원에서 사용하는 마나를 지구에서 사용할 수 있도록 해주는 마나의 전환 및 증폭의 기능까지 해주었다.

마나의 증폭은 그렇다 치더라도 마나의 전환은 중요한 문제였다. 사실 차원별로 마나가 다르기에 그런 전환 기능이 없었다면, 아무리 이계에서 강자라 하더라도 본신의 능력을 지구에서 보이기가 힘들었을 것이었다.

가이아가 말을 하는 도중에 칼스타인은 이계인과 가이아 사이의 계약의 세부 내용을 물어보았지만, 그 부분 역시 그에 대한 정보가 없다는 대답이 돌아왔다.

결국 이에 관련된 정보 역시 가이아를 만나야 얻을 수 있을 것이었다.

어쨌든 가이아가 알리고자 하는 것은 자신의 본신을 만나는 방법이었다. 그 방법은 간단하였지만, 쉽지는 않은 일이었다.

바로 여덟 개의 [신령석]에 담긴 가이아의 의지를 모으는 일이었다.

그렇다고 해서 [신령석] 자체를 얻을 필요는 없었다. 단지, 신령석 안에 있는 그녀의 의지만을 모으면 되는 일이었다.

"의지를 모은다는 것이 무슨 말이지? 무슨 특별한 방법이 있는 건가?"

"방법은 간단해요. 당신과 신체를 접촉한 상태에서 상대가 자신의 [신령석]에 담긴 제 의지를 넘겨준다고 생각만하면 되요. 마나의 변환과 증폭을 가능하게 해주는 '힘' 을 넘겨주는 것이 아니라 단순히 의지만을 넘기는 것이니 이계인이 손해를 볼 것은 아무것도 없어요."

방법 자체는 그녀의 말대로 간단하였다. 하지만, 의지를 넘겨주는 이계인들의 동의가 필요한 부분이었다.

가레스의 예를 보면 이계인 모두가 세계를 주름잡는 대단한 위치에 있는 인물 일 것인데 자신에게 순순히 그 의지를 넘겨줄 지도 의문이었다.

그리고 같은 곳에서 온 것은 아닐 지라도 오랜 시간동안 함께 하였을 것이 분명하니 가레스를 죽인 칼스타인에게 협조를 하지 않을 가능성도 높았다.

"흐음… 팔 인… 아니 이제 칠 인의 동의를… 아. 그렇군. 하하하."

어떻게 동의를 얻어야 할지 생각하던 칼스타인은 이제 칠 인이라는 부분에서 굳이 쓸데없는 동의 따위는 필요 없다는 생각이 들었다.

'협조하지 않는다면 죽여서 얻으면 그만이다. 대신 각자가 그랜드마스터의 극에 달해있을 것이니 각개격파를 할 수 있도록 해야겠군.'

만일 가레스와 비슷한 정도의 수준이라면 일대일의 대결에서 패배할 것이라는 생각은 전혀 들지 않았다.

하지만 이대일, 삼대일의 상황이 된다면 또 다른 이야기였다.

'결국 내가 그들의 처치한다는 것이 알려지기 전에 [신령석]을 확보하는 것이 중요하겠군.'

물론 순순히 의지를 넘겨받는 것이 최선이겠지만, 칼스타인은 최악의 상황을 상정하고 있었다.

칼스타인의 생각을 아는 것인지 모르는 것인지 그의 웃음을 가만히 바라보고 있던 가이아는 아까와 같은 옅은 미소를 지으며 그에게 말했다.

"제가 드릴 말은 여기까지네요. 어서 [신령석]의 의지를 모아서 제 본신과 대면했으면 좋겠군요. 그럼 그때까지 건강하시길. 참고로 [신령석]의 주인들이 이리로 오고 있네요."

통상적인 인사라고 생각하던 칼스타인은 가이아의 마지막 말에 놀랄 수밖에 없었다. [신령석]의 주인이라는 말은 이계인 능력자라는 말과 동일했기 때문이었다.

그것도 주인이 아닌 주인들이라고 하였다. 최소 두 명 이상의 존재가 왔다는 말이었다.

"뭐?"

칼스타인의 마지막 말과 함께 처음과 같은 황금빛 기운이 그의 시야를 가리며 칼스타인은 이 순백의 공간을 벗어났다.

◈

눈을 뜬 칼스타인은 잠시 자신의 몸을 점검하였다. [신령석]을 가진 이계인이라면 최소 가레스와 비슷한 경지일 것이니 혹시 모르는 전투에 대비해서 만전의 상태를 갖춰야 했기 때문이었다.

'음? 그 [신령석] 덕분인가.'

가레스와의 전투로 상당한 마나를 소모했음에도 지금 칼스타인의 몸 상태는 최상의 상태라 할 수 있었다.

가레스에게서 흡수한 [신령석]이 칼스타인의 몸 구석구석에 새로이 마나를 전달해 주고 있었기 때문이었다. 마치 마나의 보조 충전기가 생긴 것만 같은 느낌이었다.

'어쨌든 잘 되었군. 저 자들인가?'

칼스타인의 눈에 저 멀리서 날아오는 남녀가 들어왔다. 들어왔다고 생각한지 몇 초가 지나지 않았는데 두 남녀는 어느새 칼스타인의 눈앞에 나타났다.

30대 정도로 되어 보이는 평범한 백인 남성과 미의 화신과도 같아 보이는 금발의 20대 여성이었다. 바로 엘레나와 아이작이었다.

둘을 보며 칼스타인이 처음 든 생각은 그들의 정체나 목적이 아니었다.

'호오, 여기에도 엘프가 있었군.'

헤스티아 대륙에는 드물지 않게 엘프를 볼 수 있었는데, 지구에서는 엘프라는 종족은 없는 것으로 알고 있었다.

그런 상황에서 엘프의 등장은 신선한 일이었다. 그리고 그것은 자연스러운 추론으로 이어졌다.

'이 여자가 [신령석]을 가진 이계인인가보군.'

아니나 다를까 잠시 정신을 집중해서 [신령석]의 기운을 탐색하자 엘레나의 마나 일부에서 그 기운이 느껴졌다. 하지만 옆의 남자에게서는 그런 기운은 없었다.

'하긴 이제 그랜드마스터 초입 정도의 능력자가 이계인일 리가 없지. 그럼 또 다른 [신령석]의 주인은 어디 있는 것이지? 가이아가 말을 잘못한 것인가, 내가 오해한 건가? 신이 틀릴 리가… 흐음….'

이런 저런 생각이 들었지만, 일단 앞에 있는 엘프와 상대하는 것이 먼저였다.

일단 엘프와 그 일행은 적대감을 보이지는 않았는데, 그걸 보여주듯이 호의적인 말투로 인사를 건네왔다.

“안녕하세요, 이수혁씨. 저는 미네르바를 맡고 있는 엘레나라고 합니다.”

그녀는 이 인사 하나로 많은 것을 설명하였다. 자신이 세계제일의 정보단체인 미네르바의 수장이라는 것부터, 미네르바에서는 이미 칼스타인을 알고 있다는 것까지 알려준 것이었다.

굳이 드러내지 않고 이야기 할 수도 있을 것인데 이렇게 모두 오픈하고 시작한다는 것은 그녀의 호의적인 태도를 보여주는 것이라고 할 수 있었다.

“미네르바라… 날 잘 알고 있는 눈치인데. 뭐 잘 되었소. 나 역시 당신, 아니 당신을 포함한 여덟, 이제는 일곱이군. 어쨌든 이계인들을 다 만나려고 했으니까.”

삐딱하게 들으면 가레스를 처치한 것처럼 다른 이계인들도 처치할 것이라는 말로 들을 수도 있었다.

실제로 엘레나의 옆에 있던 아이작은 그런 의도로 이해를 하였는지, 울컥하는 표정으로 움찔하였으나 엘레나가 가만히 있는 모습을 보고 나서지는 않았다.

하지만 엘레나는 아이작과 달랐다. 칼스타인의 목소리에서 살기나 적대감이 느껴지지 않는 것을 파악하고 여전히 호의적인 말투로 되물었다.

"저희가 이계인이라는 것까지 아는 군요. 이런 정보를 아는 사람은 몇 되지 않는데, 혹시 어디에서 그 정보를 얻었는지 알 수 있을까요? 아. 비밀이라면 굳이 말씀하지 않으셔도 됩니다."

엘레나는 여전히 얼굴에 아름다운 미소를 지우지 않고 칼스타인에게 물었다.

"어차피 내 목적을 달성하기 위해서는 사실을 오픈할 생각이니 그렇게 둘러서 이야기 하지 않아도 좋소. 난 당신들이 갖고 있는 [신령석]의 의지를 모을 생각이요. 아. [신령석]의 힘이 아닌 의지요. 즉, 당신들에게는 아무런 손해는 없을 것이요."

[신령석]은 최측근인 아이작도 모르는 사안이었다. [신령석]을 갖고 있는 이계인들을 제외하고는 누구도 모르는 것에 대해서 칼스타인이 파악하고 있자, 엘레나는 눈빛을 바꾸며 되물었다.

"[신령석]을 알고 있다니 좀 더 깊은 대화를 해야겠군요."

"깊은 대화라… 난…."

칼스타인은 굳이 숨기지 않고 가레스의 죽음과 가이아와 대면에 대해서 이야기를 하며, 그가 [신령석]의 의지를 모으는 이유까지 다 설명을 해 주었다.

여전히 호의적인 태도를 견지하는 엘레나를 적대하며 사실을 숨길 이유가 없었기 때문이었다.

'그리고 미네르바의 도움을 얻는다면 다른 이계인들을 만나기도 쉬울 테고 말이야. 그녀가 설득이라도 해준다면 [신령석]의 의지를 모으기도 한결 편하겠지.'

칼스타인의 말을 다 들은 엘레나는 잠시 생각에 잠겼다.

'이자의 말이 사실이라면 가이아에게 다른 안배가 있다는 것인가? 만일 그렇다면 잘 하면 50여 년을 더 기다리지 않고도 계약을 종료할 수 있겠군. 그의 말대로 힘이 아닌 의지만을 주는 것이라면 손해 볼 것도 없으니….'

그 말 이후로도 십여분 간의 대화를 더 나눈 엘레나는 칼스타인에게 손을 내밀었다.

"무슨 뜻이지?"

"[신령석]의 의지를 가져가려면 신체를 접촉해야 한다면서요. 저는 의지를 드리기로 결정했어요. 아까 말씀드렸듯이 가아이를 만난 후 그녀에게서 얻은 정보만 제공한다면 의지를 드리지 않을 이유가 없지요."

대화 내내 엘레나는 호의적인 반응을 보여주었기에 지금의 행동 역시 이상하지는 않았다.

사실 신체를 접촉한다는 것은 서로 간 신뢰가 생기지 않고서는 상당히 힘든 일이라 할 수 있었다.

그 정도 경지의 강자들이라면 신체 접촉을 통해서 서로의 마나를 상대의 내부로 투사하여 치명상을 줄 수도 있었기 때문이었다.

물론 각자의 방어 기술은 있을 것이나, 굳이 그런 위험 자체를 자초할 필요는 없었다.

그렇기에 지금 엘레나는 칼스타인을, 그의 말을 믿고 있다는 것을 행동으로 보여주며, 너 역시 날 믿을 수 있겠냐는 질문을 던지고 있는 것이었다.

"아. 그렇군. 협조해 줘서 고맙소."

칼스타인이 한 행동의 근거는 엘레나를 믿는다기 보다는 자신을 믿는 것에 가까웠다. 그녀가 어떤 반응을 하더라도 대응할 자신이 있었기 때문이었다.

부드러운 엘레나의 손을 가만히 잡고 있자 둘 간의 [신령석]이 공명을 하는지 둘의 내부에 뭔지 모를 울림이 생겼다.

다만, 그 시간은 그리 오래지 않았다. 엘레나가 [신령석]의 의지를 넘겨준다고 생각을 했는지 기이한 기운이 그녀에게서 칼스타인에게 전해졌다.

그것을 끝으로 내부의 울림은 멎었다.

'이런 방식이었군.'

[신령석]의 의지는 여덟 조각 모두 모여야 효력이 있는 것인지 지금 칼스타인이 느끼는 [신령석]은 처음과 그리 다르지 않았다.

그런 칼스타인의 표정에 옆에 있던 엘레나가 궁금한 듯이 칼스타인에게 물었다.

"끝난 건가요? 새로이 가이아의 전언을 들은 것이 있는

가요?"

"아니오. 여덟 개의 의지를 다 모아야 효력이 있는 것 같소."

"그렇군요."

엘레나는 아쉽다는 표정으로 고개를 끄덕인 후 품 속에 손을 넣어서 손가락 길이의 푸른 수정을 하나 꺼내어 칼스타인에게 건넸다.

"이건 뭐지?"

"저와 연락 할 수 있는 통신망이에요. 우리 미네르바에서 자체 제작한 마법기로 우리는 [융티오]라고 부르지요. 마나 파장을 파악해뒀으니 융티오에 마나만 주입하면 저와 연락이 될 거에요. 물론 제가 먼저 연락을 할 수도 있구요."

이제 칼스타인은 잠재력을 가진 루키가 아닌 세계를 이끄는 리더 중 하나가 될 것이기에 핫라인 정도는 완비하여야 했다.

"그렇군. 그럼 정보를 요청해도 받을 수 있는 건가?"

"원래라면 누구든 대가는 치러야 하지만, 새로이 인연을 맺었으니 몇 번 정도는 서비스로 알려드리죠. 호호."

가이아가 어떤 안배를 해놓았는지는 알 수 없지만, 일단 그녀의 안배 대상이 된 칼스타인과 우호적인 관계를 유지하는 것이 중요하다 생각한 엘레나는 여전히 호의적인 반응을 보여주었다.

"고맙군. 일단 이계인들의 기본 정보에 대해서 좀 알고 싶소. 서로 간에 기밀 사항이 아닌 단순한 기본 정보요. 의지를 얻기 위해 그들과 접촉해야 할 필요가 있으니 말이오."

"알겠어요. 그 정도 정보는 서비스로 드리죠. 아까 드린 융티오로 바로 받아 볼 수 있게 본부에 지시를 내려놓지요."

S급 기밀이라 할 수 있는 정보였지만, 이계인들에게는 상식에 가까운 정보였으므로 엘레나는 아무 거리낌 없이 그 정보를 제공해 준다고 했다.

"그렇게 해준다니 고맙군."

"그리고 아까 말한 대로 당신에 대한 안건으로 회의 개최를 요청할 테니 나중에 융티오가 깜빡거리면 거기 마나를 주입해 주세요."

"알겠소."

엘레나는 칼스타인을 자신들과 동등한 위치로 받아들일 것인가에 대한 안건으로 회의개최를 요청할 생각이라 하였다.

그리고 거기에서 [신령석]의 의지를 넘겨주는 일까지 같이 논의할 생각이었다.

"그럼 저는 이만 돌아가도록 하지요. 필요한 일 있으면 연락주세요."

"어쨌든 의지를 넘겨주어 고맙소."

"호호. 고맙기는요. 당신이 어서 빨리 가이아를 만나서 이 고착상태에서 무언가 해결책을 내 놓으면 좋겠네요."

"나도 그러길 바라오."

마지막으로 깔끔하게 목례를 한 엘레나가 아이작과 함께 자리를 떠났다.

처음부터 떠날 때까지 자신에게 호의적인 엘레나를 보며 생각보다 [신령석]의 의지를 모으는 것이 쉽겠다고 생각하던 찰나 엘레나가 건넨 융티오에서 푸른 빛이 점멸하였다.

엘레나에게 이야기를 들은 대로 융티오에 마나를 주입하자 칼스타인의 머릿속에 관련 정보들이 떠올랐다.

다만, 모든 지식을 한 번에 주입하는 것은 아니고, 마치 머릿속에 책이 있는 것처럼 머릿속에서 그 책을 넘겨볼 수 있게 되어 있는 것이었다.

'하긴 부작용이 많은 지식의 주입보다 이 방법이 낫겠지. 필요 마나도 더 적을테고.'

그렇게 미네르바의 정보를 훑어보고 있는 칼스타인의 기감에 그에게 적대감을 감추지 않고 다가오는 스물다섯 명의 마나가 잡혔다. 뿐만아니라 기척을 숨기고 있는 십여명의 마나가 더 있었다.

그 속도가 보통이 아니었는지 칼스타인이 그들의 마나를 느끼기가 무섭게 그들의 모습이 칼스타인의 눈에 들어왔다.

'음? 저자였군. 가이아는 저자의 접근까지 느꼈던 것인가? 과연….'

엘레나와 이야기를 나눈 지 한참이나 지난 상황에서 나타났기에 이들은 수십킬로미터 밖에서 나타났다는 말인데 가이아는 이들의 접근까지도 알고 있던 것이었다.

어쨌든, [신령석]의 또 다른 소유자가 누구인지 궁금했었는데, 정체를 드러내고 있는 스물다섯 명의 남자들 중에서 가장 앞 선 자에게서 [신령석]의 기운이 느껴지는 것을 알 수 있었다.

'저자는… 백천무의 아들 백검혼이군. 아비오스의 [신령석]을 이어받은 자라고 했던가.'

엘레나가 전달한 정보에 따르면 지금까지 살아 있는 이계인은 천무가의 가주 백천무, 제황성의 성주 구양천, 백탑의 탑주 에드워드, 연합회의 회장 로버트, 러시아에 은둔 중인 산드라, 그리고 미네르바를 이끄는 엘레나까지 총 여섯 명이었다.

총 여덟 명의 이계인 중 이 여섯 명을 제외한 두 명은 죽음을 맞이하였는데, 한 명은 얼마 전 칼스타인에게 가레스였고 다른 한 명은 이계인 중 최강으로 불리던 아비오스였다.

그리고 백검혼은 이 아비오스가 남긴 [신령석]을 이어받았다고 하였다.

정확하게 말하면 아비오스가 드라고니안의 대족장과

대결할 때 결계의 밖에는 백천무만이 자리하고 있었고, 그 덕분에 아비오스가 남긴 [신령석]은 백천무에게 이어질 수밖에 없었다.

하지만 [신령석]을 두 개 이상 지니는 것은 아무런 소용이 없었기에 결국 백천무는 어린 백검혼에게 [신령석]을 전해주었다.

백검혼의 자질도 자질이었지만 [신령석] 덕분에 백검혼은 매우 빠른 속도로 성장할 수 있었고, 결국 최상급의 그랜드마스터가 되어 백검혼의 후계자가 될 수 있었던 것이었다.

칼스타인이 백검혼에 대한 정보를 찾는 사이, 백검혼과 그 일행은 칼스타인의 정원에 자리를 잡았다.

엘레나와 이야기를 나누는 동안 에르하임의 다른 길드원들은 모두 본채로 들어가 버렸고, 백검혼 등의 출현을 느낀 길드원이 나오려는 것을 칼스타인이 막은 상태라 지금 정원에는 칼스타인 밖에 서 있지 않았다.

정원에 자리 잡은 백검혼은 칼스타인에게 인사를 건네는 대신 무언가를 찾는 듯 정원을 훑어보았다.

그리고 이내 눈을 부릅뜨며 이를 악물더니 두 조각으로 나뉜 장호철의 시신에게 걸어갔다.

장호철의 시신 곁에 한 쪽 무릎을 꿇은 백검혼은 잠시 그의 시체를 내려다 보며 눈을 감더니 나지막이 입을 열었다.

"장대주의 시신을 수습해서 본가로 가져가거라."

"네, 길드장님."

대답과 함께 허공에서 두 명의 인영이 나타나더니 장호철의 시신을 안고 어디론가 사라져 버렸다. 이 두 명은 함께 온 천검대가 아닌 백검혼을 호위하는 호천 2조의 조원들이었다.

호천대원들이 장호철을 시신을 수습한 것을 가만히 지켜보던 백검혼은 천천히 고개를 돌리며 칼스타인을 바라보았다.

바로 입을 여는 대신 잠시 칼스타인의 눈을 마주치며 가만히 그를 노려보다가 낮은 중저음 목소리로 칼스타인에게 말했다.

"엘레나와 가레스가 오지 않았던가?"

"왔다갔어."

하대에는 하대였다. 백검혼이 나이가 많긴 했지만, 칼스타인 역시 헤스티아 대륙에서 나이를 생각하면 동년배라 할 수 있는 나이였다.

칼스타인의 반말에 살짝 미간을 찌푸린 뒤 백검혼은 혼잣말처럼 다시 입을 열었다.

"왔다갔다? 흠… 그렇다면 굳이 천검대까지 데리고 올 필요는 없었겠어."

엘레나나 가레스 때문에 천검대까지 데리고 왔는데, 둘 다 이 곳에 없다는 것은 굳이 천검대를 부를 필요가 없다는 말과도 같았다.

가레스의 죽음이 누구 때문인지 알지 못하기에 가능한 생각이었다. 그래서 칼스타인의 뒷말을 들은 백검혼은 그 답지 않은 놀란 표정을 지었다.

"다시 말해 주지. 엘레나는 왔다가 갔고, 가레스는 내 손에 죽었다."

"뭐… 뭐라고? 가레스가 죽어?"

처음에는 자신이 가레스를 잡은 것을 숨기고 기습을 할 생각도 했었지만, 엘레나가 회의에서 이계인들을 잘 설득 한다면 굳이 적대관계가 되지 않고 의지를 모을 수 있었기에 가레스를 처단한 사실을 밝혔다.

"너도 [신령석]이 있으니 알텐데. 조금 전 가레스의 [신령석]을 흡수했지."

칼스타인의 말에 백검혼은 가만히 [신령석]의 기운을 느꼈고, 이내 칼스타인의 체내에 그 기운이 있음을 알 수 있었다.

"허… 정말이군…."

"조금 있으면 엘레나가 회의 소집을 할 테지만, 미리 알려주지. 난 [신령석]의 의지를 모아서 가이아와 대면할 것이다. 이왕 만났으니 그에 대해서 협조를 해주면 좋겠군."

"무슨 소리냐?"

"…또 설명을 해줘야겠군."

칼스타인은 엘레나와 했던 이야기를 간략히 줄여서 백검혼에게 알려주었다. 어차피 엘레나가 회의시간에 공개할 내용이기에 감출 것도 없었다.

칼스타인의 이야기를 들은 백검혼은 잠시 고민을 하다가 품속에 손을 넣어 아이 손바닥 크기의 은빛 물체를 꺼내어 마나를 주입하였다.

갑작스러운 행동이었지만, 칼스타인은 놀라지 않았다. 흘러나오는 마나 파장으로 보아 통신기능의 아티팩트나 마법기임을 알 수 있었기 때문이었다.

[아버지, 이수혁이 로드 가레스를 해치웠다고 합니다.]

[뭐라? 사실이냐?]

아직 엘레나가 공식적으로 회의의 소집을 요청하지 않았기에, 백천무는 가레스의 죽음을 모르고 있었다.

[네, [신령석]의 기운까지 확인하였습니다.]

[그렇다면 틀림없겠군… 허… 가레스를 잡을 정도라니….]

[일단 그의 말에 따르면….]

백검혼은 칼스타인의 말을 백천무에게 전달하였다. 아무래도 그 혼자서 판단하기는 사안이 너무 컸기 때문이었다.

가만히 백검혼의 이야기를 듣고 있던 백천무는 그에게 말을 전했다.

[[신령석]의 의지라…. 일단 그를 이리로 데려오너라.]

[만일 거부하면, 강제로 데려 갑니까?]

[흐음… 어차피 그자의 말에 따르면 순수한 지구인이라면 [신령석]을 받아서 그 의지를 모을 수 있으니 꼭 그자여야 할 필요는 없지… 그래 반항하면 강제로라도 제압해서 데려오너라. 천무대와 네가 함께 하니 가능하겠지?]

[네. 차라리 반항했으면 좋겠군요. 그럼 장대주의 복수를 할 수 있을 테니 말입니다.]

[…네 마음은 알겠지만, 순순히 따른다면 굳이 강제하지는 말거라.]

천무대의 힘을 믿는 것인지, 백검혼의 힘을 믿는 것인지 백천무는 칼스타인의 제압에 대해서 대수롭지 않게 이야기했고, 백검혼 역시 자연스럽게 답을 하였다.

백천무와 대화를 끝낸 백검혼은 여전히 무거운 표정으로 칼스타인에게 입을 열었다.

"일단 네 말은 알겠다. 아버지께서 널 보고 싶어 하신다. 같이 가도록 하지."

"보고 싶으면 직접 오라고 해. 가만히 이야기를 다 해줬더니 날 호구로 보는 건가?"

칼스타인의 대답이 백검혼의 기대에 부응했는지 처음으로 옅은 미소를 지으며 백검혼이 말했다.

"후후. 네가 그런 말을 해주길 바랬지. 천검대! 파천진을 펼쳐라!"

사실 칼스타인의 태도는 단순히 오라가라 하는 것 때문에 기분이 상해서 보이는 태도가 아니었다.

계속해서 적대감을 감추지 않는 백검혼의 태도로 보아 순순히 따라간다 하더라도 천무와는 좋은 관계가 되기는 어려워 보인다는 판단에서였다.

그런 상황에서 굳이 백천무와 백검혼이 함께 하는 자리로 자신이 들어갈 이유는 없었다.

각개격파를 하는 것이 훨씬 좋은 선택이었기 때문이었다.

그리고 지금 백검혼에게서 느껴지는 마나는 가레스에 살짝 미치지 못한다는 것을 알았기에 이미 가레스를 잡아낸 칼스타인에게 백검혼은 그리 어려운 상대가 아니었다.

비록 이십여명의 마스터와 함께 하고 있으나, 당시 가레스는 그랜드마스터 초입인 제파르까지 대동한 상태였으니 지금 천무의 전력은 칼스타인에게 전혀 위협적이지가 않았다.

따라서 칼스타인은 천검대가 포진을 하는 것은 굳이 막지 않았다. 이십여 명의 마스터가 무슨 수를 쓰든 자신에게 피해를 줄 수 없을 것이라는 생각과 진(陳)이라는 것에 대한 호기심에 내린 판단에서였다.

그들의 포진은 칼스타인을 중심으로 하여 정확히 스물한명이 외부에 원을 그리고 나머지 세 명이 삼재진의 형태로 칼스타인을 포위하였다.

그리고 백검혼은 스물한명이 그리는 원 밖에서 칼스타인을 지켜보고 있었다. 포진이 완료되는 것을 본 백검혼은 회심의 미소를 짓더니 금색완장을 찬 우두머리로 보이는 대원에게 명했다.

"개진!"

개진을 명한 순간 외부의 원을 그리는 대원들은 독특한 마나 파장의 기운을 서로 간에 투사했고, 그 기운에 칼스타인을 중심으로 파천진 내부의 마나가 더 없이 무거워졌다.

단순히 무거워 지는 것을 넘어 마나의 움직임이 줄어들더니 거의 동결되다시피 하였다.

'흐음. 특이하군. 마나의 유동을 막는 건가? 하지만 이 정도로는 내 마나 장악력을 이기지 못하지.'

아무리 스물한 명의 마스터가 특수한 기술을 이용해서 마나를 장악하려 한다 하더라도 그랜드마스터, 그것도 최상급의 그랜드마스터의 마나장악력을 이길 리 없었다.

하지만, 이런 문제는 백천무나 백검혼 역시 알고 있었다. 이 정도로 엘레나나 가레스의 제압을 생각하지는 않았다. 당연히 무언가가 더 있었다.

마나가 동결되는 느낌에 칼스타인인 마나 장악력을 발휘하여 진의 흐름을 깨려 하는 순간 백검혼은 한 마디의 명령을 더 내렸다.

"멸천(滅天)."

그 말에 따라 외부에 있는 스물 한 명의 대원은 붉은 돌, 내부에 있는 세 명의 대원은 푸른 돌을 품속에서 꺼내어 깨트렸다. 아니 단순히 깨트리는 것을 넘어서 완전히 가루를 내버렸다.

가루가 된 붉은 돌은 파천진 내부에서 붉은 안개처럼 소용돌이를 쳤고, 푸른 돌의 가루는 돌을 부순 세 명의 몸에 달라붙었다.

'음?'

칼스타인은 안개처럼 변한 붉은 돌가루를 모두 피할 수 없어 호신막으로 방비를 하였는데, 호신막에 붙은 붉은 돌가루가 체내 마나의 이동을 방해하는 것을 알아차릴 수 있었다.

보통 이런 상황에서는 외부 마나를 강력하게 유입시켜 체내 마나의 이동을 저해하는 요소를 한순간에 배출 시켜버리면 되었는데 지금은 외부 마나가 동결된 상태라 그것도 불가능했다.

뒤늦게 체내 마나를 이용해서 붉은 돌가루를 호신막에서 천천히 밀어내었지만, 회복까지 꽤나 시간이 걸릴 것 같았다.

'크… 지금은 검강의 사용은 불가능하겠는데….'

붉은 가루의 방해와 그것을 회복하는데 마나를 사용하느라 지금 칼스타인이 사용할 수 있는 것은 검기 정도가 한계인 상황이었다.

그것도 칼스타인의 빠른 대처 때문에 가능한 일이었다. 원래 파천진의 목적은 피시전자가 마나를 사용하지 못하게 하는데 목적이 있었다.

어쨌든 이 상황에서 푸른 가루를 뒤집어 쓴 세 명의 천검대원들은 붉은 가루의 영향을 받지 않는지 형형한 검기를 내뿜으며 칼스타인에게 다가왔다.

사실 이들 정도야 검기만을 사용한다 해도 충분히 상대 할 만했는데, 문제는 뒤에 서있는 백검혼이었다.

최상급 그랜드마스터인 백검혼을 검기만으로 상대할 수는 없는 노릇이었다.

'…개진할 시간을 주는 것이 아니었군. 자만했어.'

칼스타인은 그랜드마스터의 극에 오른 뒤로 자신이 자만했음을, 이제야 깨달을 수 있었다.

'자만은 라이트 소더에 오르고 했어도 늦지 않았는데 말이야.'

라이트 소더라면 이런 곤란을 겪을 일이 없었다. 설령 지금과 같은 상황에서도 마나의 본질을 이해하고 있는 라이트 소더라면 마나 동결을 깨어버리고, 강력한 마나 장악력을 행사 할 수 있을 것이기 때문이었다.

'후….'

내심 한숨을 쉬는 칼스타인의 생각을 아는지 모르는지 푸른 가루를 뒤집어 쓴 세 명의 천검대원이 그를 공격해왔다.

푸른 가루가 붉은 가루의 작용을 억제하고 있는지 이들은 마나를 사용하는데 아무런 제약을 받지 않는 듯 보였다.

채채챙-!

세 명의 대원들이 흰색 검기를 드리운 장검으로 칼스타인의 상하를 노리며 들어왔고 칼스타인은 어렵지 않게 그것을 막아냈다.

쉬쉭-!

막아낸 반탄력으로 반격까지 가하자 천검대원들은 놀라며 뒤로 물러섰는데 그것을 놓치지 않고 따라 붙은 칼스타인이 끝내 가운데에서 공격하던 천검 대원의 목을 뚫어냈다.

"커헉!"

"진호야!"

진호라는 대원을 잡아내며 칼스타인 역시 옆구리에 약간의 상처를 입었다. 마나를 제대로 활용할 수 있었다면 입지 않아도 될 상처였지만, 지금은 어쩔 수 없었다.

오히려 이 정도 상처로 한 명을 잡아 낼 수 있다는 것이 다행스러운 상황이었다.

"하압!"

남은 두 명의 천검대원은 동료를 잃은 분노 때문인지 더 강력한 공격을 감행 하였는데, 여전히 칼스타인에게는 닿지 않았다.

오히려 강력한 공격 탓에 생긴 허점 때문에 칼스타인은 손쉽게 둘에게 치명상을 입힐 수 있었고, 쓰러진 그들의 목에 한 칼 씩 쑤셔 넣음으로서 푸른 가루를 쓴 대원 모두를 잡아 낼 수 있었다.

셋 모두 죽을 때까지 나서지 않던 백검혼은 셋이 당하고 나자 주먹만한 호리병 형태의 아티팩트를 열어 파천진 내부의 붉은 가루를 호리병으로 다 수습한 뒤, 진 내부로 들어섰다.

"대단하군. 마나를 완전히 사용하지 못해야 하는데 검기까지 사용하다니 말이야. 하지만 검기로는 날 막을 수가 없지. 네 놈을 죽여 장대주의 복수를 하고 [신령석]을 회수해야겠다."

지금 파천진 내부의 붉은 가루는 다 호리병으로 사라졌지만, 칼스타인의 호신막에 붙은 붉은 가루는 여전히 그의 마나흐름을 방해하고 있었다.

이런 상황에서 최상급 그랜드마스터인 백검혼과의 대결은 칼스타인에게 최악의 상황이라 할 수 있었다.

'크… 뼈아프군. 순간의 방심이 이런 결과를 부를 줄이야….'

파천진의 위력을 간과한 것이 칼스타인의 패착이었다. 단전의 마나를 재차 움직였지만, 여전히 붉은 가루 때문에 검강의 발현은 불가능했다.

어쩔 수 없이 그랑 카이저에 검기만을 발현시킨 칼스타인은 무겁게 가라앉은 눈빛으로 주홍빛 검강을 뽑아든 백검혼을 바라보고 있었다.

아무리 생각해도 방법이 없는 것 같았다.

'후… 여기서 죽으면 헤스티아 대륙으로 가는 것일까? 아니면 그대로 죽음을 맞이하는 것일까? 이제 이동의 원인을 알 수 있는 실마리를 잡았는데 아쉽군. [신령석]의 의지만 모으면 되는 것…. 음? [신령석]… 그래 [신령석]!'

최후를 각오했던 칼스타인의 머릿속에 한 가지 방법이 떠올랐다. 이 방법의 성공가능성은 알 수 없었으나 죽음까지 생각한 상황에서 이것저것 따질 시간이 없었다.

칼스타인은 체내에 얼마 남지 않은 마나를 이용해서 단전 위에 있는 [신령석]을 두드렸다.

지금 칼스타인은 [신령석]을 부수어 거기서 나오는 마나를 이용할 생각이었던 것이었다.

하지만 [신령석]은 생각보다 단단하여 그 정도 마나로 부서지지는 않았다. 결국 칼스타인은 지금 붉은 가루를 막기위한 호신막까지 모두 거두어 새로이 마나를 결집시켰다.

'크윽… 대체 이게 뭐길래 이런 효과가….'

호신막이 사라지자 붉은 가루는 칼스타인의 체내로 파고들면서 점점 그의 마나를 잠식시켜갔다.

이제는 돌이킬 수 없었다. 그리고 백검혼이라는 대적

이 있는 상황에서 돌이킨다 하더라도 다른 방법이 없었다. [신령석]을 부수는 것이 최선이자 최후의 방법이었다.

설령 [신령석]을 부수어 더 이상 [신령석]의 의지를 모을 수 없게 되는 한이 있더라도 지금은 다른 길이 없었다.

'하압!'

파스슥-

붉은 가루가 파고드는 고통에도 정신을 날카롭게 세운 칼스타인의 마나가 강력한 의념을 담고 [신령석]을 갈라냈다.

'됐다!'

사실 [신령석]은 마나만으로 갈라낼 수 있는 것이 아니었다. 마나와 더불어 그랜드마스터를 뛰어넘는 강력한 정신력이 있어야 자를 수 있었는데 칼스타인은 그것이 있었다.

그리고 갈라진 [신령석]에서 뿜어져 나온 엄청난 '힘'에 칼스타인은 순간적으로 몰아(沒我)를 경험하였다.

[신령석]에서 나오는 힘은 단순한 마나가 아니었다. 마나의 원류, 마나의 근원과 같은 막대한 에너지가 칼스타인 내부에서 터져 나오며 사방으로 흩어졌다.

이 힘은 지금 수준에서 잡을 수 있는 힘이 아니었다. 아니 원래의 경지인 라이트 소더의 경지라 하더라도 이 힘을 다룰 수는 없을 것 같았다.

그렇다고 해서 칼스타인이 헛수고를 한 것은 아니었다. 이 힘을 통해서 파천진으로 동결된 마나가 자유로이 풀려났고, 자신의 몸을 파고들던 붉은 가루 역시 힘을 잃고 바닥에 떨어져 버렸기 때문이었다.

이것이 끝이 아니었다. 아니 이것은 그냥 곁가지 일 뿐이었다. 칼스타인이 [신령석]을 갈라냄으로서 얻은 가장 큰 것은 바로 이것이었다.

우우웅—!

칼스타인의 그랑 카이저에 찬연한 은빛 기운이 솟구쳤다. 고정된 레이저와 비슷한 검강과는 달랐고, 불길처럼 일렁이는 검기와도 달랐다.

빛, 그 자체와 같은 느낌과도 같은 기운. 바로 빛의 검, 광검(光劍)의 초현이었다.

"하하하하. 이것이었군."

[신령석]에서 흩어지는 기운을 잡지는 못했지만, 마나의 근원과도 같은 기운을 통해서 칼스타인은 깨달음을 얻을 수 있었다.

지구의 마나와 헤스티아의 마나는 다른 성질을 가지고 있지만 결국은 같은 근원을 갖고 있다는 것 또한 알 수 있었다.

다만, 양 차원에서 얻은 깨달음을 하나로 합일 시키는 것에는 이르지 못했다. 즉, 지금 칼스타인의 무위는 헤스티아에 있는 본신의 무위와 같은 수준이라 할 수 있었다.

'여기서 라이트소더에 오르면 한 차원 높은 성장을 할 수 있을 것이라 생각했는데, 그에 미치지는 못했군. 뭐, 엘레나가 전해준 정보에 따르면 이계인 중 누구도 라이트소더에는 이르지 못했으니 이제 무력으로 제압해서라도 [신령석]의 의지를 모을 수 있겠지.'

칼스타인의 생각처럼 라이트 소더는 지구의 누구도 달성하지 못한 경지였다. 따라서 이제 지구에서 칼스타인의 의지를 거스를 자는 없다고 보아도 무방하였다.

'엘레나의 자료를 보니 드라고니아의 대족장은 분명 라이트 소더에 도달한 것 같던데… 재미있군. 후후.'

칼스타인은 지금 눈앞에 있는 백검혼과 힘을 다한 천검대 따위에겐 관심이 없었다.

그래서 눈앞의 백검혼이 칼스타인의 광검에 담긴 막대한 힘을 느끼고 주춤거리며 뒤로 물러서는 것도 개의치 않았다.

도저히 상대할 수 없을 것 같은 엄청난 힘에 백검혼은 살아남은 천검대와 자신을 호위하는 호천 2조에게 이곳에서 탈출하라는 명령을 내렸다.

칼스타인이 자신들에게 관심을 갖지 않는 지금이 탈출의 마지막 기회처럼 느껴졌기 때문이었다.

수하들이 탈출하는 것을 본 백검혼 역시 자리를 박차고 정원을 벗어나려 했다.

그 순간 칼스타인의 빛의 검이 좌에서 우로 휘둘러졌다.

쏴아아-

청량한 여름바람과 같은 소리를 내며 대기가, 마나가, 세상이 갈라졌다. 그 궤적 안에 있는 천검대와 호천 2조, 그리고 백검혼까지 모두 갈라졌다.

"후우…."

이제 갓 광검의 힘을 얻은 상태에서 칼스타인 광검법의 단자결(斷) 펼치는 것은 단전의 상당부분을 비우게 하였다.

백검혼을 포함하여 천무의 인원들을 일거에 처단할 필요가 있었기에 다소 무리해서라도 단자결을 펼친 것이었다.

사실 최상급 그랜드마스터에 오른 백검혼이 전력을 다해서 반항을 했다면 천검대나 호천대 중 한두 명 정도는 살아갈 수 있었을 것이었다.

하지만 그 역시 결사항전 대신 도주를 택하였기에 생각지도 못한 칼스타인의 단자결에 결국 두 조각의 고깃덩어리로 변해버렸다.

그리고 그가 품고 있던 [신령석]은 칼스타인에게 흡수가 되어 버렸다.

'다시 얻어서 다행인건가? 어차피 의지는 남아 있으니 굳이 없었어도 상관은 없었겠군.'

[신령석]을 갈라내며 그 의지마저 사라질까 다소 걱정했지만, 가이아의 의지 두 조각, 백검혼의 [신령석] 까지 흡수해 이제는 세 조각이 된 의지는 선연하게 칼스타인의 내부에서 느껴졌다.

그렇게 내부를 관조하고 있는 칼스타인의 뒤에서 길드원들이 나오는 소리가 들렸다.

"대… 대장님…."

칼스타인이 시전한 광검의 어마어마한 힘을 느낀 에르하임의 길드원들은 입을 쩍 벌리며 경악을 금치 못했고, 케론은 감격스러운 마음에 눈물까지 흘리며 본채 밖으로 걸어 나왔다.

케론은 이곳에서 칼스타인의 진정한 힘을 본 유일한 사람이었다. 에이나조차 마법의 연구 때문에 칼스타인의 광검은 지금 처음 보는 것이었지만, 그와 함께 전장을 누볐던 케론은 헤스티아 대륙에서도 광검을 목격한 적이 있었다.

[드디어 원래의 힘을 회복하셨군요.]

[그래.]

[축하드립니다. 폐하!]

케론과 에이나를 제외한 다른 길드원들은 아직 칼스타인이 영혼이동을 하는 것에 대해서 모르고 있기에 둘의 대화는 전음으로 이루어졌다.

케론과의 잠시간 대화한 칼스타인은 몸을 돌려 길드원

들에게 말했다.

"이제 아무 걱정 하지마라. 내가 모든 것을 해결하고 다시 돌아오마."

"어딜 가시려고…?"

"이 사단을 만든 자들과 진지한 대화를 해보려고. 그럼 쉬고들 있어."

이 말을 끝으로 칼스타인은 몸을 날렸다. 시작은 가장 가까이에 있는 천무가의 가주 백천무부터였다.

어차피 그의 아들 백검혼을 죽인 이상 백천무와 칼스타인은 같은 하늘을 이고 살 수 있는 사이가 아니었다.

천무가의 본가는 일반인들에게 비밀이라 할 수 있었지만, 엘레나의 정보에는 그 위치가 명확히 기재되어 있었기에 칼스타인의 움직임에는 망설임은 없었다.

이계황제 현대정복기

7장. 의지

7장. 의지

몇 분간의 이동 끝에 칼스타인은 서울 외각에 있는 천무의 본가에 도착하였다.

천무가의 본가답게 인가받지 않은 외부인의 출입을 막는 결계가 펼쳐져 있었지만, 칼스타인에게는 무용지물이었다.

아니 애초에 절대방어를 위한 철저한 결계라기보다는 단순한 무단침입을 저지하는 정도의 결계라 그랜드마스터 초입만 넘어서도 충분히 제거할 수 있는 결계였다.

'자신 있다 이거겠지.'

누가 와도 상대할 수 있다는 천무의 자신감일 수도 있었다. 하지만 그들은 오늘 상대를 잘못 만났다.

"합!"

가벼운 기합성과 함께 결계를 날려버린 칼스타인은 백천무의 흔적을 탐색했고, 중앙에 위치한 대전에서 그의 기척을 느낄 수가 있었다.

'저기로군.'

백천무의 흔적을 확인한 칼스타인이 곧장 담을 넘어 그에게 날아가려 하였는데, 대전에 있던 백천무의 움직임이 한 발 빨랐다.

결계의 파훼 후 칼스타인은 기척을 숨기지 않았고, 그 기척을 느낀 백천무가 칼스타인에게 호승심을 느끼고 달려온 것이었다.

'잘 되었군.'

지금 칼스타인은 백천무가 딱 호승심을 느낄 정도의 마나만을 보여주고 있었다. 어찌보면 유인을 했다고도 할 수 있는 상황이었다.

"누구냐!"

흰색 도포에 검은 색 장검을 든 백발노인 백천무가 칼스타인에게 외쳤다.

"네가 더 잘 알 텐데? 네 아들을 보내서 날 보자고 하지 않았나."

그말에 뭔가 생각이 났는지 약간 놀란 표정을 하며 백천무는 반문했다.

"음? 설마 네가 이수혁인 것이냐?"

"그래. 내가 이수혁이다."

백천무의 머릿속에 있는 칼스타인은 상급 그랜드마스터 정도의 무력을 가지고 있었다.

하지만 지금 그의 눈앞에 있는 칼스타인은 그랜드마스터의 극에 달해 있는 마나기파를 보여주고 있었다.

"…검혼이와 천검대는 어찌 되었나?"

"죽었지. 내 손에."

"…천검대까지 있었는데… 파천진과 멸천을 펼치지 않은 것인가…."

칼스타인의 정체를 듣고 그가 이렇게 혼자 나타났다는 것으로 어느 정도 예상하긴 하였지만, 직접 그 말을 듣자 아무리 백천무라도 동요를 드러내지 않을 수 없었다.

"펼쳤었다. 그리고 그 때문에 꽤나 고생했지. 뭐, 그런 것이야 이제 상관없는 일이고, 어쨌든 난 네 [신령석]을 가져가야겠다."

원래라면 [신령석]의 의지만을 가져가면 될 것이지만, 이미 그의 아들을 처단한 상황에서 순조로운 대화는 어불성설이었다.

하지만 백천무는 바로 전투에 돌입하는 대신 눈을 부릅뜨며 다시 반문했다.

"[신령석]? 네가 어떻게 [신령석]을 아는 것이지?"

"이야기가 긴데. 또 반복하긴 싫군. 그럴 이유도 없고. 그냥 싸워. 난 [신령석]을, 넌 아들의 복수를 원하고 있잖아."

힘을 갖춘 상황에서 더 이상 고개를 숙일 필요는 없었다. 라이트소더에 오르며 칼스타인의 말과 행동에는 자연스럽게 헤스티아 대륙에서의 위엄이 함께하고 있었다.

"엘레나는? 그리고 가레스는 어찌 된 것이냐?"

"영감. 말이 많군. 후… 이제 죽을 자이니 알려주지. 엘레나는 내게 [신령석]의 의지를 넘기고 물러났고, 가레스는 내 손에 죽었다."

가레스의 죽음에 또 한 번 놀랐던 백천무는 잠시 생각을 정리하더니 고개를 끄덕이며 말했다.

"…그렇군. 그렇다면 네가 가진 [신령석]은 가레스의 것이겠군. [신령석]의 의지는 처음 듣는 말인데… 아마 가이아가 뭔가를 안배해놓은 것 같고…."

늙은 생강이 맵다고 백천무는 이 정도 정보만 가지고 나름 정답에 가까운 추론을 하고 있었다.

"뭐, 대강 알아들은 것 같군."

그 말과 함께 칼스타인은 그랑 카이저를 소환하여 들었다. 더 이상의 문답은 필요가 없었기 때문이었다.

복잡한 머릿속을 대강 정리한 백천무 역시 자신의 애검 천뢰를 뽑아들었다.

"후… 그래 네 말대로 우린 불공대천의 사이지. 가레스 정도를 잡았다고 기고만장 한 것 같은데, 하늘 밖의 하늘을 보여주마."

사실 가레스는 그의 종족 특성이 상대하기 까다로워서

그렇지, 무위만 놓고 보면 이계인들 중에서 무력이 그렇게 높다 할 수 없었다.

전투계열이라 할 수 없는 엘레나나 산드라보다는 강하겠지만, 백천무나 구양천에 비해서는 손색이 있었다.

반면 백천무는 아비오스의 사후 암암리에 이계인 중 최강이라 불리고 있었다. 그 스스로도 그렇게 생각했기에 그가 보이는 자신감도 어쩌면 당연한 것이었다.

따라서 만일 칼스타인이 그랜드마스터에 머물러 있었다면, 그와 박빙의 전투가 가능했을지도 몰랐다. 하지만 칼스타인은 더 이상 그랜드마스터가 아니었다.

그는 라이트 소더였다.

우우웅!

길게 시간을 끌 생각이 없는 칼스타인은 시작부터 광검을 뽑아 들었다. 찬연한 빛을 발하는 광검의 등장에 백천무는 당혹스러움을 느꼈다.

지금까지 그가 경험하지 못한 강대한 무력에 순간적으로 어떻게 대처를 해야 하는지 알 수 없었기 때문이었다.

그러나 백천무는 과연 백천무였다. 백천무는 어느새 단호한 표정으로 그가 할 수 있는 최선의 선택을 하였다.

"호천대! 호천멸신!"

지금 칼스타인의 눈앞에는 백천무만이 자리하고 있었지만, 그의 주위에는 열 명의 호천대, 호천 1조가 은신하여 있었다. 당연히 칼스타인도 그 사실을 알고 있었다.

열 명의 호천대원 모두 마스터의 끝 단계에 있어 계기만 있다면 그랜드 마스터로 갈 수 있을 정도의 강자였다.

호천멸신이라는 말에 열 명의 호천대원들은 단전을 폭주시켜 순간적으로 그들이 낼 수 있는 힘의 수배의 힘을 발하며 칼스타인에게 공격을 감행하였다. 일종의 동귀어진의 수법이었다.

그러나 당연히 칼스타인에게 통하지는 않았다. 필사적인 호천대의 공격을 슬쩍슬쩍 피해내며 칼스타인은 일격에 한 명씩 호천대의 목숨을 거두어들였다.

딱 열 번의 움직임 만에 열 명의 호천대는 목숨을 잃었고, 마지막 열 번째 호천대원이 죽음을 맞이하는 순간 백천무가 움직였다.

자신이 약자인 것을 알아차린 백천무는 지금까지 칼스타인의 틈을 보고 있었고, 호천대원의 희생으로 그 틈을 만들어 낸 것이었다.

칼스타인은 마지막 공격을 한 순간 백천무는 천뢰섬의 일식으로 칼스타인의 사각을 노리고 검격을 찔러 넣었다.

채앵-!

어쩌면 당연하게도 백천무의 일격은 막혔다. 하지만 백천무의 노림수는 이것이 끝이 아니었다. 백천무의 애검 천뢰는 전설 등급, 그것도 엘리트 전설 등급의 아티팩트였다.

하지만 엘리트 전설인 것에 비해 내재 기술은 단 한가지 밖에 없었다. 그리고 그 한 가지 기술은 한 달에 한 번만 사용이 가능한 기술이었다.

"[천뢰]!"

백천무의 외침과 함께 그의 마나 전부가 특이한 마나 패턴으로 애검 천뢰에 담겼고, 천뢰의 내재마나 전부와 백천무의 마나가 합쳐져 천뢰에서 흰 색 벼락이 뿜어져 나왔다.

백천무가 할 수 있는 최강의 기술이었다.

타이밍 역시 조금 전의 공격을 튕겨내며 생긴 허점을 노린 것이기에 피할 수는 없었다. 방어를 하는 것이 최선일 것이었다.

문제는 [천뢰]는 벼락의 성질을 가진 기술로 막을 수 없는 기술이었다.

아무리 자신보다 한 수 위의 강자라고 하지만 이 공격을 버틸 수 없을 것이라고 백천무는 내심 회심의 미소를 지었다.

같은 이계인들이라 하더라도 이 일격을 방어할 수 있는 자는 없을 것이라고 생각했다.

스걱-!

옅은 미소를 지은 백천무의 눈앞에 [천뢰]가 환상적으로 흩어지는 것이 보이더니, 귓가에 종이 베이는 것과 같은 소리가 들렸다.

그것이 그가 본 마지막 광경이고, 들은 소리였다.

툭-

백천무의 목이 떨어졌다. 그리고 그의 [신령석]이 칼스타인에게 흡수되었다.

[신령석]의 흡수까지 마친 칼스타인은 백천무의 잘린 목을 들고 훌쩍 뛰어 천무가의 권역에서 벗어났다.

조금 전의 소란을 듣고 천무가의 정예들이 몰려오고 있었기 때문이었다.

당연히 숫자 때문에 피하는 것은 아니었다. 저 정도 능력자들은 수백이 아닌 수천이 몰려와도 위협이 되지 않았기 때문이었다. 칼스타인이 피한 이유는 쓸데없는 살육을 벌이기 싫다는 단순한 이유에서였다.

천무가의 권역에서 멀어져 한 숲속의 공터에 이른 칼스타인은 엘레나가 전해준 통신 마법기 융티오를 꺼내어 마나를 주입하였다.

잠시간의 시간이 지난 뒤 엘레나의 목소리가 들렸다.

[무슨 일인가요?]

"회의 소집은 요청했소?"

[아직 못했어요. 일단 시간 조율 중이에요.]

아무래도 세계 주요 단체들의 수장이다보니 시간을 조율하는 것이 쉽지 않아보였다.

"흠. 이 기구로 혹시 영상 통신도 가능하오?"

[네, 제가 채널만 열면 가능하죠. 무슨 일이에요?]

"일단 열어주면 영상으로 보여주지."

[잠시만요… 음… 됐어요. 마나를 지금보다 두 배로 주입해 주세요.]

엘레나가 권한 설정만 풀면 되는 것이기에 시간은 오래 걸리지 않았다.

엘레나의 말대로 마나를 주입하자 칼스타인은 엘레나의 모습을, 엘레나는 칼스타인의 모습을 볼 수 있었다.

"백천무를 잡았소."

그 말과 함께 칼스타인은 백천무의 잘린 머리를 보여주었다.

[…어찌된 일이지요?]

"간단한 이야기요. 당신이 가고 난 뒤 나타난 백검혼이 날 죽이려고 하더군. 그를 잡은 이상 그 아비와는 불공대천 아니겠소."

[그렇군요….]

엘레나는 잠시 말을 잇지 못했다. 가레스를 잡은 것과 백천무를 잡은 것은 조금 다른 이야기였다. 그것도 천무 본가에 있는 백천무를 잡은 것이었다.

만일 칼스타인이 이계인들을 적대하고자 한다면 나머지 이계인들도 안전한 상황은 아니었다.

"당신이 남은 네 명의 이계인들에게 연락을 좀 해주시오. 오늘 안에 그들을 찾아갈 테니, 순순히 [신령석]의 의지를 주던지, 아니면 죽어서 [신령석]을 넘겨주던지 선택하라고 말이오."

라이트 소더가 되기 전에는 이계인이 둘 이상 모이면 힘들 수도 있었으나, 지금은 상황이 달라졌다. 남은 네 명 모두가 모인다고 해도 칼스타인은 전혀 두렵지가 않았다.

또한, 엘리니크가 준 초음속 비행 마법기는 투입 마나에 따라서 속도를 올릴 수 있기 때문에 오늘 안에 네 명을 다 만나는 것도 어려운 일이 아니었다.

[그… 그래요… 바로 전달할게요.]

"그럼 난 바로 움직일 것이오. 즉각 전달 부탁하오."

[네, 네….]

칼스타인과 통신을 끊은 엘레나는 회의 소집이고 뭣이고 바로 네 명의 이계인들에게 전언을 날렸다.

백천무와 가레스의 죽음, 칼스타인이 [신령석]의 의지를 모은다는 일까지 다 포함하여 알려주었다. 이제 선택은 그들의 몫이었다.

'에드워드, 로버트, 산드라는 순순히 의지를 넘겨줄 것 같은데… 구양성주는….'

❖

엘레나의 생각대로 에드워드, 로버트, 산드라는 큰 반발 없이 자신이 가진 [신령석]의 의지를 칼스타인에게 넘겨주었다.

엘레나가 말을 잘 해놓아서 그런지, 그를 실제로 본 뒤 칼스타인의 무력이 자신들보다 위에 있는 것을 확인해서 그런 것인지 별 다른 문제없이 의지를 넘겨주었다.

특이사항이라면, 에드워드가 자신의 마법체계와 다른 칼스타인의 마법기를 보고 연구를 위해서 잠시 빌려 달라 했다는 것 정도가 있었다.

문제가 된 것은 구양천이었다. 백천무를 친구이자 라이벌로 생각한 구양천은 칼스타인이 백천무를 죽였다는 소식과 함께 그가 찾아온다는 전언을 듣고, 칼스타인을 상대하기 위한 만반의 준비를 해 놓은 상태였다.

미국에 있는 로버트, 영국에 자리한 에드워드, 러시아에 은둔한 산드라 순서로 이계인들을 만나고, 마지막으로 구양천을 만나러 중국 북경 인근의 제황성에 도착한 칼스타인은 그럴 줄 알았다는 표정으로 고개를 끄덕이며 말했다.

"그래, 꼭 너 같은 자가 있을 것이라 생각했지."

"백가주를 어떻게 해치웠는지는 모르겠지만, 난 다르다. 제황성의 전력을 보여주마. 개진하라!"

정사각형 모양의 커다란 제황성의 성채 안에는 구양천을 제외하고도 세 명의 그랜드마스터와 백오십여 명의 마스터가 자리하고 있었다. 제황성이 자랑하는 삼대무력단체가 다 모여 있었던 것이었다.

그들은 구양천의 개진이라는 말에 동시에 독특한 마나를 내뿜으며 최강의 진법, 제황멸천진을 펼쳐내었다.

후우웅-!

엄청나다고 할 수 있는 거력에 대기마저 흔들렸고, 눈에 보이지 않는 마나가 고도로 농축이 되어 아지랑이처럼 피어오르는 것이 일반인의 눈에도 보일 정도였다.

그리고 그 농축된 마나는 진의 가장 선두에 서 있는 구양천에게로 흐르고 있었다.

다른 이계인들도 그렇겠지만, 구양천 역시 지금까지 놀고 있었던 것은 아니었다.

만일 드라고니아의 대족장이 지구로 온다면 어떻게 상대할 수 있을까를 고민한 끝에 구양천은 진법을 통해서 그 해결책을 찾아냈다.

어찌 보면 단순한 생각의 발로였다. 한 명의 힘이 안 되면 두 명의 힘을, 두 명이 안 되면 세 명의 힘을 더하는 것이었다.

결국 구양천이 받아들일 수 있는 최대한의 힘을 가장 효율적인 방식으로 받아들일 수 있도록 진법을 구성하여 만든 것이 이 제황멸천진이었다.

이 진법을 만든 뒤 구양천은 만일 진을 구성하는 인원이 대족장의 결계 안으로 들어갈 수 있다면, 대족장을 죽일 수 있을 것이라고까지 자신하였다.

어쨌든 막대한 힘이 자신에게 들어오는 것을 느낀 구

양천은 자신감이 어린 광소를 지으며 외쳤다.

"하하하하하. 이 진법은 대족장을 상대하기 위해서 만든 것이지. 내 이 자리에서 네 놈의 목을 베어 백가주의 원혼을 달래…."

서걱-!

구양천이 말을 끝내기도 전에 칼스타인은 광검법의 섬자결을 이용하여 그의 목을 베어냈다.

제황멸천진의 모든 마나가 구양천을 향해 흐르고 있었기에 구양천이 목숨을 잃자 모든 진법의 구성원들은 울컥 피를 토하며 자리에 주저 앉아 버렸다.

그리고 그들의 위로 찬연한 빛의 파편 떨어졌다. 파편 한 조각 한 조각이 극도로 발현한 검강보다도 훨씬 강한 위력을 갖고 있었다.

콰아아아앙!

광검법의 파자결이었다. 그랜드마스터 세 명을 포함한 백오십세명의 진법 구성원 모두가 이 파자결에 한 줌의 육편이 되고 말았다.

제황성의 멸망이었다. 삼대무력단체에 들어가지 않은 소수의 마스터가 남아있긴 했지만, 구심점이 없는 상황이기에 멸망이라고 해도 과언이 아닌 상황이었다.

칼스타인은 살육을 즐기는 것은 아니지만, 자신을 직접적으로 적대하며 덤벼드는 자들을 살려둘 정도로 넓은 아량을 갖고 있지는 않았다.

그리고 이계인들에게도 위력시범을 보일 필요가 있었다. 지금이야 순순히 협조했지만, 자신의 무력을 제대로 각인 시켜야 앞으로 다른 협조를 얻을 필요가 있을 때에도 문제가 없을 것이기 때문이었다.

칼스타인은 한 동안 백오십여명의 처참한 시체를 바라보며 가만히 서 있었다. 그것은 그가 한 행동에 대해서 후회를 하거나 하는 것은 아니었다.

단지, 칼스타인은 마지막으로 남은 [신령석]을 흡수하기 위해서 기다리는 것뿐이었다.

그의 생각대로 구양천의 가슴에서는 황금빛 기운이 솟아났다. 그리고 그것은 칼스타인을 향해 날아왔다.

당연하게 그 기운을 보고 있는데, 그 기운은 칼스타인을 지나쳐 저 멀리로 날아가 버렸다.

'음?'

아무리 칼스타인이라 하더라도 순간 당황할 수 밖에 없었다. 지금까지 소유자를 잃은 [신령석]의 움직임은 그 소유자를 죽인 사람, 즉 칼스타인에게 날아와 흡수 되었었다.

지금 [신령석]의 움직임은 그도 처음 보는 움직임이었던 것이었다.

이를 놓치면 다시 그 위치를 확인할 때까지 오랜 시간이 걸릴지도 모른다는 생각에 칼스타인은 일단 [신령석]을 쫓기로 판단하였다.

순간적인 판단이었지만, 그 사이에도 [신령석]은 아득할 정도로 멀어져 있었다.

그랜드마스터 정도의 경지였다면 뒤를 따라갈 엄두도 내지 못할 정도의 속도였다. 하지만 라이트 소더인 칼스타인은 달랐다.

'광검법의 비행결로 전력을 다하면 쫓아갈 수는 있겠군.'

광검지경에 이른 이후 전력을 다한 적은 없었는데, 지금은 전력을 다해야 쫓을 수 있는 정도였다. 그 정도로 [신령석]의 움직임은 빨랐다.

◈

휘이이잉-!

십여분을 [신령석]을 쫓아서 날아온 칼스타인은 서서히 몸에 무리가 오는 것을 느낄 수 있었다.

보통 전투시에도 전력을 기울여서 공격하는 것은 순간일 뿐 이렇게 오랫동안 전력을 사용하는 경우는 없었다.

그래서 아직은 버틸 만 했지만 계속 이런 식이라면 따라가는 것을 포기해야 할지도 모른다는 생각이 들었다.

그 때, 하늘을 날던 [신령석]은 급속히 바닥으로 향했다.

'음? 여기가 어디지?'

북경에서 한참을 날아왔고 조금 전 바다를 건넌 상황이니, 추측컨대 아마 지금 쯤 대만 정도에 있을 것 같았다.

아니나 다를까 저 멀리 번화가에 대만의 국기가 보였고, [신령석]은 그 번화가를 지나 산 중턱에 위치한 대저택으로 날아들었다.

'저기군!'

누군가의 몸에 들어가기만 한다면 [신령석]의 존재를 알아차리는 것은 어렵지 않았다.

그리고 지금 느껴지는 칼스타인의 기감에는 [신령석]을 받아들일 정도의 강자는 한 명 밖에 느껴지지 않았다.

콰앙!

중간에 칼스타인을 가로막는 결계와 장벽들이 있었지만 칼스타인은 주저하지 않고 그것을 파괴해 나가며 순식간에 [신령석]을 흡수한 자의 앞에 섰다.

40대 정도로 보이는 중년인은 칼스타인이 말을 꺼내기도 전에 그가 먼저 입을 열었다.

"[신령석]의 의지를 가지러 오신 분이군요."

[신령석]의 의지는 이계인들도 모르는 것이었는데, 그것을 알고 있다는 것은 칼스타인에게 자연스러운 추론을 하도록 하였다.

"가이아를 만났나 보군."

칼스타인이 그랬듯이 이 자 역시 [신령석]을 통해 정신세계로 들어간 뒤 가이아와 대면했던 것이었다.

"그렇습니다. 그녀에게서 전말을 들었습니다. 당신이 모으지 못한 마지막 의지가 지금 제가 받은 [신령석]에 있다는 말까지 들었지요."

그 말에 이곳까지 오면서 가졌던 의문을 그에게 물었다.

"혹시 그녀에게서 왜 [신령석]이 네게 갔는지도 들었는가?"

오는 내내 가졌던 의문이었다. 그리고 그는 칼스타인이 원하는 대답을 해주었다.

"들었습니다."

"왜 그렇다던가?"

"일단 제 소개부터 드리는 것이 좋겠군요. 저는 다크소울, 암혼의 혼주 혁련광이라고 합니다. 그리고 당신은 모르겠지만, 제 복수를 해주어 감사합니다."

"아, 암혼. 한 가락 하는 것으로 보였는데 다크소울의 주인이었군. 그런데 복수는 무슨 말이지?"

지금 혁련광이 보이는 무위는 백천무의 아들 백검혼과 비슷한 정도의 무위였다.

백검혼이 아비오스의 [신령석]을 받아들여 빠르게 무위를 올린 것을 생각하면 혁련광이 [신령석] 없이도 이 정도 경지에 오른 것은 백검혼 보다도 훨씬 대단한다 할 수 있었다.

하지만 이어지는 그의 말에 칼스타인은 혁련광의 상황을 이해할 수 있었다.

"그것은…."

혁련광의 말에 따르면 사십여년 전 구양천은 자신의 후계자를 키우기 위해서 수십만의 고아를 잡아와, 강제로 무공을 익히게 하고 생사투를 거치게 하였다고 했다.

그를 통해 백 명의 후보까지 줄인 구양천은 남은 백 명에게 멸혼천마신(滅魂天魔身)이라는 대법을 시행하였다고 했다.

극한의 고통을 통해서 자아를 지워버리고 천마의 무공을 갖추게 하는 이 저주받은 대법에서 유일하게 살아남은 자가 이 혁련광이었고 그는 이 대법을 통해서 최상급의 그랜드마스터가 될 수 있었다고 했다.

이십년이라는 긴 시간 동안 혁련광을 완성한 구양천은 만족해하며 자신이 가진 후계자의 인(印)을 넘겨주었는데, 이 후계자의 인 덕분에 혁련광의 지워졌던, 정확히 말하면 숨어있던 자아가 되살아 날 수 있었다고 했다.

결국 구양천의 손에서 도주한 혁련광은 다크소울이라는 집단을 만들어 구양천에게 복수할 날만 꼽고 있었는데, 구양천의 힘은 너무도 강했고 제황성의 힘 또한 다크소울로는 넘보기 힘들 정도였다.

그런 상황에서 칼스타인이 구양천을 죽이고 나타난 것이었다. 혁련광이 칼스타인을 은인으로 여기는 것도 무리가 아니었다.

“그런 것이었군.”

“네, 가이아의 말에 따르면 후계자의 인은 그 인을 준 사람의 [신령석]을 계승하는 효과가 있다고 하더군요. 그래서 제가 구양천의 [신령석]을 받은 것 같습니다. 일단 [신령석]의 의지부터 받으시지요.”

그 말과 함께 혁련광은 자신의 손을 칼스타인에게 내밀었고, 칼스타인은 그의 손을 잡았다. 이어 칼스타인은 [신령석]의 의지가 자신에게 넘어오는 것을 느낄 수가 있었다.

둘이 잡았던 손을 놓는 그 순간 칼스타인은 자신의 내부에서 [신령석]의 의지가 하나로 합일 되는 것을 느낄 수 있었다.

그리고 모든 의지가 하나로 합쳐졌다고 느껴지는 바로 순간 칼스타인의 시야는 황금빛으로 물들고 그의 몸과 영혼은 어디론가 이동한다는 느낌이 들었다. 전과 같은 정신세계로의 이동이 아닌 실제로 어디론가 이동하는 것이었다.

이계황제 헌터정복기

8장. 가이아

8장. 가이아

칼스타인이 도착한 곳은 정신세계와 마찬가지로 백색으로 가득 찬 공간이었는데, 그의 눈 앞에는 끝이 보이지 않는 거대한 황금빛 기둥이 있었다.

그리고 그 기둥의 앞에는 얼마 전 보았던 고대 그리스 여성의 옷을 입고 있는 여신 가이아가 서 있었다.

"생각보다 빨리 오셨군요."

실제로 가레스를 해치우고 [신령석]에 있는 가이아를 처음 만난 지 채 하루가 지나기 전에 칼스타인은 다시 그녀의 본신을 만난 것이었다.

만일 라이트 소더로서 각성하지 못했다면 짧게는 몇 주에서 길게는 몇 년의 시간이 걸렸을지도 모를 일이었다.

그랜드마스터의 경지에서는 일대일로는 이계인들과 상대할 수 있을지 몰라도 이대일의 상황만 되어도 고전은 면하기 힘들었기 때문이었다.

가정은 의미 없겠지만, 만일 그랜드마스터 상태에서 구양천의 제황멸천진을 맞이했다면 칼스타인의 패배로 이어졌을 가능성이 높았다.

하지만 라이트 소더라는 절대적인 무력을 회복한 지금은 의지를 모으는 것은 시간 문제였고, 단시간 내에 처리하려고 마음먹은 칼스타인에 의해서 불과 십여시간만에 모든 의지를 모아서 가이아 앞에 나타난 것이었다.

"그렇군. 드디어 본신을 만났군."

"궁금한 점이 많으시지요? 파편화 된 제가 말할 수 있는 정보는 한정되어 있었으니 말이에요. 그럼…. 음?"

말을 잇던 가이아는 멈칫하더니 칼스타인을 가만히 바라보았고, 잠시간의 시간이 지난 뒤 아름다운 얼굴의 미간을 살짝 찌푸리며 다시 입을 열었다.

"하… 당신은 지구인이 아니군요… 아니, 정확하게는 지구인의 몸에 이계인의 영혼이 들어갔군요… 어떻게… 이런 일이…."

역시 본신이라서 그런지 가이아는 칼스타인의 상태를 알아보았다. 다만, 그녀 역시 칼스타인이 어떻게 이수혁의 몸에 들어가게 되었는지는 모르는 것 같았다.

"흠…. 신이라고 해서 당신이 날 이렇게 만든 것이라

생각했는데, 당신도 모르는 것이었나?"

"잠시만요…. '힘'이 들더라도 당신과 관계된 아카식 레코드를 읽어봐야겠네요."

그 말과 함께 가이아는 눈을 감고 잠시 생각에 잠겼다. 그렇게 몇 분여의 시간이 지나자, 별처럼 빛나는 눈을 뜬 가이아는 천천히 칼스타인의 상황에 대해서 설명해주었다.

"일단 다른 이야기부터 시작해야겠네요. 저는 이계인들을 부르기 위해서 과거 우연히 지구의 차원장에 떨어졌던 신의 파편을 이용했었어요. 아카식레코드에 따르면 그 신은 강대한 신력을 가진 시간의 크로노스였어요…."

이어지는 가이아의 말에 따르면 크로노스는 절대신 카민과 전능신 리엘이 정한 절대율과 인과율을 어겼고, 결국 절대신 카민에 의해서 소멸 당하고 말았다.

소멸 당한 크로노스는 완전히 사라진 것이 아니라 파편화 되어 차원으로 흩어졌는데, 그 파편의 일부가 바로 지구에 떨어졌었다.

드라고니아의 침략으로 인해 곤란한 상황에 빠졌던 가이아는 지구에 떨어진 크로노스의 파편을 이용하여 그 파편을 이어받은 다른 차원의 이계인들을 소환하였고, 그들이 바로 백천무를 비롯한 팔 인의 이계인이었던 것이었다.

문제는 칼스타인이었다. 칼스타인이 몸 전체가 아닌 영혼만 옮겨가고, 이동하기 전 차원의 시간이 동결되는 것에는 두 가지 이유가 있었다.

하나는 칼스타인이 라이트소더라는 지고의 경지에 올라 있었다는 것이었다.

만일 그랜드마스터의 경지였다면 그도 모르는 채 지구로 이동했을 것이나, 라이트 소더라는 경지는 그 자신도 모르게 그런 신의 힘을 다소나마 방해했던 것이었다.

두 번째 이유는 칼스타인이 가진 크로노스의 파편에는 크로노스의 주요 권능인 시간동결의 일부가 담겨 있었기 때문이었다.

사실 이 이유가 훨씬 중요한 이유였다. 신력이 없는 칼스타인이 시간동결을 사용할 수는 없었지만, 그리고 있는지도 몰랐지만, 가이아가 자신의 신력과 창세력을 동원해서 크로노스의 파편 보유자들을 불러오자 잠들어 있는 그 권능의 일부가 발동했던 것이었다.

하지만, 결국 가이아가 사용한 파편의 조각이 더 컸기 때문에 상당한 시간의 저항 후 이 지난 후 크로노스의 파편에 동화 된 칼스타인은 그 부름에 응답할 수밖에 없었다.

이때에도 라이트소더라는 경지로 헤스티아 차원에 깊게 뿌리내린 몸이 있었기에, 몸까지 함께 옮겨가는 대신 영혼만이 지구로 옮겨갔다.

결국 여러 가지 요인들이 함께 한 결과 다른 이계인들과 달리 칼스타인은 그의 영혼만이 지구로 오게 된 것이었다.

그리고 그의 영혼과 일부 결합한 크로노스의 권능이 그 영혼의 이동시마다 남은 차원에 시간동결을 시전하는 것이라는 설명까지 해주었다.

"흐음… 그렇게 된 것이군… 그럼 난 앞으로도 계속 이 상태에 있는 것인가?"

사실 지금 상태에 불만은 없었다. 오히려 양 차원에서 다 살 수 있어 칼스타인에게는 두 개의 삶을 동시에 살아가는 즐거움을 준다 할 수 있었다.

하지만 가이아의 대답은 칼스타인의 기대를 충족시켜주지 못했다.

"일단은 그렇지만… 이 상태가 그렇게 오래가지는 않을 것 같군요."

"무슨 소리지?"

"제가 직접 시전 한 술식을 통해서 벌어진 영혼이동은 적어도 백년 이상은 유효할 것 같은데, 우연히 발동된 시간동결의 권능은 직접 신력과 창세력을 사용해서 발동한 것이 아니니 지금과 같은 상황이라면 앞으로 십년도 채 버티기 힘들 것 같아요."

"그렇다면…."

"그래요. 이동 이후에도 다른 차원이 시간이 감으로서, 육체는 영혼을 잃은 무방비 상태가 되어버린 다는 것이지요. 그리고 만일 당신이 지구에 있는 동안 원래 차원에 있는 몸의 생명이 끊어진 후, 당신이 원 차원으로 돌아간다면 당신은 그 즉시 명계로 끌려가겠지요. 즉, 죽게 된다는 말이에요."

충격적인 일이었다. 이대로 둔다면 십년 뒤면 항상 죽음의 위험을 달고 살아야 하는 것이나 마찬가지인 상황이 된다는 것이었다.

하지만 칼스타인은 당황하지 않고 평온한 얼굴로 가이아에게 물었다. 신이라 자처하는 그녀였기에 그에 대한 해결책도 가지고 있을 것이라는 판단에서였다.

"흠… 이 일을 벌인 장본인이니 해결책도 있겠지?"

칼스타인의 말에 잠시 망설이던 가이아는 천천히 입을 열었다.

"일단 가장 간단한 방법은 당신에게 걸린 제 술식을 취소하는 거에요. 그렇게 된다면 원차원으로 돌아간 뒤 다시는 지구로 오는 일은 없겠죠. 당연히 시간동결의 권능도 발동되지 않을 것이고."

이번에는 가이아의 말을 들은 칼스타인이 생각에 잠겼다. 그녀의 말에 따르면 칼스타인은 지구에서 만난 모든 인연을 잃게 되는 것이었다.

어머니로 여기는 박정아, 여동생 같은 셀리나, 자신을 믿고 따라온 케론과 에이나 등 지구의 모든 인연과 다시는 볼 수 없게 된다는 말이었다.

칼스타인의 생각을 아는지 모르는지 가이아는 그녀의 말을 이었다.

"하지만 이 방법은 지금 제가 준비한 안배가 무용지물이 된다는 단점이 있지요."

"안배?"

"사실 [신령석]의 의지를 이계인이 아닌 순수 지구인만 모을 수 있게 한 것에는 이유가 있어요. 그것은…."

가이아는 [신령석]을 통해서 단기적인 안배와 장기적인 안배, 두 가지의 안배를 하였다.

단기적으로는 의지를 모은 지구인을 통해서 드라고니아의 대족장을 잡아내 드라고니아의 침략을 물리치는 것이고, 장기적으로는 그를 지구의 수호자로 삼아 또 다른 차원의 침략이 있을 때에 그를 통해서 막아낼 생각을 하고 있었다.

하지만 칼스타인이 의지를 합일시킴으로서 단기적 안배는 달성할 수 있을 지언정, 장기적인 안배는 포기해야 하는 상황이 되어버린 것이었다.

"그래서, 한 가지 제안을 하고 싶군요."

"제안?"

"제, 제안은…."

가이아의 제안은 다음과 같았다. 일단 그녀가 펼친 술식을 수정하여, 수면시마다 양차원을 오가는 대신 가이아와 칼스타인이 동의 할 때만 이동이 이루어지도록 하여 지구에 그가 필요한 사안이 생길 때 그를 소환할 수 있게 하는 것이었다.

물론 시간동결 권능이 지속될 수 있도록, 그녀가 신력과 창세력을 제공하여 칼스타인에게는 아무런 피해가 없도록 하겠다는 말도 하였다.

"제안은 알겠는데. 시작이 잘못된 것 같지 않나?"

"무슨 말이에요?"

"단기적이고 장기적이고, 내게 아무런 이득이 없는데 내가 왜 그 일을 해야 하지?"

"아…."

그제야 가이아는 자신이 느끼던 위화감의 정체를 깨달을 수 있었다.

지금껏 그녀가 한 안배는 상대가 지구인이라는 가정하에서 만든 것이었다. 지구가 고향인 지구인은 당연히 지구를 지키려 했기 때문이었다.

하지만 칼스타인, 아니 그를 포함한 이계인들은 달랐다. 그들은 강제로 지구로 불려온 것이었다. 고향도 아닌 곳, 그것도 강제로 불려온 곳을 위해서 목숨을 걸고 싸워줄 자는 없었다.

"그 제안에는 가장 먼저 당신이 내게 뭘 해줄 수 있는지를 말해 줘야 하는 것 아닌가?"

"…그렇군요… 그럼 당신은 뭐가 필요하시죠?"

가이아의 반문에 칼스타인은 요구사항을 바로 말하는

대신 자신의 의문사항을 먼저 이야기하였다.

"흠… 혹시 다른 이계인들의 계약 사항을 알 수 있을까?"

칼스타인의 그 말에 오래간만에 가이아의 얼굴에는 옅은 미소가 지어졌다.

"호호호. 계약이잖아요. 사적인 계약. 당사자가 말하지 않은 이상 제가 먼저 이야기하기는 좀 그렇군요."

"그런가… 그럼 당신이 뭘 해줄 수 있는지를 알고 싶군."

사실 지금 칼스타인은 생각한 요구사항이 있었으나 그녀가 해줄 수 있는 한계가 궁금했기에 이런 질문부터 던졌다.

"글쎄요. 당신이 뭘 원하냐에 따라 다르죠. 솔직히 말씀드리면, 지금 제 신력과 창세력은 드라고니아의 침략을 막는데 대부분 사용되기에 해줄 수 있는 것에는 상당한 제한이 있어요. 하지만 대부분이 인간들이 원하는 것들은 들어줄 수 있을 거에요."

"대부분의 인간들이 원하는 것?"

"이를테면, 막대한 부나 불로장생 따위의 것을 말하는 것이죠."

그 말에 칼스타인은 문득 어릴 적부터 소망했었던 소원이 떠올랐다.

"혹시. 날 과거로 돌려보내 줄 수도 있나? 이 기억을 가진 채 말이야.”

과거 그의 가문이 몰락했을 때 칼스타인의 가장 큰 소원은 행복했던 그 시절로 돌아가는 것이었다.

어린 치기에 별똥별이 떨어질 때 그런 소원 빌기까지 하였다. 결국 그것이 불가능한 일인 것을 깨닫고, 과거로 돌아가는 것이 아닌 복수할 힘을 달라고 소원을 바꾸었고 그것을 이루었지만, 한 때는 과거로 돌아가길 열망했었다.

“휴… 그 요구를 했던 이계인들도 있었는데, 결론부터 말씀드리면 그건 불가능해요. 시간을 돌린다는 것은 타차원과 한 번도 교류가 없었던 차원이라해도 막대한 신력과 창세력이 소모되는 일이에요. 그런데 타차원과 교류가 있었던 한번이라도 있었던 차원이라면 타차원의 시간까지 영향을 미치는 것이라 새로이 차원을 만드는 것만큼의 신력과 창세력이 든다고 해도 과언이 아니죠. 제가 다른 곳에 힘을 사용하지 않아도 그건 불가능한 일이지요.”

크게 기대하지 않았던 일이라 칼스타인은 별다른 실망감을 보이지는 않았다. 그럼 남은 요구사항은 처음 생각했던 그것뿐이었다.

“그렇군. 그럼 지구의 인간을 내가 속한 차원으로 이동시킬 수는 있는가?”

“혹시 몇 명이나 이동시켜야 하죠? 사람 수에 따라서

드는 힘이 다르니 말이에요."

"뭐 대강 열 명 정도?"

그제야 가이아는 미소를 지으며 대답하였다.

"그 정도는 충분히 가능해요. 그걸 들어주시면 제 제안을 받아들여 주실 건가요?"

"그 조건은 드라고니아의 대족장을 처리하는 것까지로 하지. 만일 다른 건으로 날 부른다면 건마다 또 다른 조건을 들어주는 것으로 하고."

"음… 그래요. 그렇게 하죠. 자신의 차원도 아닌 다른 차원을 도와주는 것이니 충분한 대가는 치러야겠지요."

"그렇게 생각한다면 다행이군."

가이아는 순순히 칼스타인의 요구사항을 받아들여주었다. 사실 지금 칼자루는 칼스타인이 쥐고 있었기에 가이아는 웬만큼 무리한 요구가 아닌 한 칼스타인의 요구를 다 받아들여 줄 수밖에 없는 상황이었다.

"일단 대족장을 해치우면 당신과 당신이 원하는 사람을 당신의 고향으로 보내드릴게요. 한 가지 더 말씀드리면 그 이후로 지구에는 시간동결은 없을 거에요. 만일 당신이 지구로 온다면 당신의 원차원은 시간동결이 될 테지만, 당신이 없다 해도 지구의 시간은 항상 흐른다는 것이지요."

"당연한 일이겠지. 아. 그럼 지금 이 몸은?"

"그것 때문에 드리는 말이에요. 당신이 고향으로 돌아간 동안, 당신의 몸은 여기에서 보관할 생각이에요. 그러니 나중에 놀라지 마세요."

"그렇군. 그럼 대족장은 언제 만날 수 있지?"

모든 조건들을 합의한 이상 이제 남은 것은 드라고니아의 대족장을 처단하는 일뿐이었다.

대족장만 처단한다면 드라고니아의 침략은 더 이상 지구에게 그리 위협적이지 않을 것이었다.

그리고 가이아의 계산대로라면 향후 오십여 년 정도면 드라니고아의 신이 사용할 수 있는 신력과 차원력은 고갈될 것이기에 지구는 완전히 위기를 벗어날 수 있을 것이었다.

"사실 처음 [신령석]의 의지를 모은 지구인을 이리로 부른 뒤에는 별도로 수련을 시킬 계획이었어요."

"수련?"

"대족장은 당신들이 말하는 소위 그랜드마스터의 경지의 위에 있거든요. 그 정도로는 그를 상대할 수 없으니 따로 수련을 해서 그걸 뛰어넘는 경지로 만들려고 하였지요. 그런데 이미 당신은 그걸 넘은 상태군요. 느껴지는 힘이 대족장과 비슷한 수준이에요."

그 말에 칼스타인은 대족장이 라이트소더의 경지에 있음을 알 수 있었다.

"흐음… 그 정도면 승리를 장담하긴 힘들겠는데."

자신이 라이트소더로서 수년 간의 경험이 있었지만, 대족장은 적어도 수십 년, 많게는 수백 년의 시간 동안 라이트소더로서 경험을 했을 것이 분명하였다.

만일 지구에서의 깨달음과 헤스티아에서의 깨달음을 합일 시켜 한층 더 높은 경지로 나아갔다면 모를까 지금의 상황에서는 완전한 승리를 장담할 수는 없었다.

하지만 가이아는 자신만만하게 웃으며 말했다.

"그 방법은 제가 만들어 놨어요. 잠시만 기다려 주세요."

가이아는 손을 들어 칼스타인이 알 수 없는 신묘하고 강대한 힘을 그에게 투사했다.

"음? 무슨 짓… 아…."

무슨 짓인지 물으려던 칼스타인은 그녀의 힘에 반응해서 합일된 [신령석]의 의지가 움직이는 것을 알 수 있었다.

좀 더 단단하게, 좀 더 조밀하게. 마치 제련을 하듯이 [신령석]의 의지는 가이아가 보낸 힘에 따라서 줄어들었다 부풀었다를 반복하더니 어느 순간 하나의 검과 같은 형태를 갖추었다.

그리고 완성된 검은 칼스타인의 밖으로 빠져나오려고 하였다. 그 때 칼스타인의 영혼과 연결된 그랑 카이저가 그 검에 반응을 했다.

[칼스. 이게 뭐지? 이런 힘이라니… 으으윽….]

가이아의 힘 때문인지, 제련된 의지 때문인지 그랑 카이저의 영혼은 강력한 압력을 받으며 고통섞인 신음성을 내뱉었다. 그리고 그 압력은 점점 더 강해졌다.

[으으윽…. 크윽… 크아아아아아!]

[카이저! 왜 그래!]

[칼스! 크아아아악!]

그랑 카이저의 비명에 칼스타인은 그를 소환하려 하였는데, 무슨 일인지 소환이 이루어지지 않았다. 마치 무언가에 가로막힌 것과 같은 느낌이었다.

그 와중에도 그랑카이저의 비명 소리는 그치지 않았고 칼스타인은 내부 관조하며 그와의 연결 고리를 잡아내어 천천히 강화시키기 시작했다.

원래라면 그랑 카이저의 호응이 있어야 그를 소환 할 수 있었지만, 이제 라이트소더가 된 이상 그랑 카이저가 동조하지 않아도 그 혼자 힘으로 그랑 카이저의 소환을 행할 수 있었고, 연결고리의 강화는 그 사전 단계였다.

어느 정도 강화가 이루어지자 칼스타인은 그랑 카이저를 강제로 소환하였다. 평소라면 이 정도 힘이면 바로 소환이 되었는데, 여전히 그랑 카이저는 소환되지 않았고, 칼스타인은 자신의 전력을 그랑 카이저에 쏟으며 재차 소환을 행하였다.

그리고 드디어 그랑 카이저가 칼스타인의 손에 뽑혀 나왔다.

[크아아악! 응?]

마지막으로 비명을 지르던 그랑 카이저는 갑자기 사라진 고통에 의아해 했고, 이내 자신이 어떤 상황인지 알 수 있었다.

[뭐야? 이 힘은… 내 원래 힘보다….]

그랑 카이저가 의아해하듯이 칼스타인 역시 의아해하고 있었다. 지금 그랑 카이저는 평소의 그랑 카이저가 아니었다.

찬연한 황금빛을 발하며 칼스타인의 손에 잡혀 있는 그랑 카이저는 [신령석]의 의지가 제련된 검과 합일 되어 소환 된 것이었다.

뜻밖의 상황에 칼스타인은 가이아를 바라보았는데, 그녀 역시 이 상황은 예상하지 못했는지 처음으로 당황한 표정으로 칼스타인을 보며 입을 열었다.

"이… 이 검은 뭐지요? 어… 어떻게 제 신기(神器)를…."

가이아는 [신령석]을 안배했을 때부터 그 의지를 모아서 그녀의 신기로 만들려고 하였었다. 그리고 그것을 통해서 대족장을 잡아낼 계획이었다.

이 신기는 최소 라이트 소더의 경지에는 있어야 다룰 수 있었기에 [신령석]의 의지를 모아오는 자를 수련을 통해 그 경지로 만들려고 계획하였는데, 칼스타인은 이미 그 경지에 있어서 바로 신기를 제공했던 것이었다.

하지만, 이런 상황은 그녀 역시 전혀 예상하지 못했었다.

"신기? 신의 무기라는 것인가?"

"그래요… 잠시 만요. 다시 아카식을 읽어야겠네요… 정말 당신과 관련된 일은 예상대로 진행되는 것이 하나도 없군요."

가이아는 허탈한 표정으로 넋두리를 하며 다시 지그시 눈을 감았다. 이내 다시 눈을 뜬 가이아는 다소 놀란 표정으로 칼스타인에게 말했다.

"이 검은… 혼원무한검이군요. 혼원무한검신의 신기나 마찬가지인 검이에요. 그가 많은 차원을 돌아다닌 것은 알고 있었지만, 당신의 차원에 이것을 남겼을 줄은 몰랐군요."

"혼원무한검? 이 검의 이름은 그랑 카이저인데?"

"신기로서 각성을 하지 않아서 다른 자아가 생긴 것 같은데. 아카식을 보니 명백하네요. 혼원무한검신의 검이에요."

"혼원무한검신은 누구지? 혼원무한신공과 검법을 만든 자인가?"

"그래요. 당신이 익히고 있는 무공을 만든 자이지요. 혼원무한검신은 특이하게 신격을 지니고도 각 차원의 물질계를 방랑하는 신이에요."

이어 가이아는 간단히 혼원무한검신에 대해서 설명해주었다.

일반적으로 신은 절대신의 절대율에 의해 물질계에 신력을 직접 발휘하지 못하는데, 혼원무한검신은 그 절대율을 피하기 위해 자신의 전 신력을 자신의 신계에 다 내버려두고 차원을 방랑한다고 하였다.

일반 인간과 다름없는 모습으로 각 차원의 물질계를 떠돌며 힘을 키우고, 신으로서 각성하여 다시 신력이 쌓이면 그 신력을 자신의 신계에 두고 다시 다른 차원으로 이동하는 방랑신이라고 설명하였다.

"어느 순간부터 검을 놓고 다닌다는 이야기가 있었는데, 혼원무한검이 당신의 차원에 놓고 떠났나보네요."

"혼원무한검이라…."

"혼원무한검을 들 수 있는 것을 보니, 당신의 선조 중에서 그의 핏줄이 있었나 봐요. 아무리 신력을 놓고 일반인과 다름 없다고 하지만, 영혼에 담긴 신격은 무시할 수 없었으니 그게 당신에게서 발현한 것이겠지요."

칼스타인은 그제야 아무도 들지 못했던 그랑 카이저를 자신이 뽑아들 수 있는 이유를 납득할 수 있었다.

"그렇군…."

"어쨌든 더 잘되었네요. 제 신기가 혼원무한검에 흡수되었으니, 훨씬 쉽게 대족장을 해치울 수 있을 거에요."

가이아는 오랜시간 준비한 그녀의 신기를 잃었지만 오히려 잘 되었다는 표정으로 칼스타인에게 말했다.

어차피 지금 그녀의 급선무는 드라고니아의 침략을 방어하는 일이기 때문이었다.

그녀의 말에 고개를 끄덕이며 칼스타인은 질문을 던졌다.

“뭐, 그렇다면 다행이군. 그럼 언제 대족장을 보러 가는 것이지?”

“일단 차원왜곡 결계를 건들지 않으면서 대족장을 잡은 결계를 열어야 하니 시간이 좀 걸릴거에요. 지구 시간으로 한 달 정도 걸릴 것 같네요.”

“그래. 어차피 나도 바뀐 그랑 카이저에 적응할 시간도 필요하니 그 정도 시간이면 딱 좋군.”

“그래요. 그럼 준비가 되면 당신을 부를게요.”

가아이의 이 말을 끝으로 칼스타인의 시야는 다시 황금빛으로 물들며, 그녀의 공간에서 벗어날 수 있었다.

그리고 다시 나타난 곳은 당연하게도 이동하기 직전의 장소인 혁련광의 앞이었다.

여전히 자신을 은인으로 여기는 혁련광의 어깨를 한 차례 두드린 칼스타인은 간단히 그와 인사를 나눈 뒤 엘리니크의 비행마법기를 사용하여 한국의 집으로 향했다.

이계황제 헌터정복기

9장. 결전

9장. 결전

모든 것이, 아니 한 가지 일을 빼면 모두 끝났다는 것을 길드원들에게 알린 칼스타인은 길드원을 모아 놓고 자신의 상황에 대해서 알려주었다.

다만, 전부 진실을 털어 놓은 것은 아니었다. 아무래도 박정아나 성소현에게는 이수혁이 이미 죽었고, 자신이 그의 몸을 차지한 것이라는 이야기는 너무도 충격적일 것이기 때문이었다.

따라서 칼스타인은 적당히 각색을 하였다.

"그러니까 수혁이 네가 혼수상태에 있는 동안, 그 헤스티아라는 곳으로 영혼이 이동해서 거기서 황제까지 되었다는 거야?"

"그래, 케론과 에이나는 그 곳에서 이리로 넘어온 부하들이고."

아무 증거 없이 그런 말을 했다면 아무리 칼스타인의 말이라도 의심이 갈 수밖에 없겠지만, 케론과 에이나라는 증거가 있는 상황에서는 성소현 역시 그 말을 믿을 수밖에 없었다.

지금 케론과 에이나에게도 진실을 알리지 않았다. 그 둘 역시 칼스타인의 출신을 단지 몰락귀족으로만 알고 있기에 지구에서 넘어왔다는 말에 놀랄지언정 거짓이라 생각하지는 않았다.

그래서 케론 역시 다소 놀란 표정으로 고개를 끄덕이며 말했다.

"그랬었군요."

"어쨌든 지금 하고 싶은 말은 이게 아니야. 지금 난 이곳에서 영원히 있을 수 없어 다시 헤스티아 대륙으로 돌아가야 하는 상황이야. 그래서 난 가이아에게 역으로 제안을 했지. 너희 중에서 원하는 자들이 있으면 헤스티아 대륙으로 같이 옮겨달라고 말이야."

갑작스러운 칼스타인의 제안에 길드원들은 잠시 술렁였다. 하지만 이내 대부분 칼스타인을 따라 간다는 식의 이야기를 하였다.

그도 그럴 것이 이 중에서 가족을 가진 자는 과거 제천 시절 칼스타인의 전담 직원이었던 이지은 밖에는 없었기 때문이었다.

이 자리에 없는 박정아에게는 칼스타인이 벌써 설명을 하고 허락을 받은 상황이었다. 사실 박정아에게는 칼스타인 밖에는 없었기에 물어볼 것도 없는 일이었다.

어쨌든 모두들 기분 좋게 제안을 받아들이는 상황에서 가족이 있는 이지은만 고심을 하고 있었다.

다들 그녀의 상황을 알기에 그녀의 고심을 이상하게 생각하지 않았다.

"지은아."

"네?"

"만약 네가 만약에 남는다고 하면 평생 풍족하게 먹고 살 수 있는 금전적인 여유를 남겨 줄게. 무리해서 이동할 필요는 없어. 이번에 가면 다시는 돌아오지 못하는 곳이니 말이야."

"아…."

칼스타인의 배려에 그녀의 고민은 더 깊어졌다. 조금의 시간이 지난 뒤 이지은은 칼스타인에게 입을 열었다.

"대장님. 잠시 전화 한 통만 하겠습니다."

그 말과 함께 거실을 벗어난 이지은은 작은 방에 들어가서 한 동안 통화를 하였다. 그러더니 조금 밝아진 얼굴로 칼스타인에게 다가왔다.

"대장님. 혹시 저희 어머니와 제 동생도 함께 할 수 있을까요?"

이지은의 아버지는 돌아가신지 오래였고, 어머니와 여

동생만이 있을 뿐이었다. 두 명 정도는 가이아에게 충분히 말할 수 있을 것이라고 판단한 칼스타인은 고개를 끄덕이며 말했다.

"원한다면 그렇게 하지."

"그럼 저도 함께 갈게요!"

"이야호!"

그 말을 듣고 가장 환호를 한 사람은 바로 김한수였다. 아직 사귀는 단계는 아니었지만, 둘은 소위 말하는 썸을 타는 단계로 연인이 되기 직전의 상황이었기 때문이었다.

그래서 그런지 아까 김한수는 헤스티아로 간다는 말을 하면서도 이지은의 눈치를 보았었다.

순간적으로 환호를 지른 김한수는 자신의 실책을 깨달았는지 얼굴을 붉혔고, 이지은은 쌜쭉한 표정으로 김한수에게 말했다.

"아까 한수씨는 조금도 망설이지 않고 헤스티아로 간다고 했지요? 흥. 두고보죠."

"아… 그… 그게…."

평소 진중한 분위기의 김한수가 쩔쩔매는 모습에 모두들 웃음을 터트렸다. 잠시 그 모습을 보던 칼스타인이 마지막으로 다시 입을 열었다.

"다들 함께 한다니 나도 기분이 좋군. 어쨌든 아직 완전히 끝난 것은 아니야. 대족장을 잡아야 끝나는 일이니 말이야. 그 때까지 쉬고 있어. 다만, 에르하임 왕국은 실력제야. 거기서 실력테스트를 다시 할 테니까. 기존의 기사들에게 밀리지 않으려면 준비 잘해야 할거야."

그 말에 케론과 에이나 그리고 셀리나를 제외한 나머지 길드원들은 눈을 빛내며 의지를 다졌다.

케론과 에이나야 고향으로 돌아가는 것이었고, 셀리나도 종종 다녀왔던 곳 이기에 두려움같은 것은 없었지만, 나머지 길드원들은 미지의 세상으로 가는 것이었고 실력에서 밀리면 텃세를 받을 것이라는 생각에 더 열심히 훈련을 할 생각을 한 것이었다.

그런 그들의 모습에 칼스타인은 만족스러운 표정을 하며 고개를 끄덕였다.

◈

한 달의 시간은 길면 길고 짧다면 짧은 시간이었다. 그 한 달의 시간동안 에르하임의 길드원들은 한국에서의, 아니 지구에서의 생활을 정리하고 자신의 기량을 다듬는데 주력했다.

그리고 칼스타인은 이제 신기가 된 그랑 카이저와 많은 대화를 하며 그의 전력을 100% 끌어내는 것에 가장 많은 시간을 들였다.

지금도 칼스타인은 그랑 카이저를 상단세로 쥐고 자신의

마나와 그랑 카이저의 마나를 조화시키는 것에 주력하고 있었다.

사실 그랑 카이저 본연의 모습이나 다른 검을 쥐었다면 이런 과정은 필요 없을 것이었다. 이미 칼스타인은 무기에 영향을 받는 경지가 아니기 때문이었다.

하지만 신기는 달랐다. 그 자체가 엄청난 마나를 내포하고 있는 신기는 거기에 마나를 저장, 증폭, 발산하는 기능까지 있어 평범한 검을 다루듯이 다룬다면 그 기능의 10%도 제대로 사용하지 못할 것이기 때문이었다.

평범한 상대라면 그것만으로도 충분했지만, 드라고니아의 대족장은 이미 오랜 시간 라이트소더로서 자리한 자이기 때문에 만반의 준비를 갖추어야 했다.

"휴…."

가볍게 한숨을 내쉰 칼스타이은 그랑 카이저를 역소환하여 돌려보냈다.

최근 그랑 카이저의 말수는 무척이나 줄었다. 자신이 혼원무한검이라는 것을 알게된 이후 무슨 생각을 하는지 칼스타인과 대화 대신 내부로 사색을 하는 것 같은 모습이었다.

하지만 훈련 상황에서는 적극적으로 칼스타인을 돕기에 칼스타인은 별다른 말을 하지는 않았다.

'이제야 불편함 없이 사용할 수 있겠군. 이제 가이아의 연락만 기다리면 되는 것인가.'

그 생각처럼 칼스타인은 한 달간의 훈련 끝에 드디어 그랑 카이저의 기능을 자유자재로 사용할 수 있게 되었다.

그리고 그런 생각을 하는 순간 그 생각을 읽기나 한 듯이 가이아의 부름이 들려왔다.

[준비되었나요?]

'그래. 준비는 끝났다.'

그 말과 함께 칼스타인은 예의 황금빛 기운에 휩싸이며 자리에서 사라졌다.

다시 눈을 떴을 때에는 전에 봤던 그 백색 공간이었다. 한 가지를 제외하고 이 공간 속의 모든 것이 전과 같은 모습이었다.

그 한 가지는 바로 거대한 황금빛 기둥에 뚫려 있는 직경 이미터 정도 크기의 검은 구멍이었다.

"어서 와요."

가이아는 여전히 아름다운 모습으로 칼스타인은 맞이하였다. 하지만 다소 피로한 모습을 숨기지는 못하였다.

차원왜곡 결계에 피해를 끼치지 않고 대족장에게 가는 결계에 문을 여는 것이 생각보다 쉽지 않았던 모양이었다.

"고생했군."

"고생은요. 제가 해야 할 일인데요, 뭐. 준비는 다 되었나요?"

"다 되었긴 한데. 그 전에 하나 부탁이 있다."

"부탁요?"

생각지 못한 칼스타인의 부탁에 가이아는 살짝 눈을 크게 뜨며 반문하였다.

"그래 부탁. [카르마 시스템] 상의 혼원무한신공과 혼원무한검법의 100%를 한 번 보고 싶군. 난 내가 아는 신공과 검법이 완벽하다고 생각했었는데, 시스템에서는 신공은 92%, 검법은 95%라고 판단하더군."

"아…."

"처음에는 포인트를 모아서 구매하려 했는데, 모으기도 전에 벌써 여기까지 와버렸지. 게다가 지금 난 시스템에 접속하지도 못하는 상황이니 가능하다면 꼭 들어줬으면 좋겠군."

[카르마 시스템]이 제공되는 한계는 SSS급이라 할 수 있는 그랜드마스터의 최후 단계까지였다.

마이너한 버전의 범용 아카식을 제공하는 이 시스템은 그 이상의 깨달음을 가진 자에게는 강제로 링크를 끊어버린다.

그 정도 능력자는 자칫 잘못하면 이 시스템 자체를 훼손시킬 우려가 있었기 때문이었다.

"흠… 그렇군요. 알겠어요. 그 정도 부탁은 들어드릴게요. 제 손을 잡아보세요."

가이아의 말에 따라 칼스타인은 늘씬하게 뻗은 하얀 그녀의 손을 잡았다. 그 직후, 칼스타인의 머릿속에는 먼저 혼원무한신공의 구결이 떠오르기 시작했다.

이미 혼원무한신공으로 라이트소더라는 경지에 올라 있었기에 대부분의 구결들은 듣는 즉시 이해가 갔다.

그가 알고 있는 것과 크게 다르지 않았기 때문이었다. 한참동안 그의 머리에서 울려 퍼지던 구결은 이내 종반부에 접어들었다.

그리고 마지막 부분에서 처음으로 칼스타인은 의아한 점이 생겼다.

'음? 저 부분은 마나의 회전과 진동을 이야기하는 것이라 생각했었는데… 아니었나?'

칼스타인이 알고 있던 구결과 가이아가 아카식에서 불러온 구결은 거의 흡사하였지만, 마지막 부분이 약간 달랐다. 이어서 들은 혼원무한검법 또한 마찬가지였다.

모든 구결을 다 들은 칼스타인은 가이아의 손을 놓고 잠시 생각에 잠겼다.

미묘한 차이가 있었지만, 어쨌든 칼스타인은 자신이 아는 구결로 라이트 소더라는 지고의 경지에 올랐다.

아카식이 틀리지는 않겠지만, 산에 오르는 길은 하나만 있는 것은 아니었기에 자신이 틀렸다고 생각하지는 않았다.

다만, 앞으로 더 높은 경지에 오르는 것에 참고를 하기 위해서 칼스타인은 머릿속에 차이나는 부분을 확실히 기억해 두었다.

"되었소."

"도움이 되셨나요?"

"음… 아직은 잘 모르겠소. 어쨌든 난 준비가 끝났으니 시작하지. 저긴가?"

칼스타인은 검은 구멍을 보면서 가아이에게 물었다.

"그래요. 저 곳으로 들어가면, 드라고니아의 대족장을 만날 수 있을 거에요. 그를 해치우고 나면 제가 다시 이 곳으로 나오는 문을 열게요."

"알겠다. 그럼."

별 다른 말없이 칼스타인은 바로 검은 구멍으로 뛰어 들었다. 그리고 가이아는 그 모습을 다소 걱정스러운 표정으로 지켜보고 있었다.

'신기까지 있으니 해낼 수 있겠지? 드라고니아의 신만 개입하지 않는다면 분명히 이겨낼 수 있을 거야.'

❖

검은 구멍을 통과한 칼스타인은 처음에는 의아한 생각이 들었다.

그것은 흉흉한 모습의 검은 색 입구와는 달리 이 구멍 속 세상은 푸르른 녹음이 무성한 아름다운 숲이었기 때문이었다.

'음? 이런 공간이었나?'

감옥과도 같은 결계라서 척박한 환경을 생각했었는데, 지금 이 곳은 지내기 어렵지 않은 공간처럼 보였다.

잠시 기감을 돌려서 주변을 훑어봤는데 적어도 반경 오킬로미터 안에 대족장은 없는 것으로 확인되었다.

좀 더 느긋해진 마음으로 이 공간을 돌아보던 칼스타인은 기감의 끝에 누군가의 존재가 걸렸다. 그리고 걸렸다고 생각한 순간 그 자는 칼스타인의 눈앞에 나타나 있었다.

드라고니안 치고는 다소 작은 키라 할 수 있는 2미터 정도의 키에 백발의 드라고니안은 인간의 모습과 크게 다르지 않았는데, 관자놀이 위쪽 이마에 돋아난 두 개의 작은 뿔과 푸른 피부가 그가 인간이 아님을 알 수 있게 하였다.

"호오. 이번에는 해 볼만 하겠군."

다짜고짜 해 볼만 하다고 이야기 하는 이 드라고니안은 당연히 대족장이었다. 백발과 다소 주름진 얼굴이 그의 나이가 상당함을 알 수 있게 하였다.

"대족장인가?"

"그래. 내가 드라고니안의 대족장 라스-칼이다. 가이아가 보내서 왔나?"

대족장은 생각보다 많은 것을 알고 있는지 가이아의 이름 또한 알고 있었다.

"그래, 당신을 처치하면 내 원래 차원으로 보내준다더군."

"음? 지구인인 줄 알았는데, 이계인이었던가? 뭐 어찌 됐든 상관없지. 한 번 붙어보지."

드라-칸은 어느새 일미터가 훌쩍 넘는 시미터와 흡사한 반월형의 도를 꺼내어 칼스타인에게 도격을 가했다.

그 도에는 검기도 검강도 아닌 광검의 빛이 서려 있었기에 칼스타인으로서도 섣불리 대응할 수는 없었다.

"탐색전도 없는 건가?"

"탐색전? 이게 탐색전이지. 후후."

그 말과 함께 대족장의 도가 정확히는 도에 서린 빛이 수천마리의 나비처럼 펼쳐져서 칼스타인을 뒤덮었다.

워낙 넓은 범위를 점하고 들어오는 공격이라 피할 수가 없었다. 방어가 최선의 선택이었다.

파츠츠츠츠-!

칼스타인 역시 그랑 카이저를 이용한 광막(光膜)을 세워 이 화려한 공격을 막아냈다.

보통 큰 공격 뒤에는 허점이 발생하기 마련이라 칼스타인은 그것을 노리려고 하였는데, 드라-칸에게는 전혀 허점이 없었고 오히려 엄청난 빛을 발하며 또 다른 공격을 감행해왔다.

콰앙-!

드라-칸의 시미터가 그 크기의 수백 배나 확장되며 칼스타인에게 떨어졌고, 그 주변에 있던 아름드리나무들이 그 여파에 부서져서 날아가 버렸다.

엄청난 파괴력을 가진 공격이었지만 이 정도는 예상했던 수준의 공격이라 그런지 칼스타인은 충분한 방어를 하고 있었다.

그리고 방어와 동시에 칼스타인은 광검을 발동한 그랑카이저로 광검법의 섬광결을 펼쳤다.

쉬쉭-!

어찌나 빠른 속도였던지 검이 움직이고 한참 뒤에나 바람을 가르는 소리가 났다.

하지만 충돌음은 없었다. 빛처럼 빠른 속도였지만 이미 드라-칸은 검의 궤적을 읽고 자리를 피했기 때문이었다.

그리고 동시에 칼스타인의 머리를 노리고 도격을 펼쳐왔다.

츠츠츠츠!

광검과 광검의 부딪힘에 주변에 스파크와 같은 불꽃이 튀었다. 검과 도를 맞대고 있을 때 드라-칸이 이죽거리는 말투로 칼스타인에게 말했다.

"제법이긴 한데, 아직 멀었어. 합!"

드라-칸의 기합성과 함께 그의 광검에 색이 들어가기 시작했다. 붉은 빛을 띠기 시작하던 광검은 붉은 색을 지나 주황색, 그리고 노란색으로 변해갔다.

프리즘의 색이 변하는 것과 같은 느낌이었다. 노란색으로 변한 드라-칸의 광검은 칼스타인의 흰색 광검을 잘라내 버렸다.

"크으윽…."

강기가 잘리는 것이 의지가 잘리는 것이듯이, 광검의 파손 역시 의지의 파손이었다. 강력한 의지의 결집이라 할 수 있는 광검의 파손은 강기의 파손 이상으로 칼스타인의 의지를 꺾어버렸다.

이것이 끝이 아니었다. 드라-칸의 황색 광검은 칼스타인의 광검을 다 잘라내고 그랑 카이저의 검신마저 잘라내려고 하였다.

카드드득!

하지만 그랑 카이저는 잘려나가는 대신 쇠가 갈리는 것과 같은 소리를 내며 드라-칸의 광검을 버텨냈다.

그것을 본 드라-칸은 약간 놀라며 다시 그랑 카이저를 보더니 이를 으득거리며 외쳤다.

"음? 하. 가이아가 신기를 주었구나!"

그랑 카이저가 신기라는 것을 파악한 드라-칸은 검을 자르는 것을 포기하고 재빨리 시미터를 돌려서 칼스타인의 목을 노렸다.

휘잉-!

광검의 대결에서는 패배했지만, 이 정도 공격에 격중당할 칼스타인이 아니었다. 목을 틀어 시미터를 피해낸 칼스타인은 이번에는 광검에 회전의 묘리를 담아서 재차 공격을 감행했다.

그러나 결과는 같았다. 드라-칸의 황색 광검이 확실히

칼스타인의 광검보다는 한 수 위의 경지였는지 회전이나, 진동의 묘리를 담아도 부딪히는 족족 부서져 나갔다.

그리고 그 때마다 칼스타인의 의지 역시 같이 부서져 나갔다.

'크윽… 이 정도였던가….'

잠시 포기하려는 마음이 들 때 즈음 그랑 카이저의 심어가 들려왔다.

[칼스. 내게 마나를 주입해서 다시 광검을 발동해봐.]

[소용없었잖아. 저 놈의 실력은 나보다 뛰어나.]

[일단 해봐.]

그랑 카이저의 재촉에 칼스타인은 다시 광검을 주입하였는데, 그 광검은 지금까지처럼 흰색의 광검이 아닌 붉은 색의 광검이었다.

그것을 본 드라-칸은 놀랍다는 표정으로 입을 열었다.

"호오. 빛의 검의 색을 변경할 수 있는 경지에 올랐던 건가? 그렇게 보이지는 않았는데 말이야."

하지만 드라-칸보다 칼스타인이 이런 현상에 더 놀라고 있었다.

[카이저! 어떻게 한 거야?]

[내재마나와 가이아의 신력을 이용한 거야. 오래 버티지 못해. 더 많은 마나를 주입해봐!]

그 말에 거의 전력의 마나를 주입하자, 드디어 그랑

카이저에 서린 광검은 노란빛을 띄었다. 대족장의 시미터에 서린 광검과 같은 색이었다.

[카이저! 황색 광검이야!]

[서둘러! 길어야 십분이야!]

그랑 카이저의 말을 들은 칼스타인은 문답무용으로 칼스타인 광검법을 펼쳐내며 드라-칸을 압박하였다.

적색을 너머 황색 광검을 서린 그랑 카이저에 드라-칸 역시 쉽게 생각하지 않고 진지한 표정으로 전투에 임하였다.

쾅쾅쾅쾅-!

수십 차례, 아니 수백 차례의 검격과 도격이 부딪혔다. 당연히 검과 도만 부딪히는 것이 아니라 서로의 몸에도 검과 도가 스치며 지나갔는데, 칼스타인과 대족장의 몸에 남는 상처의 정도는 달랐다.

그것은 대족장은 몸에도 황색 빛의 호신막을 두른 반면, 칼스타인은 백색 빛의 호신막에 불과했기 때문이었다.

따라서 대족장도 대결 중간에 상황을 알아차릴 수 있었다.

"후후. 신기의 힘이었나 보군. 그렇다면 그리 오래 버티지 못할 것인데?"

칼스타인은 대꾸할 여유가 없었다. 이제 얼마 지나지 않아서 그랑 카이저의 힘을 통해서 발현한 황색 광검은 사라질 것이 뻔했기 때문이었다.

그렇게 된다면 더 이상 칼스타인은 도라-칸의 검을 막을 수가 없을 것이었다.

츠츠츠- 카득!

칼스타인의 광검의 색이 돌아왔다. 황색이 백색이 되고 백색 광검을 드라-칸의 광검이 베어낸 것은 순식간에 벌어진 일이었다.

이미 수차례의 의지가 꺾였던 칼스타인이 역시 한계였는지 뱃속에서 울컥 피가 솟구쳐 올랐다.

"크윽…."

"전에 봤던 놈과는 천지차이였지만, 결국 내 아래다. 가이아 보고 있나? 내가 빛의 검을 파란빛까지만 만들면 이 공간도 잘라내 버릴 수 있을 거다. 조금만 기다려라. 조만간 네 년의 차원을 쑥대밭으로 만들어버릴 테니까!"

대족장은 칼스타인을 바로 잡을 수 있다는 듯 그를 무시한 채 하늘을 보며 외쳤고, 칼스타인은 그랑 카이저를 땅에 박고 한 쪽 무릎을 꿇은 채 피를 토해냈다.

[칼스.]

[카이저, 미안하다. 네가 도와 줬지만 여기까지 인가봐.]

[칼스.]

그랑 카이저의 목소리가 묘하게 가라앉아 있었다. 하지만 칼스타인은 지금 그걸 느낄 여유가 없었다.

[칼스. 너와 만날 수 있어서 다행이었어. 지금까지 고마웠다.]

[무슨 소리야. 카이저.]

그랑 카이저는 칼스타인의 마지막 말에 대답하지 않았다. 대신 스스로의 영혼을 찢어서 거기에서 나온 영력을 통해 자신의 영혼에 잠들어 있었던 혼원무한신공과 혼원무한검법의 진정한 모습을 칼스타인에게 보여주었다.

[크아아아악! 칼스! 이겨내라!]

헤스티아 대륙에서 얻었던 마나에 대한 깨달음, 지구에서 얻었던 마나에 대한 깨달음, 혼원무한신공과 검법의 마지막구결 그리고 그랑카이저가 지금 보여준 혼원무한신공과 검법의 진정한 모습이 한 번에 어우러지며 칼스타인의 머릿속에서 지금까지 보여 지지 않았던 황금빛 검이 세워졌다.

"아…."

칼스타인은 자신도 모르게 육성으로 신음 소리를 내었다. 그리고 검을 들었다. 이제 그랑 카이저의 자아가 사라져 에고소드가 아닌 단순한 가이아의 신기였다.

그리고 그 검에는 백색도 황색도 아닌 푸른색의 광검이 서려 있었다.

"음? 어… 어떻게…."

무아지경에 빠져 있는 칼스타인은 드라-칸이 뭐라 말하든 검을 휘둘렀다.

기이한 현기를 품고 있는 칼스타인의 검은 드라-칸이 어디로 피하든 따라갔고 결국 그의 왼쪽 팔을 잘라내 버렸다.

"크윽… 무슨 상황인지 모르겠지만, 어쩔 수 없군."

한쪽 팔 밖에 남지 않은 드라-칸은 검을 쥔 오른 손으로 왼쪽 가슴을 두드렸고, 거기에서는 흑색의 기이한 문양이 튀어나오더니 이내 부서져 드라-칸에게 스며들었다.

드라고니안 고유의 문장 파괴술이었다.

"크아아아아!"

대족장의 문장 파괴술이라 보통의 문장파괴술과 달랐는지 파괴술 이후의 증폭되는 힘은 지금까지와도 달랐다.

드라-칸은 고통 어린 외침과 함께 검을 휘둘렀고 그 검에는 지금까지와는 달리 녹색과 파란색이 섞인 청록색의 광검이 서려있었다.

콰아아아앙!

칼스타인의 청색 광검과 대족장의 청록색 광검이 부딪히며 결계 속 공간 전체가 흔들렸다.

그리고 이 충격은 한 번으로 끝나지 않았다.

콰앙-콰앙-콰앙!

수차례의 충돌이 일어났는데, 그 때마다 청록색 광검은 칼스타인의 청색 광검에 조금씩 깎여나갔다.

아무래도 칼스타인의 경지가 그 보다 한 단계 더 위에 있는 것 같았다. 세불리를 느낀 드라-칸은 크게 공격 후 뒤로 피하려 하였으나 칼스타인의 현묘한 검을 완전히 피해낼 수 없었다.

결국 드라-칸의 가슴에는 칼스타인의 그랑 카이저가 꽂혔다.

"으윽… 한 발자국만 더 갔었으면…."

대족장의 목소리에 그제야 칼스타인은 정신이 들었다. 칼스타인의 눈빛이 돌아온 것을 느낀 대족장은 계속 말을 이었다.

"무아지경에서 깨어났나? 후… 나도 네 검이 박히는 순간 아칸이 내게 심어둔 미몽에서 깨어날 수 있었다."

"아칸?"

"우리 드라고니아의 신이라고 자처하는 놈이지…."

자신들의 신을 이야기하는 대족장의 말투에는 그에 대한 존경심 따위는 없었다. 오히려 경멸에 가까운 말투로 그를 언급했다. 그리고 그의 말은 끝나지 않았다.

다만, 이 말은 칼스타인에게 하는 말이 아니라 가이아에게 하는 말이었다.

"가이아. 신기가 있으니 이곳을 볼 수 있을 거라는 것을 알고 있소. 내가 죽고 나면 내 몸에 있는 코어가 폭주해서 이 공간을 무너트리고 차원왜곡 결계마저 부수게 될 것이오. 그렇게 된다면 거기에서 맴돌고 있는 내 수하들을 바로 당신의 차원으로 들어가겠지."

드라-칸의 말에 그랑 카이저에서는 칼스타인이 의도치 않은 흰 빛이 발현하더니 가이아의 목소리가 흘러나왔다.

[무… 무슨 말인가요?]

"역시… 보고 있었군. 어쨌든, 아칸이 내 몸에 수작을 부려놓았소. 당시에는 나 역시 미몽에 빠져 있던 터라 그의 수작을 받아들였었고. 하지만, 미몽에서 깨어난 지금은 우리 드라고니안 전체가 그의 수작에 놀아나고 있음을 알고 있소. 그래서 하는 말인데 내 코어를 이용해서 이 상황을 타계하시오… 그 방법은…."

드라-칸은 초인적인 의지로 생명의 끈을 부여잡은 채 가이아에게 말을 이었다.

그의 제안은 이미 폭주의 시동이 걸린 그의 코어를 이용해 아칸이 연 차원의 문을 역으로 열어, 차원왜곡 결계를 방황하는 드라고니안 전사들을 원래 차원으로 돌려보내는 것이었다.

대족장의 위치에 있는 드라-칸은 생각보다 많은 것을 알고 있었기에 아칸의 뒤통수를 칠 수 있는 방법을 알려줄 수 있었다.

"내 코어를 이용한다면 드라고니아 차원의 좌표를 찾을 수 있을 것이오. 거기에 당신이 신력이 함께한다면 불가능한 일도 아니겠지…."

[음… 확실히 그렇겠군요. 차원문을 역으로 연다면 차원문의 파괴는 불 보듯 뻔한 일일 테고 그렇다면 다시 신력과 창세력을 모으기 전까지 차원문을 열 수도 없겠군요. 하지만 그런 식으로 코어를 사용한다면 당신은 영원히 세상에서 지워질 텐데….]

코어를 폭주시켜 터트리는 것과, 코어를 차원문의 동력으로 사용하는 것은 질적으로 다른 일이었다.

인간으로 비유하자면 터트리는 것은 신체의 죽음에 불과하지만, 차원문의 동력으로 사용하는 것은 영혼의 소멸을 의미했다.

신체의 죽음은 전생과 환생이 가능하지만, 영혼의 소멸은 완벽은 소멸이었다. 영원한 소멸과도 같은 의미였다.

"그렇겠지… 어쨌든, 죄 없는 내 종족들을 더 이상 아칸의 음모에 희생시키는 것만은 막고 싶소."

미몽에 빠지긴 하였지만, 그는 한 종족을 책임지는 대족장이었다. 드라-칸에게는 자신의 내세보다 종족의 미래가 더욱 더 중요하게 생각되었다.

[…그렇다면 알겠어요. 잠시만 기다리세요.]

"오래 버티긴 힘드오. 서두르시오."

그 말을 끝으로 그랑 카이저에 서린 흰 빛은 사라졌다. 그것을 확인한 드라-칸은 이번에는 칼스타인에게 말을 건넸다.

"자네의 이름도 듣지 못했군… 자네의 이름은 뭔가?"

자신을 죽음에 이르게 했지만, 드라-칸의 표정에는 한 점의 원망도 없었다. 오히려 자신을 미몽에서 깨어나게 해준 칼스타인에게 고마운 표정을 짓고 있었다.

"칼스타인이오."

이수혁의 몸을 얻은 뒤 처음으로 칼스타인은 자신을 원래 이름으로 지칭하였다.

"칼스타인이라… 좋은 이름이군. 자네에게 고맙다는 말을 하고 싶군. 마지막 가는 길에 악수나 한 번 하지."

쓰러진 상태에서 드라-칸은 칼스타인에게 오른 손을 내밀었고, 칼스타인은 그 손을 마주 잡았다.

그 순간 거대한 힘의 덩어리가 마주잡은 손을 타고 칼스타인에게로 스며들어왔다. 하지만, 전혀 공격적이지 않았다.

"이게 무슨 짓이오?"

"쿠… 쿨럭… 어차피 죽고 나면 사라질 힘이야. 자네는… 나처럼… 신들에게 휘둘리지 말게나…."

지금 드라-칸이 주는 힘은 코어와 별개로 그의 체내에 존재하는 힘이었다. 코어의 힘이 그가 가진 힘의 대부분이지만, 이 힘의 양 역시 적지 않았다.

또한 무슨 방법을 사용했는지 드라-칸은 단순히 힘을 전달하는 것을 넘어 그가 가진 마나와 차원과 신들에 대한 지식까지 그 힘에 담여 칼스타인에게 전달하였다.

아마 힘의 전달보다는 지식의 전달을 위해서 행한 일 같았다.

칼스타인이 갑작스레 밀려든 새로운 지식에 다소 당황하고 있을 때, 그랑 카이저에 다시 흰 빛이 서렸다. 가이아가 재접속 한 것이었다.

[대족장, 당신의 말대로 술식을 완성했어요.]

"그런가? 그럼 내 코어의 방어를 풀겠소. 타이밍을 잘 ㅁㅏㅊ추시오. 자칫 잘못하면 폭주가 먼저 일어날 수도 있으니 말이오. 아. 그리고 칼스타인, 잘 돌아가게나."

"드라-칸…."

칼스타인은 드라-칸을 보며 비감어린 표정을 지었다. 그 때 가이아의 목소리가 칼스타인에게 들려왔다.

[이제 이 공간은 곧 무너질 거에요. 어서 나오세요. 문을 열었어요.]

가이아의 말대로 칼스타인의 앞에는 들어올 때와 흡사한 검은 구멍이 생겨났다.

출구를 확인한 칼스타인은 드라-칸을 보며 잠시 목례를 하였고, 드라칸 역시 잘 움직여지지 않는 고개를 끄덕이며 그의 인사를 받았다. 잘은 모르겠지만 아마도 웃고 있는 표정인 것 같았다.

검은 구멍을 통해서 처음의 백색공간으로 돌아 온 칼스타인은 가부좌를 틀고 눈을 감고 있는 가이아를 볼 수 있었다.

그리고 얼마 후 백색공간과 황금빛 기둥은 엄청난 굉음과 함께 마치 진도 10 이상의 지진이 난 것마냥 흔들렸다.

마치 세상이 끝날 것 같은 파괴적인 흔들림은 거의 한 시간여 동안 지속되었다.

한 시간여의 시간이 지나자 흔들림은 멈추었고, 가이아의 얼굴에는 그제야 미소가 지어졌다.

칼스타인이 그녀를 만난 이후 가장 아름답고 화려한 미소를 지은 가이아는 여전히 미소지은 얼굴로 칼스타인에게 물었다.

"이제 돌아가실 거죠?"

이계황제 헌터정복기

에필로그

에필로그

평소와는 달리 화려한 로브를 걸친 엘리니크는 고급스러운 흰색 예복을 입은 칼스타인에게 물었다.

"준비는 다 끝나셨습니까?"

"옷만 입으면 되는 거 아니겠어? 뭐 다른 준비라 할 것이 있나?"

"하하하. 마음의 준비가 필요하시지 않겠습니까?"

"뭐, 이 정도 일에 마음의 준비까지냐."

"후후. 폐하께서 아직 잘 모르시는 군요. 한 명만 해도 큰일이라 할 수 있는데, 한 명도 아닌 두 명의 왕비를 한 번에 받아들이시면서 마음의 준비도 안 하시다니… 뭐 천천히 아시게 되겠지요."

먼저 결혼한 유부남이 이제 새신랑에게 해주는 충고

였다.

"음? 아르피나와 사이가 좋지 않은 건가? 사이가 좋은 걸로 알고 있었는데 말이야."

아르피나는 엘리니크의 배우자로 둘이 결혼 한지는 이미 수십년 전의 일이었다.

"사이는 좋지요. 하지만… 뭐, 이건 제가 말씀드린다고 알 수 있는 것이 아니겠네요. 경험을 해봐야 알지. 후후후."

엘리니크는 뭔가 음침한 웃음을 남기면서 집무실을 벗어났다. 그리고 얼마 지나지 않아, 시종이 모든 준비가 끝났다며 칼스타인에게 알려주었다.

집무실을 벗어난 칼스타인은 결혼식이 준비되어 있는 왕궁의 대정원으로 걸어 나갔고, 그 곳에는 푸른 드레스를 입은 셀리나와, 하얀 드레스를 입은 성소현이 다소곳이 앉아 있었다.

칼스타인의 등장을 확인한 둘은 벌떡 일어났고, 환한 미소를 지었다.

갑작스레 일어난 둘 때문에 드레스의 모양이 흐트러진 것 같자 그녀들의 뒤에 있던 시종들이 황급히 드레스의 매무새를 점검하였다.

[폐하께서 들어오십니다!]

사회를 맡은 엘리니크가 음성증폭마법을 통해서 좌중에게 알렸고, 자리에 앉아 있던 모든 하객들은 일어나서 칼스타인을 맞이하였다.

이곳에는 에르하임의 귀족뿐만 아니라 타국의 왕족과 귀족까지도 함께 하여, 에르하임 제국의 위세를 보여주고 있었다.

식장에 들어선 칼스타인은 가벼운 목례를 통해서 하객들에게 인사 한 뒤 오른 손에는 셀리나의 손을 왼손에는 성소현의 손을 잡고 버진로드를 걸었다.

다소 우스꽝스러워 보이는 모습이기도 하였으나 누구도 이를 비웃지는 않았다.

버진로드의 끝에는 사랑과 약속의 신인 아로스의 교황인 라비오스 3세가 주례를 보기 위해서 자리하고 있었다.

라비오스 3세의 주례는 길지 않았다. 그리고 그 주례의 끝에는 세 명에게 아로스의 축성(祝聖)이 있었다.

축성을 위해서 칼스타인과 두 명의 여성은 가까이 붙어섰는데, 갑자기 성소현이 칼스타인의 어깨에 머리를 기대며 말했다.

"이런 날이 오다니… 날 받아줘서 고마워, 수혁아…."

헤스티아 대륙에서 사용하는 이름이 칼스타인이라는 것을 밝혔지만, 아직 성소현은 이수혁이라는 이름이 더 입에 붙는지 이곳으로 온 지 일년이라는 시간이 지났음에도 칼스타인을 수혁이라고 불렀다.

그녀의 말에 오른손을 든 칼스타인은 가만히 그녀의 머리를 쓰다듬었다. 면사포 위로 쓰다듬는 것이었지만, 칼스타인의 손길이 느껴지는지 성소현은 살짝 얼굴이 붉어지며 부끄럽다는 표정을 지었다.

그런 둘을 보던 셀리나 역시 반대쪽 어깨에 그녀의 머리를 기대며 칼스타인에게 말했다.

"오빠. 날 태어나게 해주고, 내게 이름을 주고, 날 키워주고… 이렇게 아내로까지 받아주셔서 정말… 감사해요…."

처음에는 성소현이 한 행동을 보고 질투가 나서 따라 한 것이지만, 말을 하면서 그녀 스스로 감정이 북받쳤는지 어느새 그녀의 눈가에는 이슬이 맺히며 목소리가 떨려나왔다.

그런 그녀를 보며 칼스타인은 면사포 속으로 손을 넣어 가만히 그녀의 눈물을 닦아주었다.

그리고 둘 모두에게 말을 건넸다.

"나도. 너희들과 이렇게 될 줄은 몰랐어. 하지만, 어느 순간 너희 둘이 내 마음 속에 들어왔다는 것은 부인하지 않으마. 행복하게 살자."

"네. 오빠."

"그래. 고마워."

"앗. 그럼 나도 고마워요!"

여전히 셀리나는 성소현을 샘내는 모습을 보였지만, 사실 성소현 역시 알게 모르게 셀리나가 하는 짓을 보며 샘 낼 때가 많았다.

그런 사실을 알고 있는 칼스타인은 이번에는 성소현의 얼굴을 보았고, 아니나 다를까 성소현은 어떤 말을 다시 할지 고민하는 표정을 짓고 있었다.

"하하하하하."

◈

칼스타인의 결혼식을 지켜보는 것은 결혼식장에 있는 사람들만은 아니었다. 에르하임의 황궁이 아주 멀리 보이는 하늘 위에는 두 남녀가 허공에 떠있었다.

망원 마법을 이용해서 결혼식을 지켜보던 두 남녀 중 중년의 남자가 먼저 입을 열었다.

"엘레나, 당신도 저 녀석을 마음에 두고 있지 않았던가?"

"그래요, 에드워드. 뭐 사실 지금도 그렇구요. 저 정도로 강한 자는 원 차원에서도 전례가 없었으니까요."

두 남녀는 바로 미네르바의 엘레나와 백탑의 에드워드였다.

지구의 일이 해결된 후 가이아는 이계인들의 계약 조건을 들어주며 계약을 종료하려 하였는데, 다른 자들과는 달리 엘레나와 에드워드는 헤스티아 대륙으로 이동시켜달라고 계약의 내용을 수정하였었다.

"그런데 왜 나서지 않았지? 당신 정도의 미모라면 충분히 어필 할 수 있었을 텐데."

"호호호. 에드워드. 엘프의 시간은 길어요. 뭐 전 순혈의 엘프는 아니지만, 아직 제게 시간은 많이 있지요. 그리고 칼스타인에게도 시간은 많아요. 아직은 둘과의 시간을 즐기게 놔두죠. 굳이 제가 저 어린 애들과 실랑이할 이유도 없구요."

"그렇군. 근데 미네르바의 창설은 잘 되고 있는가?"

"잘… 된다면 거짓이겠군요. 역시 범용으로 사용하기에는 마법보다는 과학기술이 압도적으로 좋다는 생각이 들어요."

사실 엘레나가 칼스타인에게 접근하지 않았던 것은 그녀 스스로의 쓸모를 증명한 뒤 떳떳히 그의 앞에 서기 위해서였다.

따라서 엘레나는 지구에서처럼 미네르바를 조직하여 자리를 잡게 한 뒤 칼스타인의 앞에 나설 생각이었다.

하지만, 그녀의 말처럼 미네르바의 조직은 생각보다 쉽게 이루어지지 않았다.

"하긴, 나 역시 마법은 연구하고 있지만. 그런 생각은 종종 했지. 다만, 이곳의 마법은 지구보다도, 내 원래 차원보다도 더 우위에 있더군. 과학 기술의 핵심적인 부분도 충분히 마법으로 대체할 수 있을 정도야. 연구의지가 샘 솟더군."

"하긴 그래서 당신이 이 차원으로 온 것이죠."

엘레나가 칼스타인을 보고 헤스티아로 왔다면, 태생이

마법사인 에드워드는 헤스티아 대륙의 마법은 연구하고자 여기로 온 것이었다.

그리고 일 년여의 시간 동안 에드워드는 무척이나 만족하며 마법을 연구 중이었다.

"그래. 그래서 하는 말인데, 미네르바의 원활한 운영을 위해 과학기술을 대체할 수 있는 마법을 내가 연구할 테니. 미네르바에서는 내게 연구비와 연구재료를 좀 대어주게나."

만일 에드워드가 마음을 먹고 돈을 벌고자 한다면 그리 오래지 않아 엄청난 돈을 벌 수 있을 것이지만, 지금 에드워드는 연구의 재미에 푹 빠져 있는 상태였다.

그리고 엘레나에게는 에드워드가 말한 마법이 필요한 상태였다. 둘의 이익이 맞아떨어지는 지점이었다

"음… 좋아요. 저 역시 미네르바를 새로 조직한다고 자금에 여유가 있지는 않지만, 에드워드의 마법이라면 충분히 투자할 만하죠."

"허허. 좋소. 그럼 나중에 봅시다. 새로 떠오른 아이디어가 있거든."

"그래요. 필요한 자금과 재료는 따로 알려주세요."

"그럼 난 이만 가오."

그 말과 함께 에드워드는 소리보다 빨리 날아서 저 하늘 멀리 사라졌다. 잠시 그 모습을 보던 엘레나는 다시 고개를 틀어 칼스타인의 결혼식을 바라보았다.

결혼식을 끝까지 바라보던 엘레나는 만족스러운 얼굴로 고개를 끄덕이며 멀리 날아갔다.

'나중에 봐요. 칼스타인.'

❖

결혼식을 마치고 셋은 칼스타인의 방에 있는 커다란 침대에 함께 누웠다.

제국의 황궁인 만큼 각자의 방은 다 따로 있었는데 오늘은 신혼 첫 날이기에 모두 칼스타인의 방에 누운 것이었다.

헤스티아 대륙으로 온 뒤, 일 년여의 시간동안 칼스타인과 셀리나, 칼스타인과 성소현은 서로 마음을 확인하였고, 당연히 관계 역시 한 사이였다.

그렇기에 신혼 첫날이라 할 수 있는 오늘은 처음으로 셋 모두가 함께 잠들 자리를 만든 것이었다.

셋이 함께 하는 것은 처음이다 보니 침대 위는 다소 어색하고 야릇한 분위기가 흘러갔는데, 그 어색함을 깨기에 위해서 셀리나가 던진 질문이 어색함을 깨기는커녕 더욱 어색한 분위기가 되도록 만들었다.

"근데, 오빠는 우리 둘 중 누가 더 좋아요?"

그녀의 질문에 분위기는 싸하게 변했고, 칼스타인도 순간적으로 할 말을 찾지 못했다. 그리고 칼스타인의 머릿속으로 결혼식 전 엘리니크의 목소리가 들려오는 것 같았다.

'마음의 준비는 하셨나요?'

〈 완결 〉